劍香刀殺

검향도살

Fantastic Oriental Heroes

검향도살 5

태사검 新무협 판타지 소설

초판 1쇄 찍은 날 § 2006년 7월 11일
초판 1쇄 펴낸 날 § 2006년 7월 21일

지은이 § 태사검
펴낸이 § 서경석

편집장 § 문혜영
편집 § 유경화

펴낸곳 § 도서출판 청어람
등록번호 § 제1081-1-89호
등록일자 § 1999. 5. 31
어람번호 § 제2-0957호

주소 § 경기도 부천시 원미구 심곡1동 350-1 남성B/D 3F (우) 420-011
전화 § 032-656-4452 팩스 § 032-656-4453
http://www.chungeoram.com
E-mail § eoram99@chollian.net

ⓒ 태사검, 2006

ISBN 89-251-0214-5 04810
ISBN 89-251-0022-3 (세트)

劍香刀殺

검향도살

Fantastic Oriental Heroes

5

마침내 은천마국으로

| 태사검 新무협 판타지 소설 |

도서출판 청어람

목차

第41章

걸행 대 도살

"흑백쌍절과 영주들 모두가 죽었다고?"

"예……."

"그건 상관없다. 갑영은 어찌 되었느냐?"

"죽이지는 못했지만… 폐인이나 다름없는 몸으로 만들었습니다."

"실패했구나?"

일도살의 싸늘한 어조에 교교는 단하에서 털썩 무릎을 꿇었다.

"아… 아닙니다, 단주. 갑영은 팔이 잘렸고 다리에 심한 부상을 입
어 거동조차 어려운 상황입니다. 게다가 마경관의 함정에서 무수한 암
기에 적중되었습니다."

"일검향은?"

"제1영주가 갑영의 숨통을 끊으려는 순간 놈이 나타나 제1영주를
죽였습니다. 저로서는 혼자 감당할 수가 없어 퇴각한 것입니다."

"믿을 수가 없군."

일도살은 손에 쥔 술잔을 협탁에 내리며 몸을 일으켰다.

"마경관은 끝없는 미로다. 갑영이 제거되면 내가 마경관에서 놈을 상대할 생각이었다. 한데 어떻게 놈이 미로를 뚫고 갑영을 찾아올 수 있었단 말이냐?"

"모르겠습니다. 놈이 갑자기 기관 장치를 열고 튀어나오는 바람에 제1영주가 당하고 말았습니다."

"놈이 기관 장치까지 작동시켰다고?"

"그렇습니다."

일도살은 천천히 계단을 밟고 단하로 내려섰다.

"좋다. 놈과 연무관에서 대결을 벌이겠다."

"단주……? 놈은 소림의 참회동에서도 살아 나온 놈입니다. 도대체 놈의 무공을 측정할 수가 없어요."

"그래 봤자 놈은 수련생 시절부터 한번도 날 이긴 적이 없었다. 자객 입문식 때 놈이 나와 같이 일(一)의 영예를 받은 것은 천사명왕의 편협된 판단 때문이었다."

"그건 사실입니다."

일도살은 교교의 머리채를 잡아 일으켜 세웠다.

"가자. 연무관으로."

갑영은 계도의 옷을 단정하게 여미고 얼굴의 핏자국을 닦아주었다.

"을화를 내려놓아라."

"형님……?"

"이제 너 혼자 남았으니 일도살이 직접 나설 것이다. 약간의 충격만으로도 죽을 수 있는 을화를 업고 싸운다는 것은 말도 안 돼."

"……."

"난 아직 팔과 다리 한쪽이 멀쩡하다. 을화를 지킬 능력은 있다."

일검향은 기꺼이 그의 지시에 따랐다.

"알겠습니다."

을화는 계도 옆에 나란히 눕혀졌다. 시신처럼 미동도 하지 않았지만 아직 생명지기가 남아 있기에 창백한 계도와는 확실히 비교가 되었다.

일검향은 갑영을 향해 정중히 예를 올렸다.

"천예사원의 명예를 걸고 최선을 다하겠습니다."

"오냐. 지켜보겠다."

갑영은 검을 무릎 위에 올려놓은 채 힘있게 고개를 끄덕였다.

일검향은 계도와 을화를 잠시 응시하고는 계단을 밟고 연무관으로 내려섰다.

연무관은 아주 넓은 광장이었다.

바닥은 바둑판처럼 석판이 깔려 있는데 흑백의 색깔이 교차돼 있어 다소 혼란스러웠다.

벽 안쪽으로는 아름드리 돌기둥이 열을 지어 세워져 있었고 맞은편 벽은 일정한 크기의 창문으로 가득했다. 창문의 숫자는 족히 수백 개는 되어 보였고 창문을 통해 스며드는 빛으로 인해 광장은 비교적 밝은 편이었다.

일검향은 하얀 석판을 밟은 채 정면을 응시했다.

일도살과 교교가 석판 위를 미끄러져 오고 있었다. 두 사람은 일검향과 삼 장 간격을 두고 멈춰 섰다.

둘을 대하자 일검향은 찰나지간이지만 분노보다 감회에 젖었다. 뇌리 속으로 자객이 되기 위한 수련생 시절이 주마등처럼 스쳐 지나간 것이다.

일도살과는 많은 교류가 없었지만 서로를 스칠 때마다 묘한 경쟁 의식에 사로잡히곤 했었다.

교교와는 특별한 관계였다. 그녀에게 속아 혼정관에서 본명을 말하는 바람에 곤욕을 치르기도 했지만 커다란 미움은 없었다. 그녀의 유혹에 빠져 깊은 관계를 가질 뻔한 적도 있었지만 일검향은 동문으로 남기를 원했었다.

돌이켜 보면 자객으로 임명되어서 양소청을 구출하기 위해 그들과 함께 출동한 적도 있었다. 모두가 호흡을 맞춰 무사히 양소청을 구출하기도 했다.

이런 파국만 아니었다면 여전히 형제와도 같은 동문이었을 것이다. 그러나 이제는 원수이며 적이었다.

일도살은 은천마국에서 오랫동안 심어두었던 첩자였고 교교는 죽음이 두려워 사문을 배신한 반도다. 그들을 죽이는 것은 천예사원의 자객으로서 반드시 수행해야 할 절대적인 사명이었다.

잠시 둘을 직시하던 일검향이 먼저 입을 열었다.

"도살! 네놈이 마국의 첩자였음을 자객관에서 미리 알아보았어야 했다. 내가 좀 더 주의를 기울였어야 했었어. 그랬다면 네놈의 잔악한 계책은 결코 성공하지 못했을 것이다."

일도살은 뒤짐을 진 채 여유있게 걸음을 옮겼다.

"검향, 그것이 너의 어리석음이다. 네놈은 수련생 시절 7년 내내 나한테 뒤졌고 그것이 자격지심이 되었다. 그런 너였기에 감히 날 의심할 수가 없었던 거였다. 물론 네놈이 날 고발했어도 소용없는 일이다.

내가 은천마국의 첩자임을 절대 밝혀낼 수 없었을 테니까."

"네놈의 신분은 어느 정도냐?"

"후훗, 제법 높다고 할 수 있지. 명목상 혈마공이지만 난 국주의 직계제자 중 한 명이다."

은천마국의 존재가 거론되면서 일검향의 피가 서서히 끓기 시작했다.

"그런 신분이라면 네놈 스스로 천예사원의 제자가 되기를 자원했겠구나?"

"그렇다고 할 수 있다. 내가 천예사원에 침투한 목적은 자객 수련을 받기 위해서가 주목적이었다. 자객이 되기 위한 가장 체계적인 수련을 시켜줄 교습소였으니까. 천예사원을 괴멸시키는 일은 그 다음이지."

일검향은 그의 치밀함에 절로 이가 갈렸다. 하지만 냉철함을 상실하면 곧 패배였기에 애써 감정을 억눌렀다.

"요지선궁의 괴멸도 네놈의 수작이었더냐?"

일도살은 숨김없이 대답해 주었다.

"사실 요지선궁의 괴멸은 국주께서도 원치 않으셨다. 천지성후가 창건한 문파였기에 명맥은 유지시켜 주려 했었지. 게다가 요지선자가 충성을 맹세해 혈마공의 직위까지 받았기에 최대한 관용을 베풀어왔었다. 한데 요지선궁은 네놈 때문에 괴멸된 것이다."

"나 때문이라고?"

"요지선자가 네놈을 소림의 참회동에 보냈기 때문이다. 그것이 어떤 의도인지는 아둔한 너도 짐작은 하고 있을 것이다."

"……."

"훗, 어리석은 계집이지. 이미 세상을 등진 성승에게 무엇을 기대했단 말이냐?"

일도살은 냉소를 치고는 일검향에게 고개를 돌렸다.

"성승은 만나보았느냐?"

"그렇다."

"그래? 아직 생존해 있었단 말이냐?"

일검향은 결정적인 정보는 밝히고 싶지 않았다.

"이미 열반에 드셨다. 난 그분의 유해를 확인했을 뿐이다."

일도살의 입가에 회심의 미소가 감돌았다.

"후훗, 아주 중요한 정보를 알려주었구나, 검향. 그 한마디로 자비를 베풀어 널 살려줄 수도 있다."

"그따위 생각은 하지 마라. 난 네놈을 죽이는 데 일말의 사정도 두지 않을 테니까."

"큭, 네놈의 실력으로 감히 날 죽이겠다고?"

일검향은 서서히 공력을 끌어올리며 물었다.

"요지선자와 함께 있었던 추가영은 어찌 되었느냐?"

일도살은 힐끗 교교에게 눈길을 던졌다.

"그 계집은 어찌 되었느냐?"

"죽었습니다. 제 손으로 사지를 끊고 몸을 토막토막 썰어 죽였지요."

교교의 잔혹한 답변에 일검향은 전신을 부들부들 떨었다.

"교교! 네년이 감히?"

그러자 연무관 계단 위에 앉아 있던 갑영이 차갑게 외쳤다.

"동요하지 마라, 검향! 천예사원의 자객은 죽은 자를 다시 죽이지 않는다. 교교가 아무리 더러운 반도라 해도 천예사원 출신임은 분명하다. 교교의 말은 거짓이다!"

갑영의 냉철한 판단력으로 일검향은 분노와 격동에서 겨우 벗어날 수 있었다. 일검향은 추가영이 절대 교교에 의해 죽지 않았음을 확신할 수 있었다.

"교활한 계집! 네년이 인간이라면 한가닥 양심이라도 가져라. 스스로 목숨을 끊어 사부님께 사죄하는 것이 너의 유일한 속죄다."

천사명왕이 거론되자 교교의 안색이 하얗게 변색되었다.

일도살은 소매를 저어 그녀를 뒤로 물렸다.

"물러가라."

그는 일검향과 마주 서며 허리춤의 칼에 손을 얹었다.

"검향, 풍문에 의하면 네가 무향검살로서 당대 최고의 자객이라 하더군. 호랑이 없는 곳에 너구리가 설친다는 속담이 있던데 정말 가소로운 일이다."

"도살, 너 역시 호랑이는 아니다. 마국의 더러운 개일 뿐이지."

"후훗, 너 같은 하류 족속이 무엇을 알겠느냐? 넌 나와 겨루었다는 것을 영광으로 생각해야 할 것이다."

일검향은 자청검을 불끈 쥐었다.

"고맙다, 도살. 네놈을 내 손으로 죽일 수 있게 해줘서."

번—쩍—!

경이적인 쾌검기였다. 둘 사이의 간격이 삼 장이었지만 그 정도의 거리는 지척이었다.

일검향이 한 걸음을 내디뎠을 때 이 장으로 줄어들었고 그의 검이 뽑혔을 때는 이미 일 장 거리였다. 그리고 검기는 이미 일도살의 목을 베었다.

일도살은 채 칼을 뽑기도 전에 목이 댕강 날아갔다. 참으로 어처구니없는 대결이었다.

너무도 간단히 일도살의 목을 벤 일검향은 검극의 통해 감지한 감각으로 그것이 허상임을 직감했다. 상대의 목을 벨 때 느껴지는 둔탁함이 전혀 감지되지 않았던 것이다.

"후훗, 내 차례다!"

냉담한 웃음과 함께 목이 베어진 허상이 합쳐지며 급속한 반격을 펼쳐 왔다. 환영마전이라는 마도절기에 의한 현상이었다.

쐐애액—!

세 줄기 도기가 연속적으로 내리 꽂혔다. 일검향은 독하게 마음을 먹고는 마주 응수했다.

창……!

순간적으로 삼 초가 교환되었지만 얼마나 빠른 교합인지 한 번의 금속성밖에 일지 않았다.

두 사람은 흑백의 석판 위를 이동하며 매서운 살초를 교환했다. 일검 일도는 하나같이 살벌했다. 찌르고 베고 쪼개는 모든 수법이 혼합된 살인초식이었다.

한번 도검이 교차하면 수십 개의 불꽃이 피어올랐고 서로의 허점을 추궁할 때면 검기와 도기가 꼬리를 물었다.

교교는 아름드리 돌기둥 뒤에서 이를 관전하며 숨조차 제대로 쉴 수가 없었다.

'아……!'

당대 최고 반열에 이른 자객들답게 그들의 격돌은 지독히도 빨랐고 절도가 넘쳤다.

서로를 향한 한 초식도 무의미한 것이 없었다. 수십 수를 앞서 헤아리며 사전에 포석을 구사하는 국수(國手)들처럼 그들의 공격과 수비는 하나같이 상대를 죽이기 위한 포석이었다.

갑영은 돌 계단 위에 앉은 채 묵묵히 관전하기만 했다.

일검향을 돕고 싶어도 도울 수 없는 몸이다. 설사 그의 몸이 건재했다 하더라도 이 격돌에는 끼어들고 싶지 않았다. 복수도 중요하지만 명예 또한 중요하다. 일검향이 천예사원을 대표해 나선 이상 명예로운 싸움이 되어야 했다.

차차창—!

순식간에 수십 초를 교환한 그들은 각자 희고 검은 석판 위에 내려섰다.

턱을 치켜 올린 일도살의 모습은 당당했다. 혈룡포 몇 곳이 베어졌지만 큰 부상은 없었다. 반면 일검향은 어깨서부터 가슴까지 긴 상흔이 나 있었다.

그들의 쾌검과 쾌도는 거의 최절정에 이르렀지만 일도살의 환영마전 신법은 독보적인 절기였다. 상대의 환영과 실체를 확인하며 겨뤄야 하는 일검향으로서는 힘겨운 승부일 수밖에 없었다.

교교는 내심 안도를 하면서도 가슴 한편으로 안타까움에 젖었다.

'아, 역시 검향은 도살의 상대가 될 수 없어.'

일검향은 잠시 갑영을 돌아보았다.

다소 먼 거리였지만 갑영은 단정한 자세로 앉아 있을 뿐 여전히 무표정한 모습이었다.

갑영은 무릎 위에 검을 올려놓고 있지만 그것은 상대와 대적하기 위함이 아니었다. 일검향이 패할 경우 깨끗하게 자결하기 위함이다. 물론 그전에 을화의 생명이 끊어질 것이다.

다시 고개를 돌린 일검향은 일도살을 직시했다.

어떠한 죽음과 고통도 두려워하지 않는 그였지만 그의 어깨 위에 걸린 사명을 생각하자 천 근 같은 무게가 느껴졌다.

그의 패배는 갑영과 일화의 죽음으로 이어진다. 더불어 그들 천예사살의 몰살은 천예사원의 와해를 의미한다. 창비와 묵궁, 다훼 셋으로는 결코 천예사원을 재건할 수 없기 때문이다.

일검향은 지그시 입술을 깨물었다.

'참회동에서도 살아 나온 나다. 난 결코 패하지 않는다!'

검극에 진기를 운집한 그는 바닥으로 낮게 미끄러지며 공세를 펼쳤다.

번―쩍―!

섬광이 번득이며 일도살이 베어졌지만 역시 환영이었다. 일도살의 환영은 꼬리를 물고 이어지며 허공 가득히 잔상을 만들어냈다.

일검향은 범천진기를 일으켜 두 눈에 집중시켰다. 그의 눈망울에 은은한 금빛 기운이 감돌았다.

범황천안술!

어둠을 꿰뚫고 혼란과 요사함을 간파할 수 있는 불문의 절기. 일순 세상이 환해지면서 일검향은 환영마전에 의한 환상과 실체를 정확히 간파할 수 있었다.

이 순간 일도살은 회심의 미소를 지으며 그의 등 뒤로 날아들고 있었다.

일검향은 살심을 가슴에 묻은 채 애써 냉정을 유지했다.

'무념무심! 이것은 그저 척살일 뿐이다.'

그는 분노로 인해 살초가 드러나기를 원치 않았다.

쐐애액—!

일도살의 쾌도가 매서운 파고성을 발하며 일검향의 등줄기로 떨어져 내렸다. 순간 일검향은 몸을 반쯤 틀며 사선으로 검을 휘둘렀다.

"귀명참살(鬼冥斬殺)!"

수련생 시절 그가 터득한 가장 잔혹한 쾌검술 중 하나였다.

쨍그렁!

일도살의 혈도가 대번에 박살났다.

자청검은 일도살의 안면을 단숨에 갈랐다. 왼쪽 정수리부터 미간과 콧날, 오른쪽 볼까지 대각선으로 깊숙이 베어버린 것이다.

"크으윽!"

고통스런 비명과 함께 일도살이 뒤로 나가동그라졌다. 일검향은 그의 목숨을 끊기 위해 신속하게 따라붙었다.

심각한 부상에도 불구하고 일도살은 괴성을 발하며 쌍장을 내질렀다.

"뒈져라!"

콰류류류!

핏빛 기운이 몰아치며 싸늘한 한기가 바닥을 새하얗게 물들었다. 은천마국의 절기인 혈음마공이었다.

갑영이 벌떡 일어서며 외쳤다.

"피해라!"

그러나 일검향은 그대로 핏빛 기운 속으로 파고들었다. 그의 왼손이 금빛으로 물들며 화려한 변화를 일으켰다.

"차앗!"

금빛의 장영이 허공 가득 무수하게 새겨졌다.

바로 금마오절기 중 하나인 범황통천장이었다. 범황운룡권에 비해 현란한 변화와 속도에서 뒤지지만 뿜어져 나가는 파괴력은 실로 엄청나다.

콰아앙!

광장 전체를 진동시키는 굉음 속에서 처절한 비명 소리가 울려 퍼졌다.

"크아악!"

일도살은 붉은 핏줄기를 내뿜으며 날아갔다. 벽의 창문을 박살 낸 그는 십수 장 높이의 원형 광장 아래로 추락했다. 축 늘어진 몸으로 미루어 이미 절명한 듯싶었다.

일검향은 그의 숨통이 끊어졌는지 확인해야 했기에 창문이 가득한 벽을 향해 몸을 날렸다.

이때 교교가 날아들며 그를 가로막았다.

"그만둬! 이미 죽었어! 살아난다 해도 오장육부가 으스러진 폐인에 불과해!"

일검향은 비로소 그녀의 존재를 인식하며 자청검을 겨누었다.

"이제 네년 차례로군."

교교는 창문 쪽으로 천천히 뒷걸음질을 쳤다.

"검향, 어리석은 짓 마라. 너희 넷의 침투로 척살단은 이미 엄청난 피해를 입었다. 흑백쌍절과 여덟 명의 영주가 죽었다. 그리고 단주인 일도살까지."

"아직 네년이 남았어."

"제발 현실을 생각해!"

교교는 돌 계단 위의 갑영 쪽으로 시선을 돌렸다.

"갑영 오라버니와 을화 언니가 아직 살아 있잖아? 너도 죽고 모두를 죽이고 싶어?"

"……?"

"비록 하급자객들이지만 원형 광장에는 삼백 명에 달하는 자객들이 대기해 있다. 그들이 들이닥치면 너도 죽을 수밖에 없어."

"네년만 죽이면 돼."

교교는 눈물을 글썽이며 외쳤다.

"이 바보야! 나 같은 계집의 목숨 하나가 뭐 그리 중요해? 나 하나 죽이자고 천예사원을 포기할 생각이냐?"

"무슨 소리냐?"

"피해라. 연무관을 통과해 나선형 계단을 오르면 혈룡전에 이른다. 혈룡전 옥좌 왼편에 외부로 통하는 비밀 통로가 있어. 어서 그곳으로 빠져나가!"

"……?"

일검향은 너무도 뜻밖의 상황에 잠시 판단이 헷갈렸다. 교교가 무슨 의도로 비밀 통로를 말해주는지 이해할 수가 없었고 그 진위 또한 분간하기가 어려웠다.

이때 갑영이 다리를 질질 끌면서 돌 계단을 내려왔다.

"죽여라, 검향! 교교를 죽이고 일도살의 죽음을 확인해라. 그것이 너의 임무다."

교교가 털썩 무릎을 꿇으며 외쳤다.

"갑영 오라버니, 어서 떠나세요! 정작 죽여야 할 원흉은 은천마국의 국주와 마상(魔相)들입니다! 모든 음모는 그들이 꾸몄고 모든 살겁은 그들로부터 비롯되었습니다!"

갑영이 절뚝거리며 다가섰다.

"물론 놈들도 죽일 것이다. 그전에 네년은 반드시 죽어야 돼."

교교는 창문으로 물러서며 연검을 뽑아 들었다.

"오지 말아요! 차라리 내 손으로 죽겠어요."

그녀는 갑영과는 도저히 협상이 되지 않자 일검향을 향해 외쳤다.

"검향, 어서 오라버니와 언니를 모시고 떠나!"

"거기 서!"

일검향이 달려들자 교교는 연검을 휘둘러 자신의 옆구리를 베었다.

"잘 들어, 검향. 요지선자는 마국으로 압송됐지만 추가영은 이미 요지선궁을 떠난 상태였다. 그녀는 무사해."

"가영이… 무사하다고?"

"어서 떠나, 어서!"

교교는 창문 밖으로 훌쩍 몸을 날렸다.

"아아악!"

긴 비명 소리가 들려왔다. 일검향은 급히 창문 밖으로 몸을 내밀었다.

열대림에는 삼백 명에 달하는 자객들이 빼곡하게 들어서 있었다. 상층에서 내려다보면 십수 장에 달하는 높이였지만 분노에 찬 그들의 살기가 분명히 느껴졌다.

한편 추락하던 교교는 두 영주의 도움을 받아 겨우 바닥으로 내려설 수 있었다. 그녀가 스스로 옆구리를 벤 것은 자신 역시 싸움을 벌이다 부상을 당한 것처럼 위장하기 위해서였다.

"흐윽, 단주는… 어찌 되셨느냐?"

제9영주가 침중한 어조로 대답했다.

"이미 절명하신 것으로 사료됩니다."

"뭐, 뭐야?"

"수석영주, 대체 어찌 된 일입니까? 흑백쌍절과 여덟 영주가 나섰는데 놈들을 죽이지 못했습니까?"

교교는 상층부를 올려다보며 이를 갈았다.

"모… 모두 죽었다."

"예에?"

"추살해라… 상층부 진입을 허락하겠다. 모두 올라가 놈들을 죽여!"

단주 일도살이 죽은 이상 수석영주인 그녀가 최고 결정권자였다. 두 영주와 자객들은 일제히 진입로로 뛰어들었다.

"와아아!"

"천예사원의 자객 놈들을 죽여라!"

"단주님의 복수다!"

상층부 창문에서 이를 내려다보던 일검향이 갑영에게 판단을 물었다.

"어찌할까요, 형님? 이곳 연무관은 한바탕 격돌을 벌이기 좋은 장소입니다."

"……."

"적어도 놈들 백 명 이상은 죽일 자신이 있습니다."

한데 갑영은 돌 계단을 향해 절뚝절뚝 걸음을 옮겼다.

"을화를 업어라. 혈룡전으로 가겠다."

"형님……?"

"교교 그년을 죽이지 못한 것이 통한이지만 그 계집의 말이 맞다. 아직 죽여야 할 놈들이 많아. 그리고 계도의 유해를 제수씨 가족에게 보내야 하고 을화도 살려야 한다."

일검향은 힘있게 고개를 끄덕였다.

"알겠습니다."

갑영은 침중한 어조로 뇌까렸다.

"무엇보다 널 죽게 내버려 둘 수가 없구나."

앞서 추락한 일도살은 모포 위에 눕혀져 있었다.

귀공자를 방불케 할 그의 용모는 심하게 훼손된 상태다. 다행히 눈은 상하지 않았지만 안면이 대각선으로 베어져 구천에서도 스스로의 용모를 알아보지 못할 몰골이 되었다.

두 팔은 금빛으로 물든 채 축 늘어져 있었다. 오장육부가 으스러졌는지 부릅뜬 두 눈은 핏발로 붉게 물들어 있었다.

교교는 맥을 짚어보았다.

제9영주의 말대로 이미 절명했는지 맥이 전혀 잡히지 않았다. 나직이 한숨을 쉰 그녀는 그의 심장과 경동맥에 두 손을 얹은 채 사기판명법으로 생사를 가늠해 보았다.

잠시 후 그녀는 눈을 번쩍 떴다.

"맙소사, 아직 살아 있어!"

그녀는 환한 표정으로 그를 내려다보았다. 끈질긴 것은 악인의 목숨이라더니 일도살은 아직 죽지 않은 것이다.

교교는 일도살을 응시하면서 복잡한 갈등에 휩싸였다.

'확실히 죽여 버릴까? 일도살만 죽으면 아무도 모르는 곳으로 달아나 자유롭게 살 수 있어.'

실낱같은 숨만 붙어 있는 일도살이기에 그녀는 손끝을 튕기는 정도로 그를 죽일 수 있었다. 그러나 그녀는 다시 고민에 빠졌다.

'안 돼. 마국의 힘은 무소불위야. 내가 배신한 것을 알면 반드시 추격대를 보내 날 찾아낼 거야. 차라리 도살을 본국으로 데려가자. 도살의 높은 신분을 감안하면 내게 상이 내려질지도 몰라. 척살단은 폐쇄되겠지만 난 살 수 있을 거야.'

한참을 고민하던 그녀는 일도살을 안아 들었다.

"도살, 널 살릴 테니 나도 살 수 있게 도와다오."

2

한중을 둘러싼 겹겹의 산세는 마치 성곽을 방불케 한다.

자연적인 능선은 성벽처럼 이어졌고 깊은 골짜기는 해자(垓字)를 이루었다. 또한 곳곳의 높은 봉우리는 망루처럼 주변을 감시하기에 충분했다.

이런 천연의 요새 안쪽에 감춰져 있는 비밀 단체가 바로 의천맹(義天盟)이다.

의천맹 총단은 봉우리 중턱의 험지에 위치하기에 상주 인원은 이백 명도 되지 않는다. 그들 개개인의 능력이 아무리 뛰어나도 은천마국과 같은 거대 마단을 상대하기에는 턱없이 빈약한 숫자다.

그러나 의천맹은 여전히 백도무림계의 맹주 격으로 정신적인 지주다. 천하 곳곳에 산재한 의천맹의 지부와 분단이 지속적으로 활동을 하며 백도무림을 지원하기 때문이다.

은천마국이 천하무림의 절반을 석권하고도 공식적인 지배 의사를 밝히지 못하는 이유가 의천맹 때문이다.

만일 군림천하를 공식적으로 선포할 경우 의천맹은 보다 확실한 명분으로 은천마국의 지부들을 공격할 것이고 이는 장기적인 혈전으로 이어진다. 하기에 위엄과 무형의 압박으로 세상을 지배하려는 은천마국에 있어 의천맹은 골치 아픈 우환거리가 아닐 수 없었다.

봉우리 중턱서부터 형성된 건축물은 실로 장관이었다.

가파른 계단 좌우로 형성된 전각은 무쇠 기둥을 깊숙이 박고 벽돌을 쌓아 조성되었다. 중원에서는 아주 드문 건축 양식으로 서장 납살의 포달랍궁과 유사한 형태였다.

또한 건물의 옥상에는 분수와 정원수로 이루어진 공중 정원이 만들어져 있어 신비로움이 더했다.

공중 정원 분수대 옆으로 아담한 정자가 세워져 있었다. 무쇠 기둥 위에 돌기와를 얹어 세운 정자라 조금은 차갑게 느껴진다.

정자 난간에 걸터앉은 여인은 송림 위에 둥지를 튼 백로(白鷺)를 물끄러미 바라보고 있었다. 여인의 피부는 백로의 깃털처럼 희고 입술은 석류 속처럼 붉었다.

여인은 화장기 하나 없는 용모이지만 세상을 기울일 경국의 절색이었다. 그러나 슬픔 어린 촉촉한 눈망울이 망국의 공주처럼 보는 이의 가슴을 아프게 한다.

이때 날카로운 새 울음소리와 함께 한 마리 오색 깃털의 매가 급속도로 날아들었다. 하루에 수천 리를 왕복할 수 있는 오색신응(五色神鷹)이었다.

오색신응이 날아들자 취의여인은 화사한 미소를 지으며 팔을 내밀었다.

“아, 삼(三)신응.”

그녀의 비단결 팔이 순식간에 팔꿈치까지 청동빛으로 변했다. 도문의 절학 천강신공에 의한 현상이었다.

오색신응의 부리와 발톱은 강철처럼 지극히 날카롭고 강하다. 하기에 맨살로 오색신응을 앉히게 되면 팔이 부러지거나 피부가 크게 훼손될 우려가 있어 그녀가 천강수(天罡手)를 펼쳐 앉힌 것이다.

오색신응이 팔뚝 위로 내려앉자 취의여인은 오색신응의 머리를 쓰다듬어 주고는 날개 사이를 더듬었다. 오색신응의 날개 아래에는 가는 대롱이 매어져 있었다.

여인은 대롱의 마개를 열고 돌돌 말린 암호문을 끄집어냈다.

오색신응은 전서용 비둘기를 대신하는 영물이다. 의천맹 총단이 섬서성 깊은 곳에 위치해 있기에 전서구로는 전서통문을 제대로 전달하기가 어려워 특별히 배치되었다.

의천맹 총단에서 보유한 오색신응은 다섯 마리에 불과했지만 워낙 빠른 속도로 왕복하기에 전서구 백 마리에 해당되는 정보를 가져다준다. 하기에 취의여인에게 있어 오색신응 한 마리 한 마리는 보물처럼 소중할 수밖에 없었다.

전서통문을 취한 여인이 오색신응의 이마에 입을 맞춰주자 오색신응은 커다란 날개를 퍼덕이며 훌쩍 날아올랐다. 사냥을 해서 배를 채운 후 잠시 휴식을 취하기 위해서였다.

취의여인은 전서통문을 조심스럽게 펼쳐 들었다.

암호문으로 작성된 전서통문에는 다섯 줄의 글귀가 씌어져 있었다. 대번에 암호문을 해독한 여인은 두 손을 모으며 공손히 무릎을 꿇었다.

“오, 하늘이시여. 감사하옵니다.”

그녀는 사방을 향해 연신 절을 올리며 감격에 젖었다.

이때 채찍을 허리에 감은 노인이 정자 안으로 들어섰다. 깡마른 체구로 매부리코가 인상적이었다.

"군사, 대체 어떤 소식인데 그리도 감격해하시오?"

그러했다. 보석 같은 눈을 지닌 절색의 여인은 바로 의천맹의 군사 감소채였다. 매부리코의 노인은 구절의 일인인 도광패편으로 총호법의 신분이다.

감소채의 두 눈에 기쁨의 눈물이 그렁그렁 맺혔다.

"그가… 그가 탈출에 성공했습니다."

도광패편은 믿을 수가 없는 듯 입을 딱 벌렸다.

"뭐요? 저… 정말 척살단에서 탈출했단 말이오?"

"잠시 전 접수한 삼신응의 전서통문입니다. 직접 보십시오."

감소채가 전서통문을 건네자 도광패편은 미간에 내천 자를 새기며 전서통문을 해독했다.

"천예사원 자객 중 한 명 사망. 다른 두 명은 중상. 무향검살만 건재한 것으로 확인됨. 넷 모두 척살단 탈출. 척살단의 십대영주 중 여덟 명 사망, 흑백잠인동의 두 동주 사망, 척살단주까지 사망한 것으로 알려졌지만 확인할 수 없음……."

도광패편은 반복해서 전서통문을 읽고는 탁자 위에 내려놓았다.

"진정 기가 막힐 일이로군. 도대체 천예사원의 자객들은 유령이란 말이오? 삼백 명에 달하는 자객들이 운집한 척살단에 단지 넷이 뛰어들어 이런 상황을 만들어낼 수 있단 말이오?"

"상식적으로 생각하면 소녀도 이해가 되지 않습니다. 척살단 영주들도 일류급 자객들입니다. 더군다나 저들의 소굴이 아닙니까? 함정과 관문을 설치해 상대했을 텐데 결국 수뇌급들 대다수가 죽었습니다.”

감소채는 전서통문을 집어 들고는 말을 이었다.

“특히 흑백잠인동의 두 동주는 천예사원 특급자객들과 버금갈 무서운 자객들입니다. 본 맹의 많은 요원들이 그들 때문에 희생되었지요. 한데 그들을 죽였다니 천예사원은 역시 당대 최강의 자객 단체입니다. 더군다나 척살단주마저 생사를 확인할 수 없는 상황이라면… 이번 천예사원의 침공은 대성공입니다. 아마도 그들로 인해 척살단이 해체될 것입니다. 정말이지 얼마나 고마워해야 할지 모르겠어요.”

도광패편은 여전히 탐탁지 않은 표정이었다.

“군사, 지금은 은천마국을 공동의 적으로 두고 있는 동료일 수 있지만 종래에는 적이 될 자객들이오. 그들이 이렇듯 무서운 자객이라는 사실은 결코 반가운 일이 아니오.”

“총호법, 천예사원은 삼십 년 이래 무림의 공포로 존재해 왔지만 많은 살상을 벌이지는 않았습니다. 그들은 자객 중의 자객이라는 명예를 잃지 않았으며 결코 재물만 탐하는 자객이 아니었습니다.”

“어쨌든 무향검살은 무림의 성지인 소림의 참회동까지 침투한 무림공적이 아니오?”

감소채는 차분한 음성으로 일검향을 두둔했다.

“그건 사실이지만 정작 성지를 침범당한 소림에서는 일검향에 대해 어떤 분노도 표출하지 않았습니다. 소림의 침묵이 무엇이겠습니까? 그것은 일검향이 참회동에 들어갔다 나온 것을 묵인하겠다는 의미입니다.”

“군사, 노부를 회유할 생각은 마시오. 노부가 총호법으로 있는 한 무향검살과 천예사원 자객들은 경계해야 할 적일 뿐이오.”

"그래도 그들의 공을 조금만 인정해 주십시오. 은천마국을 상대로 이토록 엄청난 타격을 준 사람은 오직 그들뿐입니다."

도광패편은 쓴 입맛을 다시며 찻잔을 집어 들었다.

"인정은 하겠소."

감소채는 우아한 미소를 머금고는 두 손을 모았다.

"고맙습니다, 총호법."

"예를 거두시오."

"이제 두 시진 후 보다 상세한 전서통문이 당도할 것입니다. 소녀는 전서통문을 접한 후 곧바로 하산할 계획입니다."

도광패편이 바싹 다가앉으며 음성을 낮추었다.

"불가하오. 군사가 하산할 때마다 매번 위험한 상황에 직면했소. 이는 필시……."

"그렇습니다. 유감스럽지만 총단 내에 마국의 첩자가 침투해 있는 것이 확실합니다. 소녀의 이번 하산은 그들을 색출하기 위함입니다."

"어떻게 말이오?"

"이번에는 소녀 단신으로 하산하겠습니다. 저들로서는 소녀를 제압할 절호의 기회이기에 반드시 교신을 취하려 할 것입니다."

감소채는 소매 속에서 서첩을 꺼내 들었다.

"그동안 소녀가 은밀히 조사를 하면서 아홉 명에 대해 깊은 의혹을 느끼게 되었습니다."

도광패편은 눈을 부릅떴다.

"첩자가 아홉 명이나 된단 말이오?"

"아닙니다. 많아야 두세 명일 것입니다. 저들이 혹시 눈치를 챌까 봐 다수의 제자들을 함께 조사한 것이지요."

“그렇다면 이 아홉 명 중에 첩자가 있는 것은 확실하오?”

“장담할 수 있습니다.”

감소채는 전음술로 첩자 색출에 대한 계책을 일러주었다.

계책을 머리에 새긴 도광패편은 몸을 일으키며 허리춤의 채찍을 쥐었다.

“과연 군사의 지혜에는 감탄을 금치 못하겠소. 더러운 첩자 놈들은 반드시 걸러들 것이오.”

“그럼 총호법만 믿겠어요. 소녀는 하산할 채비를 갖추겠습니다.”

“무슨 소리요? 정말 군사 혼자 하산하겠다는 거요?”

“사실입니다.”

“안 되오! 군사가 얼마나 존귀한 몸인데 마귀들이 우글대는 세상으로 혼자 하산하겠다는 거요? 절대 용납할 수 없소.”

감소채는 차분하게 그를 달랬다.

“혼자 하산하지만 결코 혼자가 아닙니다. 소녀를 지켜줄 사람이 있습니다.”

도광패편의 미간에 내천 자가 깊숙이 새겨졌다.

“설마 무향검살을?”

“그렇습니다. 천하 누구도 죽일 수 있는 자객이기에 천하 누구도 보호할 능력을 지닌 사람입니다. 그의 보호를 받는다면 소녀는 안전할 수 있습니다.”

“군사, 대체 무슨 일 때문에 자객을 호위로 삼으려는 것이오? 군사는 노부와 호위대를 신뢰하지 못하겠다는 거요?”

“그럴 리가 있겠습니까? 다만 이번 일에는 일검향이 절대적으로 필요합니다. 오직 그만이 소녀를 도와 한 가지 중대한 의혹을 해결해 줄 수 있습니다.”

도광패편은 다소 자존심이 상했지만 척살단을 격파한 일검향의 역량을 인정하지 않을 수 없었다.

“알겠소. 군사를 믿기에 보내 드리겠소. 하지만 불상사가 생긴다면… 무향검살은 내가 용서치 않을 것이오.”

감소채는 그의 손을 쥐며 화사한 미소를 지어 보였다.

“안심하십시오. 그는 제게 있어 목숨처럼 소중한 친구입니다.”

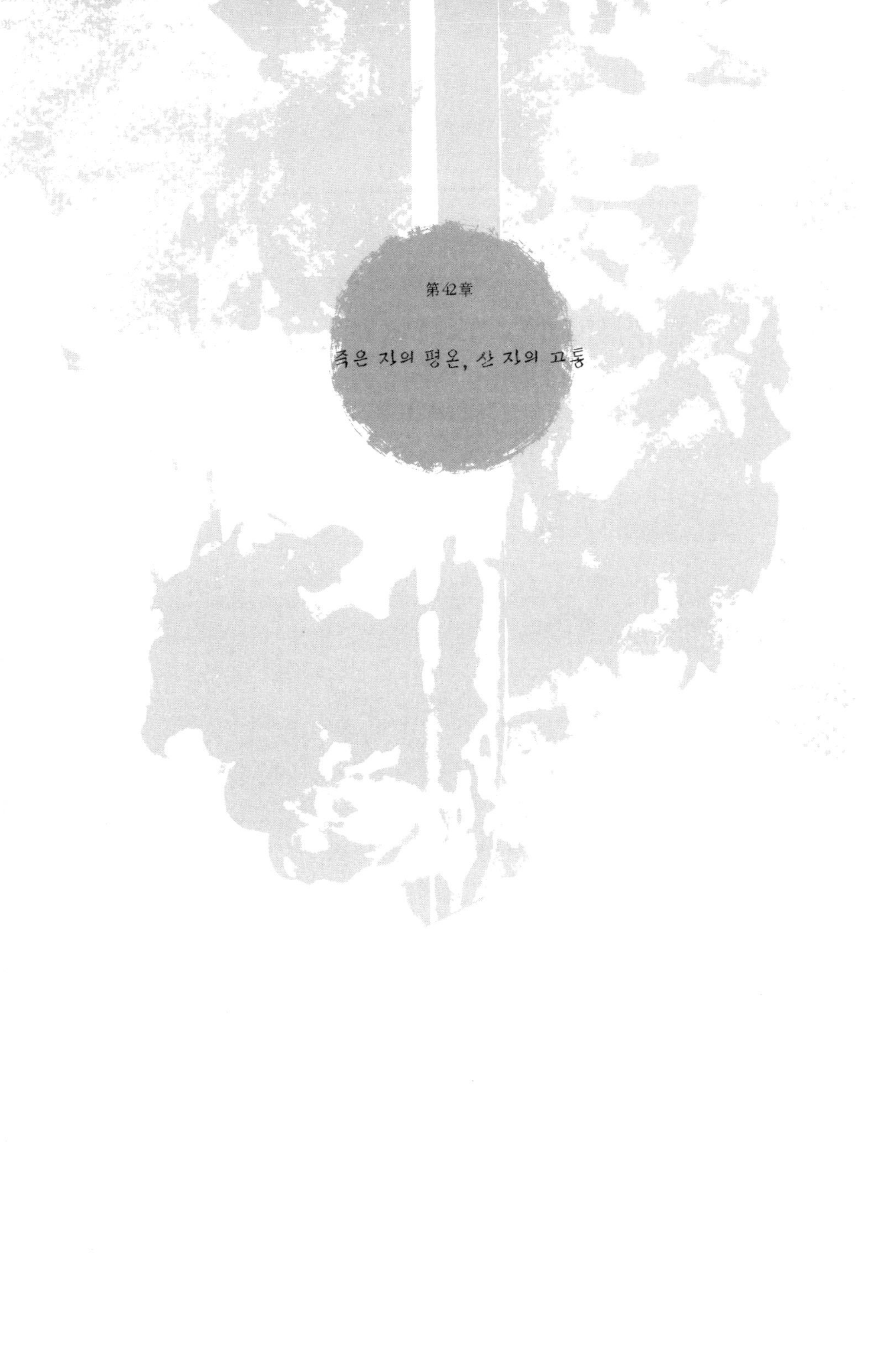

第42章

죽은 자의 평온, 산 자의 고통

갓 초하를 지난 절기였지만 강남의 여름은 역시 빨랐다. 산길은 비교적 열기가 덜했지만 아침 해가 떠오르기 무섭게 더워지기 시작했다.

조기(弔旗)를 매단 검은 마차는 장의사에 소속된 운구 마차였다.

검은 망사 휘장 안으로 두 개의 관이 보였다. 시신을 운반하는 운구 마차는 어디서나 볼 수 있는 광경이기에 조금만 지나면 그다지 관심을 끌지 못한다.

마부석에 나란히 앉아 있는 두 장의사는 검은 초립을 머리에 쓰고 있었다.

건장한 체격의 청년은 구레나룻이 무성했고, 다소 창백한 안색의 중년인은 삼각 수염을 기르고 있었다. 소매 한쪽이 헐렁한 것으로 미루어 외팔이로 보였다.

수염을 달아 변장을 한 두 사람은 다름 아닌 일검향과 갑영이었다.

그들은 교교가 일러준 비밀 통로를 찾아 척살단을 무사히 탈출할 수 있었다. 교교가 비록 천예사원을 등진 배신자였지만 이번에는 그들을 속이지 않은 것이다.

운반되는 두 개의 관에는 각기 계도와 을화가 눕혀져 있었다.

계도는 죽은 몸이기에 관에 담기는 것이 당연했지만 아직 목숨이 붙어 있는 을화가 관 속에 있다는 것은 다소 끔찍한 일이 아닐 수 없었다. 하지만 을화가 관 속에 눕혀진 것은 회복을 위한 치유법 중 하나였다.

을화는 교교에 의해 등이 관통되는 치명상을 입었다. 천행으로 심맥이 다치지 않았지만 가벼운 충격에도 죽을 수 있기에 관 속에 안치해 놓는 것이 오히려 안전했다.

더위에 대비해 관 뚜껑을 반으로 쪼개 열어놓았기에 쪄 죽는 일은 우려하지 않아도 되었다.

다각다각……!

마차를 끄는 두 마리 흑마는 권태롭게 걸음을 옮기고 있었다. 주인이 채찍질 한번 하지 않았기에 두 마리 흑마는 굳이 서두를 이유도 없어 보였다.

갑영이 천천히 섭선을 저으며 물었다.

"왜 계속 사천성과 반대 방향으로 이동하는 것이냐?"

일검향은 가급적 나무 그늘 쪽으로 마차를 몰았다.

"놈들은 춘추봉의 소재를 알고 있습니다. 곧바로 춘추봉으로 향하면 추격의 위험이 있을 것 같아 호북을 거쳐 우회할 생각입니다."

"그래? 난 네가 계도의 가족에게 가는 길이라 생각했다."

"하면… 형수님과 소청이 호북에 살고 있단 말씀입니까?"

"모르고 있었구나? 널 아끼는 계도가 왜 새 거주지를 말해주지 않았을까?"

"……."

"하기는 넌 너무 유명해졌어. 무향검살이라는 별호는 천사명왕 이후 최고의 자객으로 인정을 받지. 너의 방문이 서로 간에 위협이 될 수 있기에 얘기해 주지 않은 것 같구나."

일검향은 무거운 심정으로 고개를 숙였다.

"송구스럽습니다."

갑영은 고개를 돌려 거미줄처럼 흩어지는 장강의 지류를 둘러보았다.

"선택의 기회를 주겠다. 네가 을화를 데리고 춘추봉으로 귀환하겠다면, 내가 계도의 유해를 제수씨에게 전할 것이다."

일검향은 주저없이 자신의 의사를 밝혔다.

"아닙니다. 제가 형수님과 소청을 만나겠습니다."

"……."

"계속 장의사로 변장하고 있으면 누구도 제가 자객임을 눈치 채지 못할 것입니다."

갑영은 검은 휘장이 둘러진 마차 안을 돌아보았다. 잠시 생각에 잠긴 그가 입을 열었다.

"아니다. 아무래도 내가 가는 편이 낫겠다. 계도 모녀를 만나면 네가 감정을 주체하지 못할 것 같구나."

"큰형님, 전 계도 형님의 가족과 여러 날을 같이 지낸 적이 있습니다. 제발 형수님을 도와 장례를 치를 수 있도록 배려해 주십시오."

"……."

"사실 계도 형님의 장례를 치른 후 꼭 만나야 할 사람이 있습니다."

"추가영 말이냐?"

"아닙니다. 아직 가영의 행방은 알지 못합니다."

갑영은 팔이 베어진 왼쪽 어깨를 주물렀다.

"누구냐?"

"의천맹의… 군사입니다."

"감소채?"

갑영의 표정이 다소 굳어지자 일검향은 면구스런 표정으로 눈길을 떨구었다.

"사실 소림에서 귀환 도중 척살단 자객들과 격돌한 적이 있었습니다. 그들의 표적이 감소채였기에… 차마 무시할 수가 없었습니다."

"그것은 이해한다만 왜 만나려는 것이냐?"

"한 가지 부탁을 받았습니다."

"척살이냐?"

"확실한 것은 모릅니다."

갑영은 손을 뻗어 말고삐를 쥐었다.

"검향, 넌 자유로운 낭인이 아니라 천예사원에 소속된 자객이다. 더 군다나 지금은 긴급 상황이다."

"죄송합니다. 하지만… 그녀의 부탁을 거절할 수가 없었습니다."

"……."

"용서하십시오. 다시는 멋대로 행동하지 않겠습니다."

일검향은 너무도 쉽게 감소채와 약조한 것이 후회스러웠지만 이미 엎질러진 물이었다.

갑영은 깊이 생각하다가 말머리를 꺼냈다.

"나와 을화의 상세가 회복되려면 두 달 정도가 필요하다. 그동안 별도의 출동은 없을 것이다. 나와 을화가 완쾌되면 곧바로 은천마국으로 침투할 예정이다. 다훼가 천 권의 자료를 통해 아주 상세한 정보를 알아냈다. 다훼라면 두 달 안에 침투할 수 있는 작전을 세워놓을 것이다."

"……."

"검향, 네게 두 달의 자유로운 시간을 주겠다. 그 기간 동안은 춘추봉으로 귀환하지 않아도 된다. 계도의 가족에게 유해를 전하고 장례를 마친 후부터는 자유다. 네가 감소채를 만나든, 추가영을 찾아다니든 관여하지 않겠다. 이번에 척살단을 격파하는 데 혁혁한 공을 세운 포상이라 생각해라."

"큰형님……."

멀리 마을이 보이자 갑영은 마차를 멈춰 세웠다.

"일단 은천마국에 침투하면 탈출에 대해서는 전혀 생각할 수 없다. 죽여야 할 놈들을 한 놈이라도 더 죽이는 것이 우리의 목표가 될 것이다. 그전에 네가 원하는 모든 일을 즐겨라."

그는 두 개의 봉투를 꺼내 건넸다.

"하나는 제수씨에게 전하는 위로금이다. 계도의 이십 년 자객 생활에 대한 보상이다. 계도의 가족은 안포현 도향 마을에 있다. 그리고 다른 봉투에는 네가 쓸 약간의 은표를 준비해 두었다."

"고맙습니다."

일검향이 봉투를 받아 들자 갑영이 마차에서 내려섰다.

그는 관 속에 눕혀진 을화를 들쳐 업었다. 을화는 약에 취해 깊은 잠에 빠져 있었다.

일검향이 얼른 마부석에서 내려섰다.

"형님께서 마차를 타고 가십시오. 제가 계도 형님을 모시겠습니다."

"됐다. 이런 몸으로 귀환할 수 없으니 을화와 함께 요양을 한 후 춘추봉으로 돌아갈 것이다."

갑영이 돌아서자 일검향이 조심스럽게 물었다.

"큰형님, 누님과는… 이대로 지내실 생각이십니까?"

"무슨 소리냐?"

"누님은 큰형님을 진심으로 사랑합니다. 이제 누님의 마음을 받아주시는 것이……."

"쓸데없는 소리 마."

갑영은 고개를 돌리며 냉담하게 일축했다.

"네가 무엇을 안다고 나서는 것이냐? 사랑 타령은 너 하나로 충분해. 원주님께서 널 인정하지 않았다면 난 널 내쳤을 것이다. 넌 자객 능력은 뛰어나지만 심성은 부족한 녀석이었다."

"송구합니다."

"어서 가라."

갑영은 을화를 업은 채 절뚝절뚝 걸음을 옮겼다.

일검향은 외팔이에 절름발이가 된 갑영을 바라보자 가슴이 저렸다. 워낙 큰 부상이기에 갑영의 자객 능력은 현저하게 저하될 수밖에 없다. 천예사원의 계승자로서 자격지심이 몹시 상했을 것이다.

일검향은 갑영이 산모퉁이로 사라지자 비로소 마부석에 올랐다.

"안포현 도향 마을……."

계도의 가족이 거주하는 장소를 떠올린 그는 천천히 말을 몰았다.

황소민과 양소청을 떠올리자 그는 가슴에 무쇠덩이를 단 듯 무거워졌다. 무슨 말을 어떻게 해야 할지 벌써부터 입술이 떨어지지 않았다. 그저 긴 한숨만 나올 뿐이었다.

"후우, 그래도… 일단은 가야 돼."

2

도향 마을은 어촌이면서 산비탈에 과수원을 겸해 비교적 풍요로운 마을이다. 특히 감과 복숭아가 잘 자라 호북의 명산지로 이름이 높다. 게다가 마을 주변으로 기름진 밭이 형성돼 있어 푸성귀며 잡곡까지 재배되었기에 굶주릴 사람은 없었다.

살림이 넉넉하기에 어촌임에도 불구하고 마을의 아이들 절반은 학당에서 공부를 할 수 있었다. 대다수 어촌 아이들이 생선을 손질하며 고달픈 하루하루를 보내는 것에 비하면 행복한 생활이었다.

다각다각……!

마을로 들어선 운구 마차는 도향 마을 사람들에게 있어 진귀한 구경거리가 아닐 수 없었다. 마차는 마을 사람들의 의혹 어린 눈빛을 받으며 동네를 가로질렀다.

마차가 멈춰 선 곳은 산기슭의 아담한 초옥이었다.

집은 작았지만 마당이 아주 넓었다. 넓은 마당 곳곳에는 생선을 말리는 건조대가 세워져 있었다.

운구 마차는 마당 입구에 멈춰 섰다.

마부석에서 내려선 일검향은 주변으로 모여든 마을 사람들을 둘러보며 지전을 뿌렸다.

"망자를 모셔왔소. 운구를 부탁드리겠소."

마을 사람들은 안타까운 듯 혀를 차고는 마차에서 관을 끄집어냈다.

계도는 대상(隊商)에 소속된 상인의 신분으로 행세했기에 도향 마을 사람들은 모두가 그렇게 알고 있었다. 먼 길을 떠나는 대상이기에 자주 집을 비우는 것이 당연했고 이를 의심하는 사람은 없었다.

또한 대상은 도적들의 주 표적이기에 교역에 나서는 도중 죽는 일이 비일비재했다. 하기에 모두들 계도의 죽음에 애도를 표할 뿐 그의 죽음을 의심하는 사람은 없었다.

건조대에 물고기를 말리던 여인은 마당으로 운반되는 관을 보고는 석상처럼 굳어졌다. 햇살에 다소 그을린 피부가 까무잡잡했지만 단정한 용모의 소유자였다.

바로 자객을 남편으로 둔 여인 황소민이었다.

“……!”

황소민은 머리에 쓴 두건을 벗으며 조용히 몸을 일으켰다.

딸랑딸랑……!

일검향은 요령을 흔들고 지전을 뿌리며 마당을 가로질렀고, 관을 멘 마을 사람들이 곡을 하며 뒤를 따랐다.

황소민을 대하자 일검향은 가슴이 미어지는 것만 같았다. 그녀 앞에 무릎을 꿇고 사죄라도 올리고 싶은 심정이었다. 하지만 장의사의 신분으로 찾아왔기에 정중히 읍을 하는 것으로 대신해야 했다.

“황 부인, 망자께서는 도적을 만나 귀한 목숨을 잃게 되었습니다. 상단의 단주와 상인들 모두가 깊은 애도를 전해왔소이다. 황 부인께서는 슬픔을 거두고 망자의 유해를 받아주십시오.”

황소민의 안색이 창백하게 탈색되었다. 너무도 큰 충격과 비통함으로 금세라도 쓰러질 것만 같았다. 그러나 그녀는 강한 기질의 여인이었다.

북받치는 설움을 애써 진정시킨 그녀는 공손히 예를 갖추었다.

"부군의 유해를 모셔오느라 원로에 얼마나 노고가 많으셨습니까? 죄인의 심정으로… 부군의 유해를 삼가 받드오이다."

관은 초옥 안으로 옮겨졌다.

일검향은 마을 정장(亭長)에게 두둑한 장례 비용을 건네 음식과 장례 절차를 부탁했다.

부친의 사망 소식을 듣고 달려온 양소청이 통곡을 하자 황소민도 참았던 눈물을 쏟아냈다. 세상에 남겨진 두 모녀의 울음은 애절했고 그들의 비통한 곡에 마을 사람들 모두가 눈물을 흘렸다.

황소민은 한눈에 일검향을 알아보았지만 양소청은 어려서인지 일검향이 과거 추검임을 전혀 몰랐다. 그저 부친의 유해를 모셔온 장의사로만 생각했다.

장례식은 황소민의 요청으로 하루 만에 화장(火葬)으로 마감되었다.

"흑흑, 아버지! 아버지!"

나루터에 꿇어앉은 양소청은 강물에 뿌려지는 부친의 유골을 바라보며 연신 울음을 터뜨렸다.

황소민이 흐르는 강물에 유골을 뿌리고 있었다.

죽은 자를 떠나보내는 마지막 의식이지만 그녀는 울지 않았다. 아마도 이런 비극을 오래전부터 예감해서일까. 그녀는 숙연한 모습으로 강물만 바라보고 있었다.

일검향은 요령을 흔들고 지전을 뿌리며 계도의 혼백이 평온하기를 기원했다.

자객의 혼백이기에 극락에 이를 수는 없겠지만 지옥에 떨어지지 않기를 간절히 바랐다. 그것이 그가 해줄 수 있는 마지막 배려였다.

울다 지친 양소청은 황소민의 등에 업혀 곤히 잠들어 있었다.

장례가 끝나자 마을 사람들이 모두 돌아갔기에 일검향은 황소민과 나란히 초옥을 향해 걷고 있었다. 그는 안쓰러운 두 모녀를 위해 무엇을 해주어야 할지 몹시 고민이 되었다.

멀리 초옥이 보이자 황소민이 조용히 입을 열었다.

"덕분에 부군의 장례를 제대로 치를 수 있었어요. 이제 돌아가십시오."

"형수님… 이제 어찌하실 생각이십니까?"

"더는 쫓겨 다닐 일도 없으니 친정으로 갈까 합니다."

"제가 모셔다 드리겠습니다."

그의 호의를 황소민이 정중히 사양했다.

"장의사의 신분으로 이미 지나칠 만큼 많은 일을 해주었습니다. 그 이상은 마을 사람들의 의심을 살 우려가 있습니다. 소청을 위해서라도 계속 머무는 것은 이롭지 않습니다."

"알겠습니다."

일검향은 봉투를 꺼내 그녀에게 건넸다. 그 안에는 갑영이 자신에게 하사한 포상금까지 포함돼 있었다.

"형님께서 이십 년 동안 춘추봉을 위해 일한 보상금입니다. 당연히 받아야 할 몫이니 부디 거절하지 마십시오."

"……."

"사람의 목숨을 어찌 은자로 대신할 수 있겠습니까? 형님을 지키지 못한 죄스러운 심정은 평생 잊지 못할 것입니다."

황소민은 잠시 주저하다가 봉투를 받아 들었다.

"그이는 평생 불사(佛事)에 관심이 많았지요. 작은 암자라도 세워 자신의 혈업을 씻기를 원했어요. 이제 부처님의 가호를 빌어 그이의 영혼이 평온하기를 조석으로 빌어야겠군요."

그녀는 간단히 목례를 올리고는 초옥으로 향했다.

일검향은 그녀가 초옥 마당으로 사라질 때까지 지켜보았다. 그녀의 말대로 장의사로 파견된 그가 더 이상 머물 이유는 없었다. 지나친 배려는 행여 과부가 된 황소민을 넘보려는 흉측한 인간으로 곡해받을 수도 있었다.

'형수님, 소청…….'

이제 다시 그들 모녀를 만날 일은 없을 것이다. 두 모녀의 행복을 위해서 그림자도 비춰서는 안 된다. 그들이 자객의 피 냄새가 전혀 풍기지 않는 평범한 세상 속에서 살아가도록 관계를 끊는 것이 최대한의 배려였다.

몸을 돌린 그는 무거운 발걸음을 끌며 장의 마차로 향했다.

죽은 자를 떠나보내는 심정은 언제나 고통스럽다. 부모의 장례를 치를 때도 그러했고, 천사명왕을 비롯한 동문들을 화장할 때도 그랬으며, 잠시 전 형제와 같은 계도를 떠나보낼 때도 그러했다.

죽은 자는 평온할 수 있지만 산 자는 그럴 수가 없었다. 그것이 바로 생사윤회의 삶이었던 것이다.

3

일곱 개 전각으로 둘러싸여 있는 원형의 석조 건물은 반구형 지붕을

갖춘 독특한 건축물이다. 원형 건물은 주변 전각과 긴 회랑으로 연결
돼 있어 전각의 사람들은 발에 흙을 묻히지 않고도 원형 건물에 이를
수 있다.

원형 건물은 하얀 대리석 기둥으로 둘러져 있었다.

건물 내부도 원형으로 이루어져 있는데 초대형 원탁이 실내 한복판
에 놓여져 있었다. 호피가 깔린 대리석 의자는 모두 일곱 개인데 지금
은 두 개의 의자에만 주인이 앉아 있었다.

원탁 앞에 꿇어앉아 있는 여인은 교교였다. 그녀는 납죽 부복한 채
상황을 보고하고 있었다.

"마지막으로 단주와 일검향이 격돌했는데… 단주께서 패배하고 말
았습니다."

호피의자에 앉아 있는 두 사람은 아주 독특한 풍모의 소유자들이었
다.

칼과 검을 교차해 등에 멘 인물은 얼굴이 붉고 두 눈이 붉고, 두 손
마저 붉은 중년인이었다. 비교적 말쑥한 용모지만 입가의 미소가 지극
히 냉혹해 보였다.

문관처럼 손에 옥홀(玉笏)을 쥔 인물은 음침한 인상의 노인이었다.
안색은 지나치게 창백하고 눈두덩이 검어 마치 저승사자를 방불케 한
다. 세모꼴 눈을 깜빡일 때마다 녹색 인광이 번득이는데 워낙 살벌해
감히 눈길을 마주할 엄두도 낼 수 없다.

붉은 눈의 중년인이 의혹의 눈빛을 발하며 교교를 쓸어보았다.

"흑백쌍절과 여덟 명의 영주들이 죽었는데 네 부상은 너무 미미하구
나? 더군다나 단주까지 치명상을 입었지 않았더냐?"

"저… 저는 단주를 구해야 했기에 싸움보다는 탈출을 꾀할 수밖에

없었습니다, 혈상님."

교교는 바싹 긴장한 채 아랫입술을 달달 떨었다.

그녀가 은천마국의 총단 내에서도 최고 수뇌들만 드나들 수 있는 태상전에 발을 들여놓기는 이번이 처음이었다. 태상전의 마상들은 모두 일곱 명인데 지금 그녀를 문초하는 두 마상이 혈상과 귀상이었다.

도검을 교차해 맨 중년인이 혈상(血相), 인광을 발하는 음침한 노인이 귀상(鬼相).

은천마국의 태상전에는 일곱 명의 마상이 소속돼 있는데 그들의 권한은 무소불위였다. 예속 단체의 누구라도 죽이고 살릴 수 있으며 무제한의 재물을 마음대로 뿌릴 수 있다. 그들은 국주의 지시에만 복종할 뿐 누구에게도 예속되지 않은 자유인이었다.

귀상은 족히 천 년은 되었을 법한 골동품 찻잔을 손바닥 위에 올린 채 빙빙 돌리고 있었다. 그는 은천마국에서 서열 3위에 해당되는 최고 결정권자였다.

"일도살과 일검향의 대결 상황에 대해 다시 말해보아라."

"예, 귀상님."

교교는 일도살과 일검향이 정면 대결을 펼치면서 구사한 무공과 수법에 대해 상세한 보고를 올렸다.

귀상이 혈상에게로 시선을 돌렸다.

"일도살은 천예사원의 자객술뿐만 아니라 본 국의 절기를 터득했네. 일검향이란 자가 어떻게 도살 단주를 이길 수 있었다고 보는가?"

"교교의 보고가 정확하다면 둘의 대결은 자객술과 무관한 무공 대결이오. 기습과 암습이 아니라면 무공이 약한 자가 패하는 것은 당연한 결과요. 일검향이란 놈의 무공은 확실히 절세급이오."

"절세급이라고?"

"천중육기와 버금간다고 장담할 수 있소."

귀상은 의자에 편히 기대며 차를 한 모금 들이켰다.

"그렇다면 놈이 소림 참회동에서 천불 땡초를 만난 것이 확실하군. 그토록 짧은 시간에 한 명의 절세고수를 탄생시킬 수 있는 사람은 땡초뿐이지."

"천불성승이 여태 생존해 있었다니 정말 끈질긴 목숨이오."

"천불이 살아 있다 해도 참회동을 나설 수 없을 테니 문제될 것은 없네. 한데 일검향이란 놈에게 불력과 무공을 전했다면 조금은 곤란하군. 놈이 일도살의 환영마전을 간파했다는 것은 신안(神眼)을 터득했다는 것을 의미하지. 또한 혈음마공을 격파한 장법은 천불에게서 하사받은 절기임이 분명하네."

귀상은 단지 보고를 듣는 것만으로 모든 상황을 정확히 파악했다.

그의 무공은 7대마상 중 가장 약하지만 지략과 학식, 경륜은 당대 최고 수준이었다. 하기에 그는 은천마국의 업무를 관장하는 실질적인 지배자가 될 수 있었다.

혈상은 대수롭지 않은 표정으로 자리에서 일어섰다.

"어쨌든 도살 단주가 목숨을 부지했으니 다행이오. 귀상이라면 단주를 더 강하게 회생시킬 수 있을 테니까."

"일검향이란 놈을 죽이려면 아무래도 자네가 나서야 할 것 같군."

"그럴 필요 있겠소? 어차피 놈들 스스로 침투해 올 것이 아니오?"

혈상은 교교 옆을 지나며 한마디 던졌다.

"따라오너라."

“예, 혈상님.”

교교는 숨도 크게 쉬지 못한 채 혈상의 뒤를 따랐다.

원형 석조 건물과 연결된 회랑은 아주 길었다. 작은 정원과 연못을 거치고 두 개의 가산을 지나서야 혈상의 전각에 이를 수 있었다.

혈상의 거처인 혈상각은 오로지 붉은색과 금색으로만 채색돼 있었다. 붉은 양탄자에는 금빛 문양이 새겨져 있었고 금빛 문에는 붉은 문양이 칠해져 있었다.

넓은 침소로 들어선 혈상은 창가의 의자에 앉으며 술잔을 채웠다.

“역시 한 번 배신한 년은 다시 배신을 하게 되는군.”

교교는 가슴이 덜컥 내려앉으며 급히 부복했다.

“무… 무슨 말씀이십니까, 혈상님?”

“교교, 네년은 배신을 했다.”

“아, 아닙니다. 믿어주십시오, 혈상님. 만일 제가 배신을 했다면 단주를 살리기 위해 총단까지 달려왔겠습니까?”

입에 술을 한잔 털어 넣은 혈상은 잔을 내렸다.

“네년이 배신을 하지 않았다면 천예사원의 자객들이 어떻게 척살단을 무사히 탈출할 수 있었겠느냐? 비록 최고 수뇌급들이 죽었다 해도 척살단에는 삼백 명에 달하는 자객들이 건재한 상황이었다. 천예사원의 자객들은 한 놈이 죽고 둘이 심한 부상을 당한 상태라 하였다. 일검향의 무공이 아무리 뛰어나다 해도 삼백 명에 달하는 자객들을 단신으로 상대할 수는 없다.”

“……”

“네년이 비밀 통로를 말해주지 않았다면 놈들의 탈출은 불가능했을 것이다. 그래도 거짓을 고하겠느냐?”

교교는 정신이 아득해졌다. 그래도 우겨야 했다. 사실을 고백한다면 꼼짝없이 배신자로 처벌을 받게 될 상황이었다.

"아닙니다! 저는 모르는 일입니다!"

혈상은 가볍게 탁자를 내려쳤다.

"닥쳐!"

"……."

"누구도 내 앞에서 거짓을 고할 수 없다."

자리에서 일어선 혈상이 교교 앞으로 다가섰다.

"벗겠느냐, 죽겠느냐?"

"예에?"

"난 두 번 말하지 않는다. 결정해라."

교교는 빠르게 생각을 굴렸다.

'내가 아무리 변명을 해도 소용이 없어. 혈상의 결정은 곧 태상전의 결정이다. 난… 살아야 돼!'

그녀는 부복한 자세로 옷을 벗었다.

옷가지가 흘러내리며 우윳빛 뽀얀 피부와 복숭아를 반으로 쪼갠 듯한 수밀도 육봉이 여실하게 드러났다. 혹독한 자객 수련 과정을 거치느라 잔 상처가 많았지만 그녀의 농염함을 해치지 못했다.

혈상은 그녀의 머리채를 잡고는 일으켰다. 옷가지가 마저 흘러내리며 그녀는 이내 전라의 몸이 되었다.

그녀의 나신을 한껏 감상한 혈상은 나른한 미소를 지었다.

"이국의 계집답게 특별하군."

교교는 숨이 턱 막혔다.

은천마국에 복속한 이후 일도살과 처음 교합을 가졌고 몇몇 사내를 거쳤지만 이렇듯 능숙한 사내는 처음이었다.

그는 여인을 다루는 법을 너무도 잘 알고 있었다. 그 자신도 즐기면서 여인에게도 쾌락과 즐거움을 선사해 주었다. 강할 때는 폭풍과 같았고 약할 때는 미풍과 같았다.

"아아……!"

교교는 몸속 깊이 터지는 환희에 눈물이 나올 정도였다. 자신도 모르게 둔부를 흔들었고 허리를 꿈틀거리며 더 깊은 쾌락을 찾아 신음 소리를 토했다.

충분히 즐긴 혈상은 자신의 가슴으로 파고드는 교교를 밀어냈다.

"풋내기로군."

"……!"

퍼뜩 정신을 차린 교교는 눈알을 데굴데굴 굴렸다.

이제 어떻게 처신하느냐가 중요했다.

혈상은 그녀를 죽일 수도 있고 총단 내에서 요원으로 키워줄 수 있는 실력자였다. 어떻게든 그의 마음을 사로잡아야 목숨을 부지할 수 있는 상황이었다.

'무릎을 꿇고 목숨을 구걸해야 할까? 아니, 그것은 너무 비굴한 모습이다. 혈상은 냉혹해. 이런 성격일수록 비굴함을 극도로 싫어한다. 또한 강하게 부딪쳐서도 안 돼. 자존심이 강한 자들은 자신의 비위를 거스르는 것을 용납하지 않으니까.'

교교는 한참을 고민하다가 침상에서 조용히 내려섰다. 옷을 걸쳐 입은 그녀는 혈상을 향해 공손히 절을 올렸다.

"죄인에게 내려주신 은혜에 감사드립니다."

“어디로 갈 생각이냐?”

“척살단을 재건할 생각입니다.”

“척살단은 이미 해체됐다.”

“예에?”

“쓰레기 같은 놈들은 모두 십팔옥(十八獄)에 분산 수용됐다. 너 또한 십팔옥 중 한곳으로 떨어져야 한다.”

교교는 숙연한 모습으로 고개를 떨구었다.

“기꺼이 벌을 받겠습니다.”

“자비를 원하느냐?”

“기회를 원합니다. 죄를 씻고 공을 세울 수 있는 기회를 주십시오.”

“기회라……”

혈상은 나른한 미소를 지으며 침상에 기대앉았다.

“당분간 내 잠자리 시중을 들어라. 네게 기회를 줄지는 조금 더 두고 보아야겠다.”

교교는 환한 미소를 지으며 배례를 올렸다.

“하해와 같은 은혜에 감사드립니다.”

일단 목숨을 부지하는 데에는 성공한 셈이다.

사람에게 있어 위기는 곧 기회일 수 있었다. 혈상은 태상전에 속한 절대고수이기에 그의 비호를 받는 것만으로 신분 상승도 가능했다.

그녀는 회심의 미소를 머금었다.

‘그래, 난 누구보다 아름다워. 내 몸뚱이를 팔아서라도 혈마공에 오르겠다!’

4

평리(平利)는 호북성과 인접한 섬서성 서남단의 도회지다. 아주 커다란 성시는 아니었지만 두 성을 연결하는 요충지라 제법 교역이 성행했고 상인들의 왕래도 잦았다.

숭양객잔은 평리에서 제법 알아주는 큰 규모의 객잔이다. 음식 맛은 다소 떨어졌지만 저렴한 가격과 풍부한 양으로 깨나 성황을 이루었다.

한 청년이 2층 난간 가에 홀로 앉아 술을 들이키고 있었다.

모습은 단정했지만 표정이 비감했다. 그는 깊은 슬픔을 씻기 위해 연신 마셔댔다. 죽은 자는 화장이 되어 강물 위로 흩어진 지 벌써 닷새가 지났지만 그의 심정은 여전히 괴로웠다.

계도가 독신의 몸이었다면 그의 심정이 이렇듯 괴롭지 않았을 것이다.

계도는 천예사원의 자객으로 당당히 싸우다 목숨을 잃었기에 명예로운 죽음이었다. 늘 죽음과 함께 살아온 자객 세계에서 자객의 죽음은 특별한 비통함이 아니었다.

일검향이 못내 괴로움을 떨쳐 내지 못하는 이유는 계도의 남겨진 가족 때문이었다.

황소민에게 미안했고 양소청에게도 미안했다.

비록 자객의 가족이라 해도 그들이 끝까지 행복하기를 원했었다. 여느 가족처럼 단란한 행복을 누리고 양소청이 시집갈 때까지 계도가 살아 있기를 소원했었다.

한데 그의 바람은 결코 이루어지지 않았다.

원주 천사명왕은 자신이 비극을 겪었기에 계도의 행복을 강력히 지원했다. 자객에게도 여느 사람처럼 행복을 누릴 자격이 있음을 시사한 것이다.

　그러나 천사명왕이 가족의 행복을 지키지 못했듯이 계도 또한 어린 딸을 남겨둔 채 목숨을 잃고 말았다.

　일검향은 다시 한잔의 술을 마시고는 탄식 어린 한숨을 내쉬었다.

　'결국 자객에게는 가족의 행복이 주어지지 않는단 말인가? 그것이 운명이란 말인가?'

　만일 그것이 운명이라면 정말 비극이다.

　그는 추가영과의 결합을 간절히 원하고 있었다. 자신의 신분을 알고 만난 여인이기에 둘 사이에는 전혀 숨길 것이 없었다. 오히려 그 자신보다 그녀가 더 긴밀한 관계를 원하고 있었다.

　한데 자객의 운명이 비극으로 귀결된다면 다시 생각해 보아야 할 문제였다. 그가 먼저 죽어 그녀에게 고통을 안겨주고 싶지 않았고, 그녀가 먼저 죽어 자신이 슬퍼하고 싶지 않았다.

　그는 가볍게 입술을 깨물었다.

　'그래도 가영이 안전하게 피신해 있다니 다행이다. 그녀의 행복을 위해 더는 만나지 말자. 어차피 난 은천마국으로 침투해 다시는 돌아오지 못할 상황이다. 가영을 만나면 공연히 가슴 아픈 작별만 나누게 될 것이다.'

　겨우 마음을 추스르자 침울했던 심정이 다소 진정되었다. 안주를 한 점 씹은 그는 천천히 술잔을 입으로 가져갔다.

　한데 이때였다.

　띵… 따땅……!

　칠현금 선율과 함께 객잔 입구가 소란스러워지며 한 떼의 무리가 안으로 들어섰다.

무리를 이끄는 사람은 서른에 이른 청년이었다. 아주 말쑥한 용모의 미공자로 생김새가 시원스러웠다. 술병을 손에 쥔 그는 호탕한 웃음을 터뜨리며 탁자 사이를 걸었다.

"천산은 오월에도 흰 눈 덮이고, 피는 꽃 대신에 추위만 스미는 곳."

그는 이백의 시를 읊으며 한 중년인 앞에 마주 앉아 술을 따라주었다.

중년인은 담담히 미소를 지으며 시문을 이었다.

"그 누구 피리를 부는가, 봄 노래가 애달프구나."

미공자는 중년인과 기분 좋게 건배를 나누고는 시문을 받았다.

"북 소리 드높아서 새벽에도 싸움하고, 말안장 부여안고 밤이면 잠 드노니……."

중년인은 목청을 가다듬고는 시문을 마저 읊었다.

"한 칼로 누란(樓蘭)을 베어 어서 돌아갔으면!"

이백의 새하곡(塞下曲)을 사이좋게 읊은 두 사람은 마치 지기를 만난 듯 호기로운 웃음을 교환했다.

미공자는 공손하게 포권을 취했다.

"노형의 학식에 경의를 표하겠소."

그는 수행하는 서동(書童)에게서 붓을 받아 들고는 잠시 전 대련을 한 시를 적어 중년인에게 건넸다.

중년인은 감격의 예를 올리고는 한 편의 시를 받아 들었다.

"광영이외다, 화(華) 공자. 가문의 보물로써 대대손손 전하겠소."

"하하, 그저 졸렬한 필체일 뿐이오."

시문을 교환한 미공자는 강호여인 둘이 앉아 있는 탁자로 자리를 옮겼다.

통상 외부인이 불쑥 자리에 끼어드는 것은 결례이지만 미공자의 자유로운 행동에 누구도 불평 한마디 털어놓지 않았다. 오히려 흥미로운 눈빛으로 그의 기행을 지켜볼 뿐이었다.

미공자는 두 여인의 잔에 술을 따라주고는 시를 한 구절 읊조렸다.

"나라는 깨져도 산하는 남고, 옛 성에 봄이 오니 초목이 우거졌네."

시문에 어두운 두 여인은 난감한 표정을 지으며 서로의 얼굴만 바라보았다.

미공자는 부드러운 미소를 지으며 한 구절을 더 말해주었다.

"시세를 서러워하여 꽃에도 눈물짓고, 이별이 한스러워 새 소리에도 놀라는도다."

두 강호여인은 얼굴을 벌겋게 물들이며 몸을 일으켰다.

"송구합니다, 화 공자."

"소녀들의 무지함에 흥이 깨졌습니다."

미공자는 낭랑한 웃음을 터뜨리고는 잔을 권했다.

"하하, 그렇다면 벌주를 한 잔 더 드셔야겠습니다."

두 강호여인은 공손히 예를 올리고는 잔을 비웠다.

미공자는 다시 두 여인의 잔에 술을 따라주고는 시문을 마저 읊조렸다.

"봉화는 석 달이나 끊이지 않아 만금같이 어려운 가족의 글월. 긁자니 또다시 짧아진 머리, 이제는 비녀조차 못 꽂겠구나."

미공자가 시문을 마치자 두 여인은 깊숙이 고개를 조아렸다.

"훌륭하신 시를 들려주셔서 영광입니다."

"깊이 명심하겠습니다."

사실 미공자가 읊은 시는 시성으로 불리는 두보(杜甫)의 명작 춘망(春

望)이었다. 특히 첫 구절인 국파산하재(國破山河在)는 나라는 깨져도 산
하는 남는다는 의미를 지닌 명문으로 널리 애송되는 시구였다.

비교적 쉬운 시를 문제로 제시했지만 화답을 얻어내는 데 실패하자
미공자는 2층 계단으로 향했다.

1층의 손님들은 아쉬운 듯 입맛을 다셨다.

미공자는 세상에서 아주 이름 높은 유명 인사다. 또한 엄청난 부호
였기에 그가 따라주는 술은 한 병에 은자 20냥에 달하는 울금향이었
다.

그와 대작해 술 한잔을 마시는 것도 영광인데다 만일 무난히 시문을
댈 수 있다면, 천하명필로 불리는 그의 글씨를 얻을 수 있기에 사실 이
런 기회는 흔치 않은 행운이었다.

2층으로 오른 미공자는 취객들을 둘러보다가 일검향과 마주 앉았다.

그는 우아한 자세로 일검향의 잔에 귀한 울금향을 채워주고는 시를
한 구절 읊었다.

"누구인가, 쓸쓸히 홀몸으로 장안의 가을을 아련히 느껴려 함은, 젊
은 나이로 떠도는 나그네 되어 백발 된 꿈을 꾸고 꿈에도 울었나니."

"……."

일검향은 물끄러미 그를 바라볼 뿐 화답하지 않았다.

미공자는 호의적인 미소를 짓고는 술잔을 들어 권했다.

"벌주를 드시면 한 번 더 기회를 드리겠소."

자신의 잔을 비운 미공자는 시를 한 구절 더 말해주었다.

"여윈 말 끌어내 시든 풀 뜯기면 찬 빗방울 도랑 가에 뿌리고."

주변의 모든 사람들은 과연 일검향이 어떤 화답을 할 것인가 예의
주시하고 있었다. 하지만 이미 첫 구절에서 대구를 대지 못했기에 기

대하는 사람은 많지 않았다.

일검향은 비로소 상대가 누구인지 떠올릴 수 있었다.

선풍무영(旋風武英) 화운악(華雲岳)!

그는 당대에서 풍류제일공자로 불리는 유명 인사였다. 휘하에 서화금(書畵琴) 세 명의 동자를 대동하며 누구와도 시를 즐기고 술잔을 마주친다.

그는 뛰어난 화공이며 명필인데다 금음에도 높은 재주를 지녔다. 또한 불가사의한 무공을 지녔지만 정사 어디에도 치우치지 않는 풍류객으로 세상을 두루 다니는 자유인이었다.

일검향은 공연한 반감에 퉁명스레 응수했다.

"갑 속의 검(劍)은 피를 그리워하고 푸른 내 영혼은 비명에 몸부림치네."

"……?"

미공자 화운악은 의외로운 표정을 지으며 눈을 커다랗게 떴다.

그가 읊은 시는 귀기(鬼氣)로 가득 찬 시인 이하의 시 중 한 구절이었다. 물론 자신이 제시한 시와는 전혀 다른 답문이었다. 한데 묘하게도 이하의 시와 일맥상통한 기운을 지니고 있었다.

화운악은 눈빛을 발하며 일검향을 두루 살폈다.

"호오, 세상에 드문 영웅이시군. 세상에 귀하와 같은 영웅이 있는 줄은 진정 몰랐소. 존명을 알고 싶소."

"귀하는 선풍무영 화 공자가 아니오? 난 그저 무명소졸일 뿐이오."

"지나친 겸양은 오만일 수 있소."

"그것이 오만이라면 난 오만한 놈이 되어도 좋소."

일검향은 그가 따라준 술을 마다하고는 자리에서 일어섰다.

그러자 화운악 뒤에 시립해 있던 서화금동(書畵琴童)이 그를 막아섰다. 그들은 비록 십오륙 세에 불과한 시동(侍童)이지만 형형한 눈빛으로 미루어 일류고수로서 손색이 없어 보였다.

"귀하는 당장 주인님께 사과하시오!"

"어서 이름을 밝히시오!"

일검향은 안하무인 격인 화운악의 기행에 대해 반감을 품고 있었던 터라, 서화금동 세 동자의 태도 또한 눈꼴이 시었다. 평소라면 감정을 억제해 어떤 분란도 일으키지 않을 그였지만 화운악에 대해서는 이상하게 비위가 뒤틀렸다.

그는 세 동자를 쓸어보며 한마디 던졌다.

"비켜라."

서화금동은 삼재진을 형성해 그를 막아선 채 계속 다그쳤다.

"여태 주인님께 무례를 범하고 무사한 자는 없었소."

"당장 용서를 빌고 이름을 밝히시오."

화운악은 우아한 태도로 술을 마시며 사태를 관망했다. 휘하의 세 동자를 제지할 생각은 전혀 없어 보였다.

일검향은 무표정하게 걸음을 내디뎠다.

순간 서동이 커다란 붓을 휘둘렀다. 화동은 비단 족자를 내던졌고 금동은 칠현금을 튕겼다. 보기에는 전혀 위협적이지 않은 공세였지만 사실 서화금동의 공격은 무서운 내가기공이었다.

대붓에 휘감기면 목이 조이고, 비단 족자에 휘감기면 전신이 제압되며, 칠현금의 음공에 당하면 내상을 입게 된다.

일검향은 대번에 세 동자의 위력적인 공세를 간파했지만 손끝 하나 까딱하지 않았다. 순간적으로 그의 몸에서 은은한 금빛이 번득였다.

금마오절기 중 범천강기였다.

퍼퍼펑!

연이은 폭음과 함께 세 동자는 나직한 신음과 함께 주저앉았다. 만일 일검향이 독심을 뿜었다면 세 동자는 위중한 내상을 입었을 것이다.

간단히 서화금동의 제지를 격파한 일검향은 계단을 밟고 1층으로 내려섰다.

모든 사람들은 입을 딱 벌린 채 그를 주시했다.

화운악을 수행하는 서화금동은 독특한 무공의 소유자로 여태 패배한 적이 없었다. 한데 그런 세 동자를 단 일 초에 격파할 고수가 있을 줄은 전혀 생각지 못한 것이다.

화운악의 풍류를 존경해 추종하는 자들도 감히 일검향을 막지 못하고 좌우로 비켜섰다.

계산을 마친 일검향은 입구로 향했다.

이때 그의 귓속으로 화운악의 전음이 흘러들어 왔다.

"끝내 이름을 밝히지 않겠다면 귀하의 신분을 알아내 세상에 공개하겠소. 상대의 명예를 존중하는 것도 세상을 살아가는 방법 중 하나요."

일검향은 아무런 대꾸도 하지 않은 채 객잔을 나갔다.

그도 이제는 자유롭게 전음술을 펼칠 수 있지만 굳이 화운악을 상대하고 싶지 않았다. 다시는 그를 만날 일이 없기 때문이다. 또한 공연히 소란을 일으킨 것이 후회가 되었다.

'예전 춘추봉 상황이었다면 이번 분란만으로 중대한 징계감이다.'

그가 객잔 밖으로 사라지자 화운악의 추종자들이 우르르 2층으로 올라섰다.

"공자님, 어찌 저런 무례한 놈을 좌시하십니까?"

“마땅히 징계를 함이 옳습니다.”

“신분을 밝히지 않은 것이 수상쩍습니다. 혹시 은천마국의 마인일 수도 있습니다.”

화운악은 느긋하게 섭선을 저었다.

“그가 누구인지는 중요치 않소. 하지만 모처럼 잠룡을 만나 아주 즐겁소. 자, 다 함께 즐깁시다.”

그는 객잔 내의 사람들을 향해 호기롭게 외쳤다.

“마음껏 드시오! 얼마를 드시든 오늘은 본인이 계산을 치르겠소!”

세상에 공술을 마다할 사람은 없었다. 객잔 내 사람들은 모두 화운악을 칭송하며 마음껏 술과 안주를 즐겼다. 함께 어울리다 보니 서화금동이 사라진 것을 전혀 눈치 채지 못했다.

한편 객잔을 나선 서화금동은 빠르게 주변을 살피고 있었다.

“반드시 놈의 신분을 알아내라는 주인님의 지시다.”

“대체 놈이 펼친 무공이 뭐지? 세상에 그런 무공이 있단 말인가?”

“지극히 위험한 놈이야.”

그들은 허공을 밟고 뛰며 빠르게 날아갔다.

第43章
침투하지 못할 곳은 없다

흐르는 물에 복숭아를 씻는 여인의 모습이 흡사 선녀처럼 보인다.

여인이라면 누구나 예뻐 보이고 싶어하지만 복숭아를 씻는 여인은 장신구 하나 걸치지 않았다. 하지만 화장기 없는 맨 얼굴이 오히려 신선했고 고귀한 기품이 깃든 우아함은 세상에 보기 드문 절색이었다.

여인은 잘 씻은 복숭아를 대바구니에 담아 평석으로 올라섰다.

평석 위에는 자리가 깔려 있었고 간단한 주안상이 차려져 있었다. 상 위에 복숭아를 얹은 여인은 단정한 자세로 누군가를 기다렸다.

여인은 바로 의천맹의 군사 감소채였다.

물론 그녀가 기다리는 사람은 일검향이다. 한중에서 하산한 그녀는 구주총련을 통해 연락을 취했고 만날 장소와 시각을 정한 것이다.

계곡을 타고 흐르는 물은 시원했고 숲에서 들려오는 산새들의 울음소리가 청량했다. 푸른 하늘과 유유히 흐르는 하얀 구름. 한 폭의 그림

같은 정경은 세상의 시름을 씻어주기에 충분했다.

이때 그녀 앞으로 하나의 인영이 유령처럼 내려섰다.

다소 흐트러진 모습의 청년이었지만 이목구비가 단정했다. 다소 유현한 눈빛이 속내를 측정하기 어려웠다.

"어서 오세요."

몸을 일으킨 감소채가 공손하게 예를 올렸다.

간단한 주안상까지 차려진 평석을 내려다본 일검향이 물었다.

"달리 올 사람이라도 있소?"

"아닙니다. 검향 공자를 위한 자리입니다."

"자객을 위한 자리는 아닌 것 같소. 운치와 낭만에 젖는 것은 사치요."

감소채가 일검향에게 자리를 권하고는 마주 앉았다.

"어쩌면 마지막이 될 수도 있기에 잠시 옛날로 돌아가고 싶었어요."

"……."

"물론 그때는 눈이 펑펑 내리던 한겨울이었지요. 하지만 계절과 관계없이 순수했던 한 소년을 소녀는 아직도 잊을 수 없습니다. 복수를 위해 자객이 되겠다는 그 소년은… 끝내 자객이 되었지요. 그 바람에 하마터면 옛 친구를 죽일 뻔하기도 했고요."

감소채는 잔에 술을 따라주었다.

"이제는 자객이 된 소년을 질책할 수 없습니다. 아니, 오히려 위대한 자객이 된 그를 존경합니다. 누구도 해낼 수 없는 공적으로 핏빛 하늘을 씻어냈으니까요."

일검향은 술을 한잔 털어 넣고는 물었다.

"감 소저, 내게 있어 당신은 아직도 추억 속의 여인이오. 이미 약조

를 했으니 감 소저의 어떤 부탁이라도 들어드리겠소. 굳이 공치사를
할 필요는 없소.”

“검향 공자, 소녀는 진심으로 말씀드리는 겁니다. 만일 검 공자가 자
객의 신분만 아니었다면 의천맹의 맹주로 추대되었을 것입니다.”

“난 자객으로서 만족하오. 내 직업을 후회한 적은 한번도 없었소.
내가 자객이 된 것은 운명이 아니라 선택이었소. 의천맹의 맹주보다
난 천예사원의 자객임이 더 명예롭소.”

일검향은 안주 삼아 복숭아를 씹으며 계수를 향해 돌아앉았다.

“이제 말씀해 보시오.”

감소채가 조심스런 어조로 물었다.

“혹시 소녀 때문에… 문책을 받지는 않으셨나요?”

“척살단에서 세운 공 덕분에 면책을 받았소. 당분간 자유로운 시간
을 부여받았으니 감 소저는 부담 갖지 마시오.”

“고맙습니다. 소녀는 백골이 된다 해도 검 공자에 대한 은혜를 갚을
수 없을 것입니다. 받은 은혜가 한두 번이 아니기에 부끄러움조차 느
끼지 못하겠어요.”

일검향은 희미한 미소를 지으며 복숭아를 씹었다.

“이상하게도 감 소저에게는 모든 것을 해주고 싶소. 어떤 요구를 해
도 거부는 생각할 수도 없소. 그저 감 소저가 원하는 모든 것이 이루어
진다면 행복할 수 있을 것 같소. 그것이 솔직한 내 심정이오.”

감소채는 감동 어린 눈빛으로 그를 바라보았다.

“소녀는 아무런 보답도 할 수 없기에 송구스럽기만 합니다.”

“아니오. 난 어떤 보답도 원치 않소.”

“검 공자, 한 가지 좋은 소식으로 다소나마 보답하고 싶습니다.”

“좋은 소식?”

“추가영 소저에 대한 소식입니다.”

일검향은 눈을 번쩍 뜨며 그녀에게 시선을 돌렸다.

“가영의 소식?”

“추 소저는 은천마국으로 압송된 것이 아닙니다.”

“그 사실은 나도 들었소.”

“그리고 추 소저가 요지선궁의 명맥을 잇게 되었습니다.”

“……?”

일검향은 자신의 귀를 의심했다.

요지선자는 추가영을 인질로 삼은 여인이다. 자신이 참회동에 침투하지 못할 경우 혹독한 형벌을 가해 추가영을 죽이겠다고 협박까지 했던 여인이 아니었던가.

‘이게 어찌 된 일이지? 요지선자가 어떻게 가영을 후계자로 삼았단 말인가?

감소채가 차분한 어조로 말을 이었다.

“요지선자는 요지선궁의 운명을 예감하고 제자들 일부를 외부로 피신시켰습니다. 자신의 대에서 요지선궁이 단절되는 것을 원치 않아서였지요. 물론 소녀도 요지선자가 왜 기존 제자들을 놔두고 추 소저에게 천지쌍검을 전했는지는 알지 못합니다.”

“가영은 어디에 있소?”

“현재 비찰부에서 소재를 수소문 중에 있습니다. 하지만 추 소저가 천지성후의 절기를 수련 중이며 요지선궁의 재건을 모색하고 있다는 정보는 확실합니다.”

일검향은 추가영을 만날 수 없다는 것이 아쉬웠지만 그녀가 안전하게 있다는 사실에 만족했다. 그녀가 천지성후의 절기를 계승해 절세고수로 성장하기를 진심으로 기원했다.

일검향은 홀가분한 심정으로 술잔을 비웠다.

"감 소저, 정말 소중한 정보를 말씀해 주셨소. 가영이 안전한 것만으로 마음을 놓을 수 있겠소. 이제 내가 할 일을 말해보시오."

감소채는 자세를 고쳐 그 앞에 무릎을 꿇었다.

"그전에 밝힐 것이 있습니다."

"……"

"사실 의천맹주는 삼 년 전에 실종된 상태입니다. 워낙 중대 사안이기에 공개할 수가 없어 최고 수뇌들만이 아는 사실입니다. 맹주의 실종은 의천맹 전체를 뒤흔드는 대사건이며 백도무림에게도 엄청난 충격이기 때문입니다."

"어떻게 실종이 되었소?"

"맹주는 영천왕을 만나기 위해 영천왕부를 방문한 후 귀환하지 않고 계십니다."

일검향은 가볍게 미간을 찌푸렸다.

'영천왕? 왜 그 군왕의 이름이 계속 거론되는 걸까? 다훼도 은천마국과 영천왕부의 연관성에 대해 강하게 주장했다. 한데 의천맹주의 실종과도 관련이 있단 말인가?'

그는 잠시 생각에 잠기다가 물었다.

"그렇다면 감 소저는 맹주의 실종이 영천왕과 관련이 있다고 생각하는 거요?"

"그것을 확인하기 위해 여러 번 영천왕부에 문의를 했지만 그들은 전혀 모르는 일이라며 답변을 일축했습니다."

"혹시 의천맹주가 은천마국에 제압된 것은 아니오?"

감소채는 숙연한 표정으로 대답했다.

"그럴 가능성이 전혀 없지는 않습니다. 하지만 비찰부에서 오랜 세월 정보를 수집 분석한 결과 영천왕부를 방문한 후 실종된 것이 확실합니다."

"그렇다면 영천왕부에 감금돼 있다는 말인데 대체 영천왕이 왜 백도의 맹주를 감금했단 말이오?"

"상황이 분명치 않기에 소녀도 판단이 어렵습니다. 가장 확실한 방법은 영천왕을 만나 맹주의 실종에 관한 답변을 직접 듣는 것입니다."

일검향은 비로소 그녀의 청탁을 짐작할 수 있었다.

"그러니까 감 소저를 영천왕부로 잠입시켜 달라는 말이오?"

"그렇습니다. 영천왕을 친견할 수 있도록 도와주십시오."

"……."

"어려운 부탁인 줄 압니다. 하지만 맹주의 실종을 더 이상 묵과할 수 없는 상황입니다. 반드시 그분의 소재를 찾아내야 은천마국과 대적할 수 있습니다."

일검향은 몸을 일으켰다. 그는 팔짱을 낀 채 계수를 내려다볼 뿐 감소채의 청탁에 대해 가부를 표명하지 않았다.

감소채는 나직이 한숨을 쉬고는 그의 뒤로 다가섰다.

"너무 어려운 부탁을 드려 송구합니다."

"어려운 일은 아니오. 영천왕부의 경비가 아무리 삼엄해도 소림의 참회동보다는 침투가 수월할 것이오. 문제는 왕부를 침투할 경우 감 소저가 반역죄에 연루된다는 데 있소."

"……."

"난 탈출할 수 있기에 문제가 없지만 감 소저는 왕부의 군병들에게 제압되고 말 것이오."

"압니다. 그래도 영천왕을 직접 만나야 합니다. 군왕은 거짓말을 하지 않습니다. 자존심이 강한 영천왕의 성격상 맹주의 실종에 대해 분명히 밝혀줄 것입니다."

일검향은 몸을 돌렸다. 서로의 숨소리를 느낄 수 있을 만큼 두 사람이 가까이 마주 서게 되었다.

"감 소저는 의천맹주와 무슨 관계요?"

"어떤 의도로 물으시는 겁니까?"

"단지 대의를 위해 감 소저가 목숨을 걸어야 할 상황이라면 난 부탁을 거절하겠소."

"검 공자……?"

감소채의 보석 같은 눈망울이 심하게 흔들렸다.

잠시 일검향과 눈길을 마주한 그녀는 한숨을 지으며 고개를 돌렸다.

"의천맹주는 사사로이… 소녀의 사형이기도 합니다. 팔 년 전 검 공자의 도움으로 목숨을 건진 소녀는 천맹무선의 문하에 들어가게 되었습니다."

"천맹무선? 천상삼비 중 한 분인 그 전설적인 기인 말씀이오?"

"그렇습니다. 사부님께서는 무림의 암울한 미래를 예감하시고 한 명의 절세기재를 제자로 키우고 계셨습니다. 이름은 사도진성(司徒震星)이며 소녀에게는 사형이 됩니다. 사부님은 오 년 전 타계하셨고 소녀와 사형은 세상으로 내려오게 되었습니다."

감소채는 일검향과 나란히 서며 말을 이었다.

"당시 의천맹은 원로회에 의해 관리되고 있었지요. 한데 무선 사부님은 육기와 구절에 해당되는 전대 기인들에게 유지를 남겨 사형을 보좌해 줄 것을 당부하셨습니다. 원로회에서는 맹주의 존재가 절실했기에 논의 끝에 사형을 의천맹주로 추대했습니다. 외람되게도 저는 군사라는 요직을 맡게 되었지요."

일검향은 잔잔한 미소를 지었다.

"감 소저가 천맹무선의 제자인 줄은 미처 몰랐소. 그토록 위대한 사문을 두었으니 강호무림에 대해 남다른 책임감을 지니게 되었을 거요."

"광명을 지키고자 하는 마음은 사문과는 관계가 없습니다. 검 공자도 생각을 달리하시면……."

"사도 맹주에 대해서만 얘기합시다."

"……."

"단지 사형제 간이요, 아니면 사랑하는 사이오?"

감소채는 눈을 동그랗게 뜨며 그를 돌아보았다.

"검 공자?"

"단순한 사형제 간이라면 난 돕지 않겠소. 그가 아무리 중요한 존재라 해도 당신보다 중요할 수는 없소. 그가 없다 해도 세상은 무너지지 않으니까."

"……."

감소채는 고뇌 어린 모습으로 이마를 짚었다. 여인에게 가장 난처한 상황이기에 선뜻 답변을 할 수가 없었다.

그녀에게 있어 일검향은 추억 속의 소년이었다.

단 하룻밤의 인연이지만 잊기에는 기억이 너무 강렬했다. 그러나 세월이 흐르면서 그녀는 성숙한 여인으로 성장하였고 사랑하는 사내를 만나게 되었다. 바로 사형인 사도진성이었다.

사도진성은 열혈의 의협이며 사내로서 완벽했다.

준수한 용모와 위대한 사문, 뛰어난 무공과 결연한 의지. 비록 서른도 안 되는 젊은 나이였지만 백도무림계를 이끌 영도자로서 손색이 없었던 것이다.

만일 그녀가 일검향에 의해 척살을 당할 뻔한 기막힌 조우로 다시 그를 만나지 못했다면, 사도진성의 존재는 그녀에게 있어 절대적이었을 것이다. 오로지 그만이 그녀의 모든 것이었을 것이다.

한데 자객으로 성장한 추억의 소년은 그 후에도 그녀를 위기 속에서 또 한 번 구해주었다.

여인은 추억을 먹고산다는 말처럼 연속된 만남을 통해 그녀는 일검향에게 묘한 감정을 느끼게 되었다. 그녀가 그에게 어려운 부탁을 청할 수 있었던 것도 그라면 반드시 받아줄 것이라는 확신 때문이었다.

그러나 냉정하게 생각하면 일검향이 그녀를 추억 속의 여인으로 여기듯 그녀에게도 그는 추억 속의 소년일 뿐이다. 더군다나 그에게는 이미 사랑하는 여인이 있지 않은가. 그와 그녀는 마치 샘물 속에 비쳐진 영상을 바라보는 그런 사이였다.

그녀는 하늘가로 시선을 던지며 어렵게 입을 열었다.

"소녀는… 사형을 사랑합니다."

"감 소저가 목숨을 던질 만큼 사랑하오?"

"그렇습니다."

일검향은 감동 어린 눈빛을 지으며 그녀의 손을 쥐었다.

"갑시다."

"검 공자……?"

일검향은 그녀와 함께 몸을 날리며 넋두리를 하듯 말했다.

"난 사랑하는 사람들이 슬퍼하기를 원치 않소. 그들은 누구나 행복을 누릴 자격이 있소. 그들의 행복을 빼앗아가는 누구도 가만두지 않을 것이오."

"……."

"행복해야 하오, 감 소저."

감소채를 바라보는 일검향의 눈빛이 따뜻했다. 도저히 자객의 눈이라 생각할 수 없을 만큼.

2

은천마국 태상전에 속한 귀상각(鬼相閣)은 대부분이 검은색이며 일부만 흰색이었다.

귀상각 별채의 침소는 상아 침상만 희었을 뿐 이불이며 휘장이 시꺼맸다. 워낙 음침한 분위기라 침상에 누워 있는 사람이 혹시 귀신은 아닌지 의심스러울 정도였다.

침상의 사람은 귀신은 아니었지만 산 사람으로 보기에 지독한 중환자였다.

전신이 붕대로 칭칭 동여매져 있었고 두 팔마저 부목을 덧대 절반은 강시처럼 보였다. 얼굴도 왼쪽 정수리서부터 오른쪽 턱까지 붕대로 감겨 있었다.

지옥의 문턱까지 갔다가 회생한 그는 바로 일도살이었다.

겨우 의식을 회복한 상태라 그의 눈빛은 모호했다. 그런 와중에도 본능적 잔혹함은 여전했다.

침상 앞 의자에 앉아 그에게 죽을 떠 먹여주는 여인은 유일하게 흑백의 색깔에서 벗어나 있었다. 머리는 금발이고 눈은 벽안이며 옷이 붉었다.

"더 드십시오. 잘 드셔야 회복이 빠릅니다."

계속 죽을 권하는 여인은 다름 아닌 교교였다.

보름도 안 되는 기간이었지만 그녀의 분위기는 크게 달라져 있었다. 전신의 농염함은 만개한 꽃처럼 짙었고 눈꼬리를 타고 흐르는 색기는 뭇 사내를 유혹하기에 충분했다.

일도살은 힘겹게 입술을 움직이면서도 꾸역꾸역 죽을 먹었다.

그는 기력 회복에 탁월한 효과가 있는 고려산 산삼 죽 한 그릇을 말끔히 비우고는 침상에 기대앉았다.

교교는 그의 입가를 닦아주며 매혹적인 미소를 지었다.

"잘하셨어요. 워낙 정신력이 뛰어나신 분이니 곧 회복되실 겁니다."

일도살은 잠시 그녀를 응시하다가 침을 뱉었다.

"더러운 년!"

깜짝 놀란 교교는 뒤로 물러앉으며 소매로 얼굴을 문질렀다.

"이… 이게 무슨 짓이야?"

그녀는 벌떡 일어서며 치욕에 몸서리를 쳤다.

"독한 인간! 기껏 살려주었더니!"

일도살은 분명치 않은 어조로 내뱉었다.

"네년이… 결국은 배신을 했군."

"뭐가… 배신이란 말입니까?"

"죽었어야 할 천예사원 놈들이 죄다 달아났다… 네년이 비밀 통로를 말해주었기에 가능한 일이지. 아니더냐?"

교교는 그를 직시하며 냉랭하게 말을 받았다.

"배신이 아니라 협상이었습니다. 단주를 살려야 했기에……."

"크훗, 날 살리려는 것이 아니라 네년이 살고 싶어서였겠지. 하지만 갑영의 성격상… 절대 협상에 응하지 않았을 텐데?"

"천예사원의 자객들은 누구도 죽음을 두려워하지 않습니다. 하지만 동문들의 죽음에는 약합니다. 갑영은 을화와 일검향을 살리기 위해 협상에 응했습니다."

일도살은 얼굴 부상의 통증에 잔뜩 인상을 찌푸렸다.

뼈까지 베어진 깊은 상처였기에 귀상의 뛰어난 의술로도 완치가 불가능했다. 그는 더 이상 미공자가 아니라 흉측한 파면인(破面人)으로 살아야 했다.

"교교, 네년이 혈상각에서 지낸다고 들었다. 사실이냐?"

"그렇습니다."

"창녀가 되었구나. 결국 네년의 몸뚱이를 팔았어."

교교는 고개를 돌려 그의 눈길을 외면했다.

일도살은 의미심장한 미소를 머금었다.

"크훗, 이왕 창녀가 될 생각이면 확실히 해라. 하지만 내 판단으로 혈상보다는 귀상에게 몸을 파는 것이 낫다."

"……?"

"혈상은 색을 즐기지만 깊이 빠지지 않는다. 네년이 아무리 예뻐도 오래갈 수 없어. 또한 혈상의 좌도우검술은 수련이 극히 어렵다. 네게는 전혀 득이 없어."

"귀상을 섬기면 어떤 이득이 있습니까?"

"네게 필요한 것은 무공이 아니라 지략과 귀계(鬼計)다. 무공은 다른 마상들을 통해서도 얼마든지 터득할 수 있으니까. 하지만 귀계는 오직 귀상에게서만 배울 수 있다. 귀상의 64귀계만 완벽히 터득하면 넌 당당히 혈마공의 직위에 오를 수 있으며 중용될 것이다."

교교는 그의 자상한 조언이 오히려 의심스러웠다.

"왜… 내게 그런 말을 하는 겁니까?"

"알다시피 나도 패배자의 신세다. 내가 사심마관(死心魔關)에서 나왔을 때 적어도 한 명의 동조자는 있어야 하지 않겠냐?"

"진심이십니까, 단주?"

일도살은 툴툴 마른 웃음을 지을 뿐 대꾸를 하지 않았다.

교교는 잠시 생각을 굴리다 한쪽 무릎을 꿇었다.

"단주를 믿고 기다리겠습니다."

"넌 사심마관이 어떤 곳인지 아느냐?"

"모릅니다."

"영혼과 육신을 말살하는 악마의 관문이다. 천예사원의 자객36관과는 비교도 되지 않는다. 그동안 수련을 위해 사심마관에 입문한 자는 있었지만 살아 나온 자는 없었다."

"단주……?"

일도살은 편히 기대 누우며 지그시 눈을 감았다.

"어차피 이런 몸으로는 버러지 취급을 당할 뿐이다. 검향… 그놈에게 복수를 하기 위해서는 반드시 사심마관을 거쳐야 한다."

"일검향이… 그렇게 강해졌을 줄은 몰랐습니다. 혈상과 귀상은 그가 천불성승의 무공을 전수받은 것이 분명하다고 했습니다."

"나도 들었다. 그래서 사심마관에 입문할 결심을 한 것이다. 놈이 성승의 절기를 터득했다면… 현재의 나로서는 절대 이길 수 없으니까."

교교가 조심스럽게 말을 받았다.

"저도 최선을 다해 돕겠습니다."

일도살은 게슴츠레 눈을 떴다.

"크훗, 네년 목숨부터 부지하는 데 주력해. 귀상은 녹록한 늙은이가 아니니까."

3

안휘성은 내륙에 위치해 비교적 영역이 좁은 성(省)이지만 갖출 것은 모두 갖추고 있었다.

중남단으로 장강이 흐르고 성 남부에는 천하의 명산인 구화산(九華山)과 황산(黃山)이 수백 리를 격한 채 서로를 마주 보고 있다. 호수로는 태호와 소호(巢湖)까지 위치해 있기에 산과 강, 호수를 두루 갖춘 이상적인 지역이 바로 안휘성이다.

두두두—!

멀리 서쪽에서부터 달려온 두 필의 준마가 구화산을 뒤로한 채 동쪽으로 향하고 있었다.

오랜 여름 가뭄으로 땅이 바싹 말라 있어 두 필의 말이 달리는 데에도 뿌연 먼지가 자욱하게 일어났다. 갈 길이 급한 듯 연신 채찍질을 하는 두 남녀는 먼지를 뒤집어쓴 채 계속 강행군을 하고 있었다.

선성(宣城)을 삼십여 리 앞두자 두 남녀는 고삐를 늦춰 지친 말을 쉬게 해주었다. 새벽부터 무려 사백여 리를 달려온 두 필의 준마는 겨우 안정된 숨을 몰아쉬며 터벅터벅 걸음을 옮겼다.

사내는 등에 맨 방갓을 쓰며 석양의 따가운 햇살을 가렸다. 강인한

체력을 지녔는지 먼 길을 달려왔는데에도 별로 고단해 보이지 않았
다.

반면 취의여인은 망사가 늘어진 모자를 쓰며 긴 한숨을 내쉬었다.

"후우, 겨우 시각을 맞추었군요."

"그렇기는 하지만 꼭 비가 온다는 보장은 없소."

"올 겁니다. 소녀의 점괘가 아주 형편없지는 않습니다."

다정하게 얘기를 주고받은 두 남녀는 다름 아닌 일검향과 감소채였
다.

감소채의 부탁은 영천왕과의 면담이었고 일검향은 그것을 성사시켜
주는 것이 임무였다. 아주 위험한 임무였지만 어떤 보수나 대가도 없
었다.

감소채는 몹시 미안해했지만 일검향은 당연하게만 생각했다. 그녀
가 비록 그보다 두 살 연상이었지만 그는 그녀를 친구로 생각했다. 모
든 것을 줄 수 있는 친구이기에 어떤 보답도 원치 않았다.

선성이 눈앞으로 바싹 다가왔다.

석양이 채 저물기도 전에 먹장구름이 몰려들면서 사위가 금세 어둑
어둑해졌다.

하늘색을 살피던 감소채가 소리없는 미소를 지었다.

"곧 비가 내릴 것 같군요. 서둘러 망사객잔(望謝客棧)으로 들어야겠
어요."

"꼭 망사객잔에 들어야 할 이유라도 있소?"

"그래요. 망사객잔에서 사조루(謝眺樓)는 지척이거든요."

일검향은 천천히 말을 몰아 성문으로 향했다.

"감 소저, 우리는 유람을 온 것이 아니오."

빗방울이 한두 방울 떨어지자 감소채는 피풍의로 몸을 감쌌다.

"압니다. 그래도 잠시 사조루에 오를 시간은 있을 겁니다."

망사객잔은 사조루를 관망할 수 있는 객잔이라는 의미로 지어진 이름이다.

오래된 객잔이라 시설은 낡았지만 손님을 맞이하는 주인과 점소이들의 태도는 아주 친절했다. 주인은 한눈에 두 남녀의 관계를 간파하고는 나란히 붙은 두 개의 객방을 배정해 주었다.

쏴아아아……!

오랜 가뭄 끝에 내리는 비라 단비였다.

농부들은 늦은 시각에도 불구하고 물꼬를 트느라 분주하게 논과 밭을 오가면서도 웃음을 잃지 않았다. 아이들은 모처럼 불어난 개울을 훑으며 물고기를 잡으면서 연신 깔깔거렸다.

간단히 수욕을 마친 일검향은 창가에 앉아 차를 마시고 있었다.

시원스레 비가 쏟아지는 운치있는 밤이지만 그는 감상에 젖어 있을 겨를이 없었다.

탁자 위에는 여러 장의 도면이 두텁게 깔려 있었다. 아주 복잡하면서도 정교한 도면이었다. 바로 영천왕부의 내부 지도였던 것이다.

수천 군병들의 삼엄한 경비를 뚫고 침투해야 했기에 지형에 대한 사전 숙지는 필수다. 다행히 감소채가 준비해 둔 도면은 놀랍도록 상세하고 정교했다.

이때 가벼운 인기척과 함께 문이 열렸다.

일검향은 발걸음 소리를 듣는 것만으로 누구인지 파악했기에 굳이 고개를 돌려 확인하지 않았다.

간편한 나삼 차림으로 옆에 선 여인은 감소채였다. 갓 수욕을 마쳐서인지 여인의 싱그러운 체향이 한껏 느껴졌다. 그녀는 화장을 전혀 하지 않기에 언제 대해도 순수하고 신선했다.

그녀가 맞은편 의자에 앉으며 조심스럽게 물었다.

"경비가… 너무 삼엄하죠?"

일검향은 도면을 넘기며 전각과 망루, 누대의 위치와 높이, 크기를 하나씩 기억에 담아두었다.

"내가 알기로 왕부의 상세한 도면 유출은 중대한 위법이라 들었소. 의천맹의 정보력이 생각보다 뛰어나군."

"사실 구주총련에 구해온 겁니다."

"……."

일검향은 도면을 접어 그녀에게 건넸다.

"의천맹 같은 방파에서 왜 교활한 소인배들과 거래를 하는 거요?"

"현재로서는 그들의 정보력에 의존할 수밖에 없습니다."

"난 그들을 별로 신뢰하지 않소."

"그들의 정보는 실타래와 같습니다. 처음과 끝이 모호하고 곳곳에 매듭이 지어져 있다고 생각하시면 됩니다. 하기에 같은 정보를 놓고도 보는 사람마다 그 의미가 달라지게 되지요."

감소채는 빗줄기가 쏟아지는 창문으로 고개를 돌렸다.

등불이 밝혀진 누각이 어슴푸레 보였다. 우중이라 그 형체가 분명하지 않았지만 왠지 모를 고적함이 느껴졌다.

몸을 일으킨 일검향은 미리 준비해 둔 위장복과 도구를 챙겼다.

"잠시 사조루를 거쳐 왕부로 가겠소."

"배려에 감사드립니다."

감소채는 우아한 미소를 지으며 손을 모았다.

보따리를 옆에 낀 일검향은 검은 피풍의를 둘렀다.

"침투에 앞서 아쉬움이 있어서는 안 되기 때문이오. 사조루를 감상하는 데 일각 정도면 충분할 것이오."

쏴아아……!

쏟아지는 빗줄기는 고풍스런 누각을 흠뻑 적시고 있었다.

사조루(謝眺樓).

장강의 지류 변에 세워져 있는 누각은 과거 선성(宣城)의 태수였던 사조에 의해 창건되면서 사조루로 불리게 되었다. 천하에 이름 높은 황학루나 악양루에 비할 바는 못 되지만 안휘성 내에서는 가장 유명한 누각이다.

수백 년 전통의 고루는 여러 번에 걸쳐 중수되었지만 여전히 고풍스런 정취를 간직하고 있었다.

늦은 시각인데다 갑작스런 빗줄기 때문인지 사조루를 오르는 사람은 거의 없었다. 한가한 정취를 감상하려는 사람에게 있어서는 오히려 적절한 시기였다.

감소채는 계단을 따라 오르면서 기둥을 보듬고 난간을 어루만지며 아련한 감상에 젖었다. 누각 상층에 이르자 그녀는 잠시 난간에 걸터앉으며 깊이 숨을 들이켰다.

일검향은 물끄러미 그녀를 바라보다가 물었다.

"사조루에 무슨 사연이라도 있소?"

"개인적인 사연은 없습니다. 다만 시선(詩仙)께서 이곳 사조루에 올라 한 편의 시를 남겼는데 그 기상이 너무도 돋보여 꼭 한 번 와보고 싶었습니다.”

“대체 무슨 시요?”

“이곳 사조루에서 친구인 숙운(叔雲)과 작별하면서 남긴 시입니다.”

“한번 들어볼 수 있겠소?”

일검향이 청하자 감소채는 다소 의외롭다는 눈빛으로 그를 주시했다.

“진심이세요?”

“너무 무시하지 마시오. 나도 시 수십 편 정도는 외우고 있소. 내가 수월루에 침투해 월아영의 영접을 받을 수 있었던 것은 시문과 악부의 과제를 무난히 통과했기 때문이오.”

감소채는 고소를 머금으며 고개를 끄덕였다.

“검 공자가 시문과 악부의 관문을 거뜬히 통과했다는 얘기는 익히 들었습니다. 검 공자 때문에 자객에게도 풍류가 있음을 세상 사람들이 비로소 깨닫게 되었지요.”

그녀는 목청을 가다듬고는 고즈넉이 시를 읊었다.

날 버리고 간 어제는 붙들 길 없고

내 마음 휘젓는 오늘은 시름도 많구나.

만 리 가을바람에 기러기도 떠나거니

높은 다락 이를 보며 취하여 보련다.

……(중략)……

이 세상 그 무엇이 뜻과 같을쏜가.

내일 아침 산발을 하고 배를 저어 떠나리라.

일검향은 그녀의 시문을 듣다가 문득 화운악을 떠올렸다.

아무나 붙잡고 술을 나누며 시문을 즐기는 풍류제일공자 화운악. 만일 그가 이 자리에 있었다면 감소채를 붙잡고 시를 화답하며 떠나보내려 하지 않았을 것이다.

일검향은 자객도 인간이라는 천사명왕의 가르침에 따라 수십 편 정도의 시를 알고 있었지만 감소채가 노래한 시에 대해서는 들어본 적이 없었다.

그녀가 시송을 마치자 그는 뜬금없는 질문을 던졌다.

"선풍무영을 알고 있소?"

"풍류제일 화운악 공자를 말씀하십니까?"

"그렇소."

"풍문으로 들었을 뿐 직접 대면한 적은 없습니다. 주색을 즐기면서 시서화금에 모두 능하며 무공까지 절륜한 기재라 들었습니다."

"난 그자를 한 번 만난 적이 있소. 만일 그가 이 자리에 있었다면 감소채의 시송을 듣고 환장했을 거요."

감소채가 난간에서 몸을 일으켰다.

"신풍무영에 대해 별로 감정이 좋지 않으신 것 같군요."

"사실이오."

"왜……."

"질투 때문은 아니오. 왠지 그자에게서 위선적인 반감을 느꼈기 때문이오. 난 시문에 대해 잘 모르지만 감 소저의 시송은 확실히 진실했소. 화운악의 시와는 분명히 달랐소."

"부끄럽습니다."

"솔직히 무슨 내용인지는 잘 모르겠지만 가슴을 저리게 만드는 애틋

함이 깃들어 있었소.”

일검향은 보따리를 들쳐 메고 누각의 계단으로 향했다.

“이제 갑시다. 감상에 젖기에는 할 일이 너무 많은 것 같소.”

“…….”

“지나친 감상은 삼가시오. 감 소저는 분명히 영천왕을 만날 것이며 무사히 빠져나오게 될 것이오. 마치 돌아오지 못할 사람처럼 미리부터 울적한 감상에 빠지지 마시오.”

감소채가 그를 따라 계단을 내려왔다.

“검 공자가 그리 말씀하시니 믿겠습니다. 한데 왜 공자 자신에 대해서는 말씀하시지 않는 겁니까?”

“뭘 말이오?”

“소녀가 무사할 것임을 확신하신다면 검 공자도 무사하실 것이라고 약속해 주십시오.”

“난 최선을 다할 뿐 함부로 장담을 하지 않소.”

일검향은 그녀가 뭐라 말하기도 전에 한마디 덧붙였다.

“하지만 당신이 슬퍼할 일은 없을 거요.”

3

쏴아아……!

빗줄기 저편으로 보이는 영천왕부는 예상보다 훨씬 광대했다.

왕부를 둘러싼 성곽 아래에는 넓은 해자가 둘러져 있어 인마의 접근을 불허했다. 성곽의 높이는 칠 장에 달해 양민들은 물론이고 웬만한 무림인들도 침투할 엄두조차 낼 수 없었다.

성곽 위에는 충성심 강한 군병들이 십 보 간격으로 보초를 서 있고 높은 망루며 성루에서도 주변의 접근을 엄중 감시하고 있었다.

어두운 밤인데다 빗줄기 때문에 시야가 훨씬 좁아졌지만 군병들은 더욱 안력을 높여 경계에 만전을 기했다. 한 치의 불상사도 용납하지 않겠다는 그들의 의지는 실로 무서울 정도였다.

"눈에 보이는 저들은 단지 외성의 경비일 뿐입니다. 외성을 통과해도 더 높고 견고한 내성이 왕성을 에워싸고 있습니다. 내성의 경비는 외성보다 두 배는 더 삼엄합니다. 내성을 통과해야 왕성에 접근할 수 있는데 솔직히… 침투는 장담할 수 없습니다. 아직 어떤 도적과 자객도 영천왕부의 내성조차 넘지 못했습니다."

일검향과 감소채는 성곽과 오십여 장 떨어진 나무 그늘 아래 몸을 숨긴 채 순찰 상황을 점검하는 중이었다. 검은 야행복을 입었기에 그들의 행적은 거의 어둠 속에 묻혀 있었다.

"이제부터 소녀는 검 공자의 지시에 따르겠어요."

감소채가 공손히 고개를 숙여 보였다.

일검향은 성곽의 높이와 해자의 폭을 가늠하고는 보초들의 경비 상태를 주의 깊게 살펴보았다. 존엄한 왕부의 군병들답게 여느 무림방파의 경계보다 엄중했다. 그들은 자신에게 주어진 지역을 예의 주시할 뿐 잡담 한마디 건네지 않았다.

일검향은 한 시진이 넘도록 꼼짝도 하지 않은 채 성곽을 주시하기만 했다. 동공에서 간간이 금빛 광채가 뿜어지는 것이 신기했다.

감소채는 일검향이 침투할 움직임을 전혀 보이지 않자 적이 실망했다.

'아, 역시 검 공자에게도 무리였어. 높은 성곽과 수천의 군병들로

무장된 왕부에 침투하겠다는 내 의도는 애초부터 그릇된 판단이었
어.'

그녀는 나직이 한숨을 내쉬며 퇴각을 생각했다.

한데 오래도록 움직임이 없었던 일검향이 검은 피풍의를 뒤집어쓴
채 바닥에 바싹 엎드렸다.

"삼 장 거리를 두고 내 뒤를 따르시오. 반드시 내가 이동한 부분을
따라 쫓아와야 하오. 조금이라도 어긋난다면 망루의 보초에 의해 발각
될 것이오."

피풍의를 뒤집어쓴 그는 천천히 미끄러졌다. 이동 속도는 비교적 늦
었고 움직이는 궤적도 뱀의 이동처럼 구불구불했다.

감소채는 그를 절대적으로 신뢰해야 했기에 그가 지시한 그대로 따
랐다. 삼 장 거리를 유지한 채로 조심스럽게 미끄러졌다. 자객 침투술
중 하나로 일검향이 가르쳐 준 비복주행술(飛蝠蛛行術)이었다.

비복주행술은 박쥐와 거미의 움직임을 본떠 창안한 침투술로 움직
임은 늦었지만 상대의 시야 속에서도 발각되지 않을 만큼 교묘한 신법
이었다.

두 남녀가 오십 장의 거리를 주파해 해자 앞에 이르는 데 무려 반 시
진이나 소모되었다.

벌써부터 피로를 느낀 감소채가 나직이 숨을 몰아쉬었다.

"해자는 어떻게 건너죠?"

"두 손만 이용해 무력답수공을 펼쳐 건너야 하오. 발은 전혀 사용하
지 마시오. 비록 빗소리 때문에 사소한 물소리는 묻히겠지만 원칙대로
해야 하오. 유리한 환경은 그다지 신뢰할 것이 못 되오."

전성술은 상당한 공력을 소진시키기에 통상 필요한 대화만 주고받

는다. 하지만 일검향은 천불성승의 불력으로 임독양맥이 타통되면서 지고한 경지에 이르게 되었다. 그의 나이에 이렇듯 초절한 공력을 지닌 절세고수는 무림사를 통틀어 손에 꼽을 정도였다.

일검향은 수면 위로 엎드리며 물오리처럼 유연하게 미끄러졌다. 사장 거리의 해자를 건너는 동안 물소리 하나 일으키지 않았다.

감소채는 그가 무사히 해자를 건너 성벽 아래에 이르자 그대로 따라했다.

그녀 역시 천상삼비 중 일인인 천맹무선의 직계제자답게 초절한 무공의 소유자였다. 두 손을 천강수로 변환시킨 그녀는 수면을 잡아끌면서 조심스럽게 해자를 건넜다.

그녀가 성벽 아래에 이르자 일검향은 피풍의를 말아 허리춤에 챙겨넣고는 성벽에 등을 붙였다.

가슴과 배를 붙인 채 이동하는 벽호등천공은 속도는 빠르지만 시야가 제한돼 위험이 따른다. 어렵더라도 등을 붙인 채 사지를 이용해 기어오르면서 주변을 최대한 살피는 것이 안전한 방법이었다.

일검향은 완만한 대각선을 그리며 성벽을 기어올라 갔다.

그로서는 수백 수천 번을 반복해서 수련한 신법이라 칠 장 정도의 성벽은 단숨에 오를 수 있다. 하지만 벽호등천공에 미숙한 감소채의 행보를 감안해야 했기에 그는 최대한 천천히 신법을 펼쳤다.

이제 성곽 위까지는 일곱 자 정도.

화톳불의 그림자가 어른거렸고 성곽 곳곳에 밝혀진 횃불이 주변을 환하게 비추고 있었다.

잠시 벽호등천공을 멈춘 일검향이 전음술로 주의를 주었다.

"이제 성곽 위로 오를 것이오. 성곽의 폭은 일 장 오 척 정도요. 비

복주행술을 펼치면 단숨에 성곽을 가로지를 수 있소. 망루 아래쪽이라
군병들의 감시망에서 가장 멀리 떨어져 있다고 할 수 있소. 절대 두려
워하지 말고 주저하지 마시오.”

감소채는 지나친 긴장과 압박감으로 심장이 터질 것만 같았다. 아마
그녀 혼자였다면 침투 도중 퇴각했을 것이다.

“너무 힘들어요. 잠시… 쉬고 싶어요.”

“그럴 시간이 없소. 순찰병들의 발걸음 소리가 멀어지고 있소. 곧
다른 순찰조가 지나갈 것이오. 촌각 단위로 순찰이 이루어지기에 곧바
로 행동을 취해야 하오.”

일검향은 감소채의 답변도 기다리지 않고 성곽 위로 올랐다.

그는 등을 바닥에 붙인 채로 정확히 망루의 그림자를 따라 성곽 위
를 가로질렀다.

가장 가까이 있는 보초와의 거리는 삼 보도 채 되지 않았다. 하지만
짚으로 짠 우의를 걸친 보초는 눈을 부릅뜬 채 성곽 아래쪽만 감시하
고 있었다.

무난히 성곽 안쪽으로 침투한 일검향은 성벽에 몸을 바싹 붙인 채
감소채를 기다렸다.

검은 그림자가 성곽을 타고 오르며 바닥에 납죽 깔렸다. 감소채였
다. 그녀는 비복주행술을 펼치며 빠른 속도로 성곽을 가로지르고 있었
다.

한데 이때였다.

망루 위에서 감시하던 보초 하나가 난간으로 바싹 다가서며 아래쪽
을 내려다보았다.

‘맙소사!’

등을 기댄 채 성곽을 가로지르던 감소채는 가슴이 덜컥 내려앉았다.

빗줄기가 쏟아지고 있었지만 망루의 높이는 삼 장 정도였다. 그만한 높이라면 내려다보는 것으로 자신의 행적이 발각될 수 있었다.

바싹 굳어진 감소채는 보초를 올려다본 채 꼼짝도 할 수 없었다.

'틀렸어! 실패한 거야!'

한데 절망에 빠진 그녀의 귓속으로 일검향의 차가운 음성이 흘러들었다.

"멈추면 안 돼! 계속 이동해!"

감소채는 한순간 혼란에 휩싸였다.

그녀의 판단으로는 움직임을 멈춘 채 보초의 시야가 이동하기를 바라야 했다. 보초가 빤히 내려다보는 와중에 이동한다는 것은 자신의 존재를 확실히 드러내는 자살 행위였다.

그러나 그녀는 일검향의 지시에 따라 반사적으로 몸을 움직였다.

일검향은 침투의 전문가다. 그의 말을 전적으로 신뢰해야 하며 자신의 판단은 철저히 무시해야 옳았다.

그녀는 비복주행술을 전개해 그대로 미끄러졌다. 보초가 내려다보는 와중에도 몸을 움직여 성곽을 가로지른 것이다.

망루의 군병 하나가 내려다보는 보초에게 물었다.

"왜, 무슨 문제 있어?"

"아니야. 빗방울 떨어지는 소리가 조금 이상한 것 같아서 말이야."

성곽 위를 내려다보던 보초는 별다른 징후를 찾아내지 못하자 다시 감시 구역으로 시선을 돌렸다.

가까스로 성곽을 가로지른 감소채는 너무도 가슴이 떨려 숨을 제대로 쉴 수가 없었다. 그녀는 일검향의 가슴에 얼굴을 묻으며 턱을 덜덜 떨었다.

"어… 어떻게 된 거예요?"

일검향은 그녀의 등을 문질러 놀란 가슴을 달래주었다.

"비복주행술은 희미한 그늘만 있어도 은신이 가능한 침투술이오. 아마 보초는 그림자가 어른거리는 정도만 보았을 것이오. 그래서 발각되지 않을 수 있었소."

감소채는 그에게 바싹 안긴 채 떨어질 줄을 몰랐다.

"너… 너무 놀랐어요. 소녀는 발각된 줄로만 알고……."

"잘했소. 하지만 이제 겨우 외성에 침투했을 뿐이오. 내성까지는 수십 개의 초소를 통과해야 하오."

"조금만… 쉬면 안 될까요? 안정이 필요해요."

"최악의 상황은 죽음뿐이오. 그 이상은 없소."

감소채는 길게 한숨을 내쉬었다.

"알겠어요. 가요. 발각되도 죽기밖에 더하겠어요?"

그녀는 그의 목을 끌어안은 채 상큼한 미소를 머금었다.

일검향은 한 손으로 그녀를 안은 채 등을 성벽에 대고 서서히 미끄러졌다. 몸에 착 달라붙은 얇은 야행복이기에 마치 피부를 맞댄 듯 서로의 체온이 뜨겁게 느껴졌다.

"……."

두 남녀는 동시에 같은 생각을 느끼며 서로를 마주 보았다.

일검향은 강한 의지로 본능적인 색정을 억제했고, 그의 차분한 눈을 응시하는 감소채는 안도했다. 어린 시절에는 그가 그녀의 오한을 막아주기 위해 품에 안겼지만 지금은 반대였다.

　그녀는 서로의 숨결을 느낄 만큼 그와 얼굴을 가까이 하고 있었지만 남녀의 감정에 대해서는 애써 무시했다. 그의 맑은 눈빛을 대하자 그를 사내로 생각하는 것조차 불륜처럼 생각된 것이다.

　그녀 역시 친구로서의 순수함을 지니고자 애썼다.

第44章

자객은 신분을 가리지 않는다

눈앞에 펼쳐진 영천왕부의 외성 전경은 실로 엄청났다.

천여 채에 달하는 크고 작은 가옥과 전각이 잘 정비돼 있었다. 늦은 밤인데다 빗줄기 때문에 전모를 한눈에 파악할 수 없었지만 족히 성시(城市) 하나를 옮겨놓은 듯싶었다.

그도 그럴 수밖에 없는 것이 영천왕부의 상주 군병들의 숫자가 무려 5천 명에 달했다. 이 정도 군병이라면 요리사와 보조 요리사, 부식 관리자만도 수백 명이 필요하다.

영천왕부는 총 인원 일만 명이 거주하는 별개의 세상이었다.

그 안에는 시장과 마장, 의원과 대장간, 공방 등등 일반 성시의 상점들이 골고루 갖춰져 있었다. 심지어는 장의사까지 개설돼 있어 곧바로 장례 절차를 치를 수 있게 안배되었다.

외성의 성벽을 타고 내려선 두 남녀는 곡물 창고로 스며들었다.

일검향은 건량을 우물거리며 잠시 휴식을 취했다.

감소채는 두 손으로 이마를 감싼 채 연신 가쁜 숨을 몰아쉬었다. 몹시 긴장을 한 데다 중간에 한번 발각의 위험까지 겪었기에 정신적인 충격이 상당한 듯싶었다.

일검향은 잠시 그녀를 바라보다가 한마디 던졌다.

"감 소저는 잠시 여기 있으시오."

"그게 무슨 말씀이세요?"

"내성 침투는 더 어렵소. 차라리 나 혼자 내성을 거쳐 왕성으로 침투하는 편이 낫소."

"그 다음에는요?"

"왕부에서 사람을 보내 당신을 접견실로 안내할 것이오. 더 이상 고생하지 않아도 영천왕을 알현할 수 있소."

감소채는 정색을 지으며 고개를 저었다.

"그럴 수는 없습니다. 지금 검 공자께서 무슨 일을 하려는지 소녀는 충분히 짐작합니다. 그것은 검 공자에게 지극히 위험한 일입니다."

"왕부에 침투한 이상 우리는 이미 호혈(虎穴)로 들어섰소. 그 어떤 것도 위험하지 않은 일은 없소."

"제가 왕성으로 잠입해 전하를 친견해야 합니다. 소녀는 용서받을 수 있지만 검 공자는 극형으로 다스려지게 될 것입니다."

일검향은 가볍게 고개를 끄덕였다.

"알겠소. 일단 내성까지 침투한 후 다시 상의합시다."

감소채는 창고의 창문을 통해 외부를 내다보았다.

"어떤 방법으로 침투해야 하죠?"

"도면을 보면 모든 진입로마다 초소가 세워져 있소. 아마 지붕을 타

넘는 도적을 방비하기 위해 처마 곳곳에도 군병들이 잠복해 있을 거
요."
　감소채의 입에서 절로 한숨이 흘러나왔다.
　"절망적이군요."
　일검향은 창고 문으로 걸음을 옮겼다.
　"꼭 그렇지는 않소."

　지극히 위험하면서도 기발한 방법이었다.
　일검향과 감소채는 군병들과 양민들의 숙소를 거쳐 내성을 향해 침
투하고 있었다. 그들은 마당을 가로지르고 때로는 양민들의 침실까지
통과했다. 참으로 생각하기 힘든 모험이었지만 군병들의 순찰과 초소
는 완벽하게 피해갈 수 있었다.
　오 리에 걸친 밀집 구역을 통과한 두 사람은 내성의 높은 성벽 앞에
이를 수 있었다.
　감소채는 자신이 지나쳐 온 밀집 구역을 돌아보고는 스스로도 믿기
지 않는지 고개를 흔들었다.
　"아, 우리가 정말 저곳을 지나쳐 온 겁니까?"
　"침투는 생각보다 어렵지 않소."
　"이제야 사람들이 왜 천예사원의 자객들을 유령이라 부르는지 절실
하게 느꼈어요. 만일 당신이 마음만 먹었다면 수백 명을 소리도 없이
저승으로 보냈을 겁니다."
　일검향은 높은 성벽으로 시선을 들었다.
　"정보가 정확하다면 성벽 위 군병들은 오 보 간격으로 배치돼 있소.
그들의 경비를 뚫고 침투하기는 불가능하오. 내성의 군병들은 외성의

군병들보다 훨씬 잘 훈련된 자들이라 우리의 침투를 절대 용납하지 않을 것이오."

"그래도 침투할 방법은 있겠죠?"

일검향을 주시하는 감소채의 눈에는 확신이 넘쳐 있었다. 그와 함께라면 세상 어디라도 갈 수 있을 것 같았다.

일검향은 성벽 아래쪽에 형성돼 있는 수로를 가리켰다.

"도면에 의하면 내성에서 외성으로 흐르는 배수로가 여덟 곳이 있소. 아직 한번도 침입을 받아본 적이 없었던 곳이오."

"배수로를 통해 침투한다고요?"

"폭이 이 자에 불과하기에 축골공을 펼쳐야 침투가 가능하오."

일검향은 그녀를 힐끗 바라보고는 건성으로 고개를 끄덕였다.

"당신은 늘씬하기에 그냥 침투해도 통과할 것 같군."

감소채는 피식 실소를 짓고는 두 손으로 가슴을 감싸 안았다.

"소녀가 그 정도로 가냘프지는 않습니다."

"갑시다."

일검향은 성벽 아래를 따라 이동하다가 폭이 좁은 수로 속으로 뛰어들었다. 오수가 섞인 배수로라 물은 혼탁했고 냄새가 고약했다.

축골공을 펼친 일검향은 능숙하게 헤엄을 쳐 배수로 안쪽으로 들어섰다.

배수로는 굵은 쇠창살로 막혀 있었다. 폭이 한 뼘 정도로 아무리 마른 몸이라도 통과하기가 어려웠다.

일검향은 허리춤의 주머니에서 작은 쇠톱을 꺼내 들었다.

쇠톱은 침투에 있어 기본적인 도구였다. 현강금철(玄强金鐵)로 제작된 쇠톱은 금옥을 절단할 만큼 예리한 쇠톱이라 웬만한 쇠창살은 쉽게 자를 수 있었다.

빠른 속도로 쇠창살을 잘라낸 일검향은 좁은 배수로를 따라 내성을 향해 헤엄쳐 갔다. 한데 내성 쪽 출구도 쇠창살로 막혀 있었다.

일검향은 쇠톱으로 쇠창살을 자르며 뒤를 돌아보았다.

혼탁하고 어두운 물속이지만 범황천안술을 발휘하자 감소채의 모습이 분명히 보였다. 그녀는 장시간 동안 숨을 참고 있느라 몹시 고통스런 모습이었다.

일검향은 잠시 고민하다가 그녀의 목을 끌어안고 입을 맞추었다.

임독양맥이 타통된 그는 장시간 숨을 멈출 수 있고 진기 한 모금으로도 오랜 시간을 버틸 수 있었다. 그가 그녀의 기도를 통해 진기를 불어 넣어주자 그녀는 비로소 질식할 듯한 고통에서 벗어날 수 있었다.

그녀는 진한 감동에 젖고 말았다.

어떤 사념도 깃들어 있지 않은 입맞춤이기에 뜨거운 생명의 기운을 느낄 수 있었다.

그녀는 감사하는 마음으로 그와 입술을 맞추었다. 자신에게 정혼자가 있었지만 이상하게도 죄책감이 들지 않았다.

쇠창살을 마저 잘라낸 일검향이 수면 밖으로 고개를 내밀었다.

눈앞으로 왕부의 내성이 환하게 펼쳐져 있었다. 외성보다 전체적인 규모는 작았지만 전각이며 건축물이 비교도 되지 않을 만큼 화려하고 높았다.

밤이 깊었지만 건물마다 등불을 밝히고 있었고 통행로 곳곳마다 횃불이 타오르고 있어 마치 초저녁을 방불케 했다.

배수로를 나선 일검향은 감소채를 끌어내기 무섭게 전각 아래로 이동했다. 곧이어 여섯 명으로 이루어진 순찰대가 배수로 주변을 순시하며 지나갔다.

내성의 경비는 외성보다 몇 배는 삼엄했다.

천 명도 넘는 군병들이 요소요소를 감시했고 지속적인 순찰로 외부의 침입을 철저하게 경계했다. 아무리 뛰어난 경공과 은신술을 지녔다 해도 내성을 지나 왕성에 이르기는 불가능한 상황처럼 보였다.

감소채는 가만히 일검향의 손을 쥐었다.

"가능할까요?"

"장담할 수 없소."

"검 공자가 장담할 수 없다면… 불가능하다는 얘기로군요."

"당신과 함께 침투하기는 어렵지만 나 혼자라면 가능하오."

감소채는 전각 기둥에 등을 기댄 채 깊은 고민에 빠졌다.

이제 그녀가 결정을 내려야 할 상황이었다.

그녀가 고집을 부려 동반 침투를 강행한다면 자신 때문에 발각될 가능성이 아주 높다. 하지만 일검향에게 맡긴다면 그는 성공할 것이다. 소림의 참회동까지 들어갔다가 나온 그이기에 세상에 침투하지 못할 곳은 없다고 해도 과언이 아니었다.

문제는 그가 취할 행동이었다.

그는 자신과 영천왕과의 대면을 위해 분명 영천왕을 위협할 것이다. 그것은 절대 용납받을 수 없는 불경이며 반역죄다.

감소채가 선뜻 결정을 내리지 못하자 일검향이 한마디 던졌다.

"난 어떻게든 탈출할 수 있소. 나에 대한 우려는 절대 하지 마시오. 당신의 침투 목적이 성공하는 것이 우선이오."

결국 감소채는 그의 제안을 받아들였다.

"검 공자의 뜻에 따르겠습니다."

"잘 생각했소."

일검향은 그녀의 손을 이끌고는 담장을 훌쩍 넘어 장원 안으로 들어섰다. 마당이 좁고 허름한 건물로 미루어 하급관리의 사택으로 보였다.

"모두가 잠들어 있을 시각이오. 감 소저는 적당한 장소를 찾아 은신해 있으시오."

"공자……."

"군왕을 알현하는 자리이니 어느 정도는 복장을 갖추는 것이 좋겠소. 야행복 차림으로 전하를 대면할 수는 없지 않겠소?"

감소채는 그의 여유에 다소 마음을 놓았다.

"알겠습니다."

"그럼 기다리시오."

일검향은 싱그러운 미소를 지으며 그녀의 어깨를 다독여 주었다.

감소채는 와락 그를 부둥켜안았다. 볼을 타고 절로 눈물이 흘러내렸다.

"제발… 제발 조심하세요."

"……."

일검향은 그녀의 등을 다독이다가 이마에 입을 맞추었다.

"왕성에서 봅시다."

그녀의 포옹을 푼 그는 한줄기 연기가 되어 장원의 담장을 넘어갔다.

감소채는 과연 그가 어떻게 내성과 왕성의 경비를 돌파할지에 대해서는 고민하지 않았다. 침투에 서툰 자신을 이끌고 왕부의 내성까지 잠입시킨 그의 수완으로 이미 그의 능력은 입증된 셈이었다.

그녀는 그의 조언을 떠올리며 뒤집어쓴 야행복 모자를 벗었다.

'그래, 난 전하를 뵐 준비를 해야겠어.'

2

불야성(不夜城)!

달리 표현할 말이 없었다.

왕성의 성곽을 넘어선 일검향은 그만 입을 딱 벌리고 말았다. 대륙의 환락가라는 장안의 유곽도 이보다 화려할 수는 없었다.

진입로 좌우로는 갓을 씌운 등불이 꼬리를 물고 걸려 있었다. 대다수 전각은 환히 밝혀져 있었고 높은 누대는 계단 하나하나마다 채색등이 수놓아져 있었다.

마치 등 축제라도 열린 듯싶었다.

일검향은 성벽에 바싹 기대선 채 방금 내려온 성곽을 올려다보았다.

그가 왕성의 성곽을 넘어선 것은 철저한 계산에 의한 모험 덕분이었다. 삼 보 간격으로 서 있는 보초들 사이를 소리없이 통과하기란 불가능했다. 그의 은신술이 아무리 뛰어나도 그들의 시야를 완전히 벗어날 수 없기 때문이다.

일검향은 한 명의 보초에게 접근하면서 범천탄지를 날려 순간적으로 보초의 혈도를 짚었다.

범천탄지는 금마오절기에 해당되는 절학답게 파공성 하나 없는 지풍이었다. 일검향은 보초의 혈도가 제압된 사이 신속하게 성곽을 가로지른 후 다시 범천탄지를 날려 보초의 혈도를 풀어주었다.

보초는 순간적으로 혈도가 짚였다가 풀렸기에 자신의 점혈을 전혀 의식하지 못한다. 다만 자신이 깜빡 졸았다고 생각할 뿐이다. 보초를 현혹시키는 이런 침투술은 한 치의 오차도 있어서는 안 되기에 만일 감소채를 대동했다면 생각도 못할 은밀한 수법이었다.

마침내 왕성에 침투했지만 표적에 접근하기 위해서는 아직도 쉽지 않은 난관이 남아 있었다.

군왕의 처소인 영천전(英天殿).

전각 주변은 낮은 담장으로 둘러져 있지만 나는 새도 함부로 들어갈 수 없을 만큼 경비가 철저했다.

왕성의 경비는 일반 군병들이 아니라 고강한 무공을 지닌 친위대에 의해 이루어진다. 하나같이 일류급 고수이기에 그들의 경비는 군병들의 경비와는 비교할 수 없을 만큼 삼엄하다.

일검향은 영천전 주변을 세심하게 살펴보았다.

구주총련에서 입수한 도면도 영천전에 대해서는 중대한 정보를 제공해 주지 못했다. 하기에 그는 자신의 눈으로 직접 보고 확인해야 했다.

왕성 주변을 둘러싼 수십 채의 장원은 왕부의 고관들을 위한 사택인 듯 하나같이 화려하고 웅장했다. 장원 내에는 가산과 연못, 정자까지 갖춰진 개인 정원이 마련돼 있었다.

일검향은 영천왕의 지나친 사치에 상당한 반감이 들었다.

물론 침투 전 영천왕에 대한 정보를 들었을 때부터 호감을 가질 수 없었다. 황제의 숙부인 황숙(皇叔)의 신분이지만 영천왕의 권위와 위엄은 실로 대단했다.

명절 때마다 양민들에게 재물과 곡식을 하사하는 여느 군왕과 달리 그는 양민들이 천재지변으로 고통을 겪을 때도 구휼물자 한 점 내놓지 않는 야박한 군왕이었다.

자신은 왕부 내에서 온갖 호사를 누리지만 왕부 밖에서 굶주리고 병든 양민들에 대해서는 관심 밖이었다. 이유는 간단했다. 그는 혈통을 중시하기에 평민들을 그저 왕부를 위한 노예로 생각하기 때문이다.

일검향은 장원을 따라 크게 우회하면서 영천전으로 침투할 수 있는 방법을 모색했다.

소림 참회동에 침투할 때는 춘추봉에서 정확한 정보와 도구를 제공해 주었기에 가능했지만 지금은 그 혼자의 힘으로 침투할 수밖에 없었다.

세차게 내리던 빗줄기도 조금씩 잦아들고 있었다. 바람도 잔잔해지면서 점차 안개비로 변해갔다.

영천전 담장과 칠 장까지 근접한 일검향은 잠시 호흡을 멈추었다.

"……?"

문득 그는 소나무의 무성한 솔잎 사이로 시선을 고정시켰다. 처음에는 감각적으로 잠복의 흔적을 감지했지만 범황천안술을 펼치자 잠복한 자의 위치를 정확히 찾아낼 수 있었다.

위장복을 걸친 무사들이 담장을 따라 심어진 소나무 곳곳에 은신해 있었다. 워낙 교묘한 은신이라 일검향이 미리 간파하지 못했다면 그들에 의해 여지없이 발각되었을 것이다.

'난감하군. 주변이 워낙 밝아 접근할 방법이 없다.'

일검향은 자세를 고정시킨 채 침투할 수 있는 방안을 모색했다.

초조한 마음에 섣불리 행동했다가는 어렵사리 왕성까지 침투한 공이 물거품이 되어버린다. 다소 시간이 걸리더라도 가장 효과적인 침투

방법을 찾아내는 것이 중요했다.

이때 네 명의 순찰대원들이 진입로를 따라 다가왔다.

왕성에 소속된 친위대들은 여느 군병들처럼 갑옷과 투구를 착용하지 않는다. 어깨 보호대인 견갑과 가슴 가리개인 호심경을 두른 것이 고작이었다.

친위대원답게 그들은 질 좋은 가죽 우의를 걸치고 있었다. 마치 관람을 하듯 유유한 모습이었지만 빠르게 주변을 살피는 눈빛은 번갯불처럼 날카로웠다.

순찰대원들이 지나가자 나무 사이에 잠복해 있는 무사들은 그들에게 시선을 고정시켰다. 장기간에 걸친 잠복의 무료함을 잠시 달래기 위함이었다.

'기회다!'

침투에 고심하고 있던 일검향은 확신이 서자 즉각적으로 행동을 취했다.

그는 가장 가까이 있는 소나무를 향해 유령처럼 움직였다. 잠복해 있던 무사는 물끄러미 순찰대원들을 바라보던 중이라 누군가의 접근을 전혀 눈치 채지 못하고 있었다.

일검향은 세 줄기 범천탄지를 발출했다.

무사는 정신을 잃는 혼혈과 더불어 근육을 마비시키는 마혈, 신음소리를 막는 아혈이 동시에 점해졌다. 무사는 대번에 정신을 잃었지만 나무에서 떨어지지 않았다. 잠복한 상태 그대로였다.

이 또한 일검향의 계산된 기습이었다. 범천탄지를 발출하면서 적절하게 강도를 조절해 잠복한 무사가 맥없이 떨어지지 않도록 안배한 것이다.

소나무 위로 올라선 일검향은 영천전 내부를 들여다보았다.

일순 그는 또 한 번 감탄에 젖었다.

영천전은 전각이 아니라 하나의 예술 작품이었다. 지붕의 기와는 황금이었고 아름드리 기둥마다 은이 씌워져 있었다. 처마 끝에 달린 풍경은 벽옥이었고 창문을 가린 주렴은 수정이었다.

전각 주변으로는 기이한 형태의 정원수들이 심어져 있었고, 청동거울에 반사된 수백 개의 등불이 주변을 대낮처럼 밝히고 있었다.

일검향은 본능적인 분노에 사로잡혔다.

'군왕의 신분으로 이렇듯 호화롭게 산다는 것은 과거 궁궐 내부에 주지육림(酒池肉林)을 꾸몄던 폭군과 다를 바 없다. 이 모두 양민들의 피와 땀으로 이루어진 것이 아닌가?'

그는 허리춤의 자청검을 불끈 쥐었다.

하지만 그는 자신의 임무를 되새기면서 이내 분노를 가라앉혔다. 그는 자객일 뿐 의협이 아니다. 군왕의 행실을 추궁할 자격이 없으며 또 그래서도 안 되는 신분이었다.

'영천왕이 어떤 사람인지는 중요치 않다. 어떻게든 감 소저와의 대면을 성사시켜야 한다. 그것이 내 임무다.'

그는 애써 냉철함을 유지하며 영천전 주변을 세심하게 살폈다.

늦은 밤인데도 불구하고 이렇듯 주변이 환히 밝혀져 있다는 것은 아직 영천왕이 침소에 들지 않았다는 것을 의미한다. 그가 깨어 있는 한 언제 산책을 나설지 모르기에 친위대는 등불을 환히 밝힌 채 삼엄한 경비 태세를 유지하고 있는 것이다.

일검향은 지극히 호화로운 영천전을 직시하며 마음속으로 뇌까렸다.

'군왕이 깨어 있다는 것이 다행이군. 이미 잠자리에 들었다면 깨워서 설명하기도 번거로운 일인데 말이야.'

그는 솔잎에 맺혀 있는 빗방울을 핥아 간단히 목을 축였다.

'제발 날 두려워하지 않았으면 좋겠다. 비열한 군왕이라면 죽이고 싶어질 테니까.'

3

슥슥……!

서탁에 놓인 커다란 화선지 위로 붓이 춤을 추고 있었다. 붓이 한번 그어질 때마다 난초가 허리를 꺾었고, 붓을 쥔 손이 틀어질 때마다 난화(蘭花)가 피어났다.

안휘성 선주에서 생산되는 선지(宣紙)는 질기고 부드러워 천하 으뜸으로 인정을 받는다. 선지는 역시 안휘성 내에서 생산되는 휘먹과 함께 대표적인 문방사보 중 하나다.

사군자 중 난초를 그리는 사람은 화려한 금의를 걸친 노인이었다.

회갑에 이른 나이라 머리카락과 수염이 눈부신 은색이었지만 피부는 아직 팽팽하고 광택이 흘러 전혀 노인처럼 보이지 않았다. 또한 봉황의 눈에는 정광이 넘쳤고 붉은 입술은 기름을 바른 듯 윤기가 흘렀다.

고귀한 기품이 서린 노인이 바로 영천왕 주표(朱飄)다.

영천왕은 금상황의 숙부이기에 황실에서도 웃어른이며 영지 내에서는 또 하나의 황제였다.

안휘성을 관장하는 포정사도 황실보다는 영천왕부를 두려워했고,

관내의 태수며 성주들은 영천왕에게 충성을 맹세해야 자리가 보존될 수 있었다.

커다란 화선지에 수백 개의 난초를 그려낸 영천왕은 잠시 붓을 내리며 전체적으로 균형이 잡혔는지 꼼꼼하게 살펴보았다.

이제 몇 포기의 난초와 상징적인 벌, 나비만 그려 넣으면 아침나절부터 몰두한 그림을 완성할 수 있었다. 사실 진작 완성할 수 있었지만 모처럼 내린 단비를 감상하느라 많이 늦어지게 되었다.

시녀는 조심스럽게 벼루에 먹을 갈고 있었다.

그림을 그리는 데 있어 먹물의 농도는 아주 중요했다. 먹물이 너무 진해도 안 되었고 너무 묽어도 안 되었기에 시녀는 일정한 속도로 먹을 갈아 먹물의 농도를 유지했다.

영천왕은 붓에 먹물을 잔뜩 묻히고는 마무리 작업을 위해 화선지에 바싹 다가섰다.

한데 참으로 예기치 못한 변괴가 발생했다.

똑, 똑, 똑……!

붓에서 먹물이 떨어지며 화선지를 타고 번졌다.

"……?"

영천왕은 어처구니가 없는 듯 붓을 내려다보았다.

먹물의 농도는 적당했기에 이처럼 흘러내릴 수는 없었다. 더군다나 먹물에서 변질된 냄새까지 느껴졌다. 도저히 있을 수 없는 괴변에 그는 잠시 망연자실해졌다.

이어 그는 손에 쥔 붓을 화선지 위에 내던졌다. 군왕의 신분으로 모처럼 작심을 해서 대작을 그려내려 했던 그림이 순식간에 훼손되고 만 것이다.

시녀들은 사색이 되어 와들와들 떨었다. 자신들이 무슨 잘못을 했는지 몰라도 그림이 망가졌으니 중벌을 면키 어려운 상황이었다.

"허어, 어떻게 이런 일이?"

영천왕은 진노 어린 탄식을 짓고는 시녀들을 향해 소매를 내저었다.

"너희들은 물러가라."

"예, 전하."

배례를 마친 시녀들은 서둘러 전각을 나섰다. 어찌 된 연유인지는 몰라도 자신들에게 불호령이 떨어지지 않았다는 것을 다행으로 생각했다.

영천왕은 거칠게 술잔을 채우며 짤막하게 외쳤다.

"나오너라!"

누군가의 침입을 간파한 확신에 찬 어조였지만 아무런 대꾸도 들려오지 않았다.

단숨에 술잔을 비운 영천왕은 봉목을 가늘게 떴다. 감각을 통해 주변을 면밀하게 살핀 그는 가볍게 미간을 찌푸렸다.

'이상하군. 휘먹은 아주 민감해 미세한 환경 변화만으로 그 농도가 달라진다. 내가 마무리 작업을 하려는 순간 휘먹에서 비릿한 냄새가 풍겨졌다. 그것은 누군가의 침입에 의해 오염되었기 때문이다. 한데 왜 침입자의 존재가 전혀 감지되지 않는 것일까?

영천왕은 어렸을 적부터 무예에 대해 관심이 높아 황실무고에도 몇 번을 드나든 적이 있는 숨은 고수였다.

하지만 한번도 남 앞에서 무공을 펼쳐 보인 적이 없기에 그의 무공 수위가 어느 정도인지는 아무도 모른다. 다만 범상치 않은 고수로만 짐작될 뿐이다.

영천왕은 뒷짐을 진 채 활짝 열어놓은 창가로 향했다.

어느새 비는 거의 멎어 있었다. 비로 인해 땅의 열기가 식어서인지 여름밤치고는 시원한 편이었다.

잠시 생각에 잠기던 영천왕이 점잖게 외쳤다.

"밖에 누가 있느냐?"

그러자 건장한 체격의 무장이 급히 집무실로 들어섰다.

"찾으셨습니까, 전하?"

고슴도치 수염에 호랑이 눈을 지닌 사십대 무장이 바로 친위무장 왕릉(王陵)이었다. 황실의 비전무공을 터득한 그는 천하에 적수가 드문 절세급 고수였다.

영천왕은 등불과 보석으로 장식된 정원수를 감상하며 대수롭지 않게 말했다.

"친위대 전원을 배치시켜라. 외부의 침입보다는 내부의 탈출에 대비하라."

"전하……?"

심상치 않은 사태를 직감한 왕릉은 영천왕 옆으로 바싹 다가섰다.

"대체 어인 분부이십니까?"

"즉시 시행하라."

영천왕이 일축하자 왕릉은 서둘러 전각을 나갔다.

왕릉은 믿을 수가 없었다.

영천왕의 지시를 해석하면 이미 영천전 내에 침입자가 있다는 뜻이다. 그것은 도저히 있을 수 없는 일이며, 있어서도 안 되는 절대 불가의 상황이었다.

그러나 영천왕의 왕명은 절대적이었기에 그는 복종할 수밖에 없었다. 본능적으로 불길함을 느낀 그의 눈에 핏발이 돋았고 고슴도치 수염이 철사처럼 빳빳해졌다.

'침입자… 정녕 침입자가 있단 말인가?'

창문에서 돌아선 영천왕은 자신의 집무책상으로 향했다. 의자에는 더위를 식혀주는 북해 빙잠(氷蠶) 방석이 깔려 있어 한낮에도 더위를 잊을 수 있었다.

의자에 앉은 그는 서책을 한 권 집어 펼쳤다. 물론 책을 읽겠다는 생각은 전혀 없었다.

그는 분명 휘먹의 변질을 통해 침입자의 존재를 감지했다.

한데 그의 능력으로도 침입자의 흔적을 전혀 찾아낼 수가 없었다. 만일 침입자가 자신의 목숨을 노렸다면 그는 이미 싸늘한 시체가 되었을지도 모를 일이었다.

일순 머리 위쪽에서 싸늘한 한기를 느낀 그는 번쩍 고개를 들었다.

비로소 침입자의 존재가 확인되었다.

야행복을 걸친 침입자가 대들보에 발끝을 건 채 대롱대롱 매달려 있었다. 병기를 빼 들고 위협하지는 않았지만 눈빛이 차갑고 예리했다.

영천왕은 실로 충격적인 광경에도 군왕답게 의연한 모습을 보였다.

"너였더냐?"

침입자는 소리없이 떨어져 거대한 집무의자 뒤로 내려섰다. 그는 다름 아닌 일검향이었다.

"전하, 무례를 용서하십시오."

영천왕은 빠르게 생각을 굴렸다.

그는 침입자가 자객임을 직감했다. 세 개의 성벽을 넘어 자객이 침투했다는 것은 자신을 척살하기 위함이 분명한 일이다. 한데 자객의 태도를 감안하면 척살의 의도는 전혀 없어 보였다.

그것은 안도와 더불어 커다란 의혹이 아닐 수 없었다.

영천왕은 집무의자에 편히 기대앉으며 물었다.

"누구의 사주를 받았느냐?"

"사주가 아니라 부탁입니다. 저는 전하를 해칠 의도는 전혀 없습니다. 하지만 전하께서 제 요청을 무시하신다면 저는 어쩔 수 없이 자객이 될 것입니다."

"한갓 자객 따위가 감히 본좌를 위협하는 것이냐?"

"전하가 하늘과 같은 분임은 잘 알고 있습니다. 하지만 자객은 신분의 고하를 가리지 않습니다. 한번 표적으로 정해지면 전하 역시 하나의 표적일 뿐입니다."

영천왕은 펼쳐 놓았던 책을 덮었다.

"왕부에 침입한 이상 네놈은 살아나갈 수 없다. 지금 네 처지를 확실히 파악하고 있는 것이냐?"

"자객에게 있어 죽음은 삶의 한 과정일 뿐입니다."

"……."

"제 요청은 아주 간단합니다. 저와 함께 침투한 한 여인을 만나주시면 됩니다."

영천왕의 얼굴이 가볍게 일그러졌다.

"여인이라니? 왕부에 침입한 자가 너 말고 또 있었단 말이냐?"

"그렇습니다. 하지만 그 여인은 전문가가 아니라 지금 내성에 머물러 있습니다."

"……."

영천왕은 한 손으로 수염을 내리쓸면서 다른 한 손으로 허리춤의 섭선을 쥐었다. 그의 병기는 은하신검(銀河神劍)이었지만 벽에 걸어둔 상태라 지금은 사용할 수가 없었다.

그는 군왕이기에 앞서 무예의 고수였다. 또한 자부심이 대단한 존재였다.

한갓 자객의 위협에 굴복해 순순히 자객의 요청을 받아들이는 것은 그에게 있어 심각한 치욕이었다. 군왕의 권위와 자존심 때문에라도 절대 용납할 수 없었다.

"넌 누구냐?"

"자객입니다."

"당연히 자객이겠지. 어디 소속이냐?"

"천예사원입니다."

"천예사원……? 그래, 들은 적이 있다. 강호에서 가장 뛰어난 자객 단체이며 최고의 자객으로 구성돼 있다고 들었다."

영천왕은 벌떡 일어서며 집무의자를 뒤로 튕겨냈다.

집무의자는 오동나무에 금은으로 장식된 견고한 보좌이기에 자객으로부터 그 자신을 지킬 엄호물을 대신하기에 충분했다. 동시에 그는 상체를 틀면서 섭선을 내려쳤다.

"용패섬(龍覇閃)!"

섭선에서 뻗어나간 강기가 횡으로 뻗으며 배후 침입자의 상반신을 갈랐다.

영천왕은 적어도 이 한 초식으로 자객의 위협에서 벗어날 수 있으리라 자부했다. 자객과의 대결은 한 초식으로 충분하다. 내부의 소란을 감지한 친위무장이 곧바로 들이닥칠 것이고 그는 안전한 피신을 확신할 수 있었다.

한데 그가 전개한 기습적인 공격은 마치 빈 허공을 벤 듯 무산되었다.

어느새 집무책상 앞으로 이동한 일검향은 붓을 집어 들고 있었다.

"전하께서는 먹으로 그림을 그리지만 자객은 피로써 그림을 그립니다. 군왕답게 행동하십시오."

영천왕은 봉목을 부릅뜬 채 일검향을 직시했다.

집무책상을 사이에 두었기에 둘 사이의 거리는 일 장도 채 되지 않는다. 자객이 붓을 쥔 이유는 군왕인 자신에게 차마 검을 겨눌 수 없기 때문으로 해석할 수 있었다.

'실로 침착한 놈이다. 또한 예법까지 갖춘 자다.'

이때 연이은 파공성과 함께 친위무장과 친위대 무사들이 집무실 안으로 들어섰다. 평소에는 군왕의 윤허가 있어야만 들어올 수 있지만 비상사태가 발발하면 독단적인 행동이 가능했다.

집무실 안으로 들어선 친위무장과 무사들의 입이 쩍 벌어졌다.

"허억?"

"이… 이럴 수가?"

그들은 눈두덩을 비비며 자신의 눈을 의심했다. 혹시 자신들이 지금 유령을 보고 있는 것은 아닌지 착각에 빠졌다.

그도 그럴 것이 영천왕부는 황성보다 더 견고한 방어 체계를 갖추고 있는 불가침의 금역이었다.

외성과 내성은 5천 군병들이 경비와 순찰을 담당했고, 왕성은 일류 고수들인 친위무사들이 경호를 맡았다. 그런 삼중 경비를 뚫고 침투한 도적이나 자객은 존재한 적이 없었다. 물론 그들 중 누구도 경비망이 뚫리리라고는 생각지 않고 있었다.

한데 야행복을 걸친 한 명이 집무책상을 사이에 둔 채 영천왕과 마주 서 있었다. 손에 붓을 쥐고 있었지만 그 또한 위협이 되기에 충분했다.

'자객이다!'

왕룽과 친위대 무사들은 동시에 침입자의 신분을 확신했다.

"저, 전하!"

왕룽이 다가서려 하자 영천왕이 짤막하게 제지했다.

"멈춰라!"

그는 친위무사들을 둘러보며 소매를 저었다.

"왕 무장만 남고 모두 물러가라."

"전하, 하오나……."

"이미 왕부의 삼중 경계를 돌파하고 본좌의 턱밑까지 당도한 자다. 친위대 무사들은 절대 이자를 감당할 수 없다."

왕룽은 참담한 심정으로 고개를 떨구었다.

외성과 내성 경비는 그의 소관이 아니었지만 왕성의 경호는 그의 책임이었다. 한데 엄중한 방어망이 뚫린 데다 군왕이 자객의 사정권 안에 놓인 상태였으니 그는 입이 있어도 할 말이 없었다.

영천왕을 향해 사죄를 예를 올린 그는 친위대 무사들을 향해 외쳤다.

"물러가라. 제1급 경보를 발동해라."

친위대 무사들이 물러가자 넓은 집무실 안에는 세 사람만 남게 되었다.

영천왕은 집무의자를 끌어다 앉았다.

"왕 무장, 이자는 천예사원의 자객이다."

“예에?”

왕릉은 일검향의 등을 향해 창을 겨누었다.

“자객! 네놈이 대체 어떻게 침투를 한 것이냐?”

일검향은 여전히 붓을 쥔 채로 자신의 요구를 다시 제시했다.

“전하, 여인이 너무 오래 기다리고 있습니다.”

영천왕은 그의 요구는 귓전으로 흘려들었다.

“네 이름이 무엇이냐?”

“자객은 자신의 이름을 밝히지 않습니다.”

“군왕으로 명하겠다. 밝혀라.”

“전 왕부의 신하가 아닙니다.”

“허어, 실로 무도한 놈이구나. 너 또한 이 나라의 백성이 아니더냐?”

“자객들은 오직 자객의 법만 따릅니다.”

영천왕은 천천히 섭선을 펼쳐 들며 왕릉 쪽으로 시선을 돌렸다.

“왕 무장, 이자의 정체를 알겠느냐?”

왕릉은 조심스럽게 걸음을 옮겨 집무책상 옆으로 섰다. 그는 빠르게 일검향을 훑어보고는 고개를 끄덕였다.

“전하, 이자가 분명히 천예사원 소속의 자객이옵니까?”

“자신의 입으로 밝혔으니 확실하겠지.”

“그렇다면 무향검살일 가능성이 아주 높습니다.”

“무향검살?”

“당대 최고의 자객으로 불리는 자입니다. 장안의 명기 월아영, 벽력장의 장주 벽력신군을 척살한 자객입니다. 또한 무림의 금역이라는 소림의 참회동에도 침투했고, 척살단이라는 자객 단체에 뛰어들어 무수한 자객들을 살해한 자입니다.”

　왕룽은 강호 출신의 경호무장답게 현 무림의 실정에 대해 상세히 알고 있었다.

　영천왕은 다시 일검향에게로 눈길을 돌렸다.

　"네가 무향검살이냐?"

　"그렇게 호명하셔도 무방합니다."

　"오냐, 널 검살로 호명하겠다. 대체 본좌를 알현하려는 계집은 누구냐?"

　"전하께서 친견하실 자격이 있는 여인입니다."

　"그렇다면 넌 단지 그 계집과 본좌의 대면을 주선하기 위해 침투한 것이란 말이냐?"

　"그렇습니다."

　영천왕은 선뜻 이해가 되지 않는 듯 고개를 저었다.

　"자객이 그런 청부도 받는단 말이냐?"

　"전하, 여인의 접견을 윤허해 주십시오."

　일검향이 거듭 청하자 영천왕은 잠시 생각에 젖다가 고개를 끄덕였다.

　"알겠다. 왕 무장은 여인을 데려오너라."

　"어떤 여인을 말씀하십니까?"

　왕룽이 의아한 표정을 짓자 일검향이 대신 말해주었다.

　"나와 함께 왕부에 침투한 여인이 있소. 지금 내성 입구의 장원에 은신해 있을 것이오. 무향검살이라는 명호를 대면 만날 수 있소."

　왕룽은 경악하고 말았다.

　"너 외에… 또 침입자가 있었단 말이냐?"

　"하찮은 여인이 아니니 정중히 모셔오기를 기대하겠소."

　일검향은 걸음을 옮겨 집무책상 옆으로 이동했다. 언뜻 보기에는 영천왕을 경호하기 위한 호위무사의 위치였지만 사실 영천왕을 심각하게 위협할 수 있는 위치였다.

　왕릉은 잠시 일검향을 쏘아보다가 전각을 나섰다.

　밖으로 나선 왕릉은 이 청천벽력과 같은 사태를 어떻게 수습해야 할지 판단이 서지 않았다.

　일단 영천왕을 자객의 사정권에서 벗어나게 하는 것이 중요했지만 마땅한 방법이 없었다.

　영천왕의 높은 무공으로도 자객을 떨쳐 내지 못했다면 그의 무공으로도 쉽지 않은 일이다. 더군다나 영천왕의 터럭 하나 다쳐서는 안 되기에 섣부른 공격을 펼칠 수도 없었다.

　그는 질린 모습으로 고개를 절레절레 저었다.

　'유령이다. 놈은 인간이 아니라 유령이야!'

第45章
영천왕의 교묘한 계책

제1급 경보가 발동된 영천왕부는 충격에 휩싸이고 말았다.

자객이 침입해 영천왕을 인질로 삼고 있다는 말에 왕부의 모든 사람들은 경악하지 않을 수 없었다.

교대로 보초를 서던 5천 군병들 모두가 출동해 완전 무장을 한 채 외성과 내성 성벽을 철통같이 에워쌌다. 외부의 침투보다는 침입자의 탈출을 저지해야 했기에 군병들 대다수는 왕성 쪽으로 시선을 집중시키고 있었다.

한편 영천왕은 천천히 섭선을 저으며 누군가의 알현을 기다리고 있었다.

'여인이라… 대체 누구이기에 이런 모험을 감행하면서까지 날 만나려 한단 말인가?

그는 여러 부류의 여인을 떠올렸지만 전혀 짐작을 할 수 없었다.

황숙의 신분이지만 그는 황실의 정사에는 거의 관여를 하지 않는 자유인이었다. 술수가 난무하는 정치를 싫어했기에 황궁에서 발을 뗀 지 십 년도 넘었다. 그저 사치와 향락을 즐기며 때로는 서화를 벗삼고 때로는 무공을 연마하는 것이 그의 삶이었다.

그런 그였기에 자객의 사정권 안에 있다는 것은 스스로 생각해도 한심스런 상황이 아닐 수 없었다.

그는 힐끗 일검향을 바라보았다.

일검향은 집무실 입구만 응시하고 있었다. 워낙 무표정해서 무엇을 생각하는지 전혀 알아챌 수가 없었다. 담담한 눈빛은 어떤 충격에도 흔들리지 않을 것 같았다.

영천왕은 섭선을 접어 손바닥을 두드렸다.

"검살, 넌 본좌의 호위가 되고 싶지 않느냐?"

"없습니다."

"깊이 생각해 보아라. 네가 호위가 되겠다면 일단 너의 목숨을 건질 수 있다. 봉록도 넉넉하니 재물을 모을 수도 있고, 본좌의 측근 호위로서 당당한 권위도 가질 수 있다. 왜 이런 기회를 마다하려는 것이냐?"

"제가 자객이기 때문입니다."

"그건 이유가 될 수 없다."

영천왕은 단지 현재의 위기를 벗어나기 위해서가 아니라 진심으로 그를 원했다.

"본좌에게는 친위대 외에 비밀 호위들이 있다. 그들의 존재는 몇 사람만 알 뿐 누구도 모른다. 그들 역시 너와 같은 자객 출신들이다."

일검향은 여전히 건조한 어조로 응수했다.

"여인의 알현만 끝나면 저는 떠날 것입니다."

“떠난다고? 본좌를 능멸한 너를 곱게 보내줄 것 같으냐?”

“송구한 말씀이나 왕부의 군병들로 저의 침투를 막지 못했듯이 저의 탈출 또한 막지 못할 것입니다.”

영천왕은 아주 흥미로운 표정을 지었다.

“허헛, 너의 오만이 실로 대단하구나! 하지만 네가 본좌의 비밀 호위들인 금위대(禁衛隊)의 추격을 벗어날 것이라고는 생각지 않는다.”

일검향은 손에 쥔 붓을 서탁 위에 내리며 화제를 돌렸다.

“한 가지 궁금한 게 있습니다.”

“오냐, 말해봐라.”

“전하께서는 어떻게 저의 침입을 간파하셨습니까?”

“사실은 몰랐다. 단지 휘먹의 농도와 향기가 변질되면서 막연히 느꼈을 뿐이다.”

일검향은 책상 한쪽에 놓인 벼루와 먹으로 시선을 돌렸다.

“먹이 변질되었단 말입니까?”

영천왕은 손을 뻗어 먹을 집어 들었다.

“너의 침투는 확실히 은밀했다. 본좌로서는 전혀 간파할 수 없었으니까. 하지만 휘먹은 세상에서 가장 뛰어난 먹으로 향기가 뛰어나고 천 년이 지나도 변치 않는 먹물을 만들어낸다. 본좌는 휘먹의 농도와 향기가 갑작스럽게 변한 것을 보고 환경이 바뀌었음을 감지했다. 아무런 변화도 없었는데 환경이 변했다… 과연 그것이 무엇을 의미하겠느냐?”

“……”

“누군가의 침투뿐이지.”

영천왕은 휘먹을 일검향에게 건넸다.

"받아라. 본좌를 대면한 기념으로 내리는 하사품이다."

"전 받을 자격이 없습니다."

"받아. 이것마저 무시한다면 본좌는 정말 화를 낼 것이다."

일검향은 잠시 주저하다가 휘먹을 받아 들었다.

"감사히 받겠습니다."

그의 영천왕에 대한 막연한 반감은 대면을 한 후 다소 바뀌었다.

영천왕의 사치와 향락은 도덕적으로 비난을 받을 죄이지 악업은 아니었다. 그것을 군왕의 특권으로 인정한다면 영천왕의 기품과 위엄 또한 인정할 수밖에 없었다.

자리에서 일어선 영천왕은 뒷짐을 진 채 창가로 향했다. 일검향이 따르려 하자 영천왕이 점잖게 타일렀다.

"경계할 것 없다. 괘씸하지만 아직 본좌가 너의 인질임을 인정하고 있다. 군왕은 꽁수를 부리지 않는다. 본좌는 자객에게 등을 보이며 달아날 생각은 추호도 없다."

"……."

일검향은 그의 의연함을 믿고 더는 따라다니지 않았다.

영천왕은 창가에 서서 바람을 쐬다가 봉목을 다소 치켜떴다.

"호오, 네가 얘기한 여인이 오는구나?"

일검향이 처음으로 반응을 보였다.

절로 긴장이 되었다. 그 자신의 문제라면 벼락이 떨어져도 꿈쩍하지 않겠지만 감소채의 안위가 걸려 있는 문제이기에 신중을 기해야 했다.

영천왕은 벽 한쪽에 세워진 커다란 서역산 거울 앞에 서서 복장과 머리 매무새를 가다듬었다. 비녀를 꽂고 금관을 바로잡은 그는 한껏 위세를 부리며 집무책상으로 향했다.

"만일 계집의 용모가 탐탁지 않으면 계집은 죽은 목숨이다. 본좌는 얼굴이 못난 계집을 아주 싫어한다."

의자에 앉은 그는 서책을 펼쳐 놓으며 접견할 준비를 갖추었다.

일검향은 가볍게 허리를 굽혔다.

"만일 용모로 평가하신다면 상을 받을 자격이 있습니다."

"그래? 어디 자객의 안목을 기대해 보겠다."

영천왕은 수염을 내리쓸며 흥미로운 미소를 지었다.

곧이어 집무실 밖에서 왕룡의 음성이 들려왔다.

"전하, 알현을 청한 여인을 데리고 왔습니다."

"들여라."

영천왕이 윤허하자 두 시녀를 대동한 여인이 천천히 집무실 안으로 들어섰다.

여인은 산뜻한 취의 차림이었다. 군왕을 배알하는 자리이기에 왕부에서 제공한 의복이었다. 왕룡은 약간의 거리를 둔 채 여인을 따르고 있었다. 그로서는 여인을 인질 삼아 자객과 대치할 요량이었다.

취의여인은 물론 감소채였다.

그녀는 대청 중간에 이르자 두 시녀의 부축을 받으며 세 번의 대례를 올렸다.

"천한 계집이 삼가 전하께 알현을 청하옵니다."

물끄러미 그녀를 바라보던 영천왕은 호쾌한 웃음을 터뜨렸다.

"허허헛, 냉혈의 자객에게도 계집을 보는 안목이 있었구나!"

그는 소매를 저어 두 시녀를 물렸다.

"너희는 물러가거라."

두 시녀는 일순 당혹감을 금치 못했다.

그녀들은 단순한 시녀가 아니었다. 내명부에 소속된 비빈들의 호위들로 왕릉의 지시를 받아 감소채를 밀착 감시하는 중이었던 것이다.

왕릉은 군왕의 명을 거역할 수 없기에 눈짓을 통해 시녀들을 내보냈다.

감소채는 집무책상 옆에 서 있는 일검향을 보고는 감동 어린 눈빛으로 목례를 보냈다.

그녀로서는 부탁을 해놓고도 너무 힘겨운 일이라 후회와 자책을 거듭했다. 함께 내성까지 침투를 했지만 계속된 난관에 차라리 돌아가고 싶은 심정이었다.

한데 그녀가 소원한 대로 영천왕을 친견하는 자리가 마련되었다. 꿈이 아니라 엄연한 현실이었다.

영천왕은 호감 어린 눈빛으로 감소채를 쓸어보고는 가까이 불러들였다.

"다가오너라."

"망극하옵니다."

감소채는 무릎걸음으로 다가서고는 고개를 조아렸다.

"조금 더 오너라."

"……."

감소채는 잠시 주저하다가 집무책상 앞까지 바싹 다가갔다.

"이름이 무엇이냐?"

"감소채라 하옵니다."

"고개를 들어라."

감소채가 고개를 들자 영천왕의 그녀의 이목구비를 세심하게 살폈다.

화장기 하나 없는 맨 얼굴이었지만 신비로울 만큼 신선한 아름다움이 간직된 용모다. 힘겨운 침투로 인해 안색이 다소 창백했지만 보석 같은 눈망울은 샛별보다 영롱했다.

영천왕은 그녀의 아름다움보다 기품과 우아함에 감탄했다.

"허어, 믿을 수가 없구나. 황궁의 공주와 군주들도 너와 같은 고귀한 아름다움을 지니지 못했다. 세상에 너와 같은 미색이 있을 줄은 몰랐구나."

"황공하옵니다."

"신분을 밝혀라."

"예, 전하. 소녀는 천맹무선의 문하로 외람되게 의천맹의 군사 직을 맡고 있습니다."

영천왕은 감소채 뒤에 서 있는 왕릉에게 물었다.

"천맹무선이라면 도문의 전설적인 고수를 말하는 것이냐?"

"그러하옵니다. 천맹무선은 천상삼비 중 일인으로 천하에서 가장 신비로운 고수입니다. 또한 의천맹의 군사라면 무림계에서 아주 높은 신분이라 할 수 있습니다."

"흐음, 그래?"

영천왕은 천천히 섭선을 저으며 관대함을 보였다.

"몸을 일으켜도 좋다."

"망극하옵니다."

몸을 일으킨 감소채는 정중히 허리를 굽혀 사의를 표했다.

영천왕은 의자에 편안히 기대앉았다.

"그래, 무슨 연유로 본좌를 알현하려 한 것이냐?"

"그전에 전하께 다짐을 받고 싶은 것이 있습니다."

“무엇이냐?”

“군왕은 거짓말을 하지 않는다고 들었습니다. 전하께서 사실대로 말씀해 주실 것을 약속해 주십시오.”

실로 당돌한 요구했다.

왕릉은 호랑이 눈을 부릅뜨며 감소채의 불경함을 질책했다.

“네 이년! 감히 어느 안전이라고 감히 그런 무례한 요구를 하는 것이냐?”

영천왕도 잠시 불쾌한 표정을 지었지만 의외로 그녀의 요구를 받아들였다.

“군왕도 거짓말을 할 수 있다. 하지만 군왕은 자신이 한 말에는 분명히 책임을 진다. 그것이 평민과 다를 뿐이다. 네가 본좌에게 무엇을 물으려 하는지 몰라도 확인해 줄 수 있는 것만 확인해 줄 것이다.”

감소채는 깊이 읍을 올려 감사의 뜻을 표했다.

“전하의 자비에 감격할 따름입니다. 소녀가 감히 전하를 뵙기 위해 죄를 범한 것은 한 사람의 행방 때문입니다.”

“그가 누구냐?”

“의천맹의 맹주인 사도진성 대협이십니다.”

“사도진성? 왜 그자의 행방을 본좌에게 묻는 것이냐?”

“사도 맹주는 삼 년 전 전하의 부름을 받고 영천왕부를 방문하였습니다. 한데 왕부를 방문한 이후 귀환하지 않았습니다. 소녀는 그 자세한 내막을 알고 싶습니다.”

영천왕은 준엄한 어조로 그녀를 꾸짖었다.

“참으로 한심하구나! 단지 한 사람의 행방을 알기 위해 자객까지 동원해 침투하는 엄청난 사태를 일으켰단 말이냐?”

"망극하옵니다. 전하께는 대수롭지 않은 일일 수 있지만 강호무림의 입장에서는 아주 중대한 사건입니다. 그의 생사가 백도의 운명과도 직결될 정도입니다. 그동안 소녀는 여러 차례 왕부에 확인 서찰을 보냈지만 대부분 묵살되었고, 겨우 받은 답신도 모르겠다는 내용뿐이었습니다."

감소채는 정중히 무릎을 꿇고 고개를 조아렸다.

"전하, 왕부를 방문한 사도 맹주가 실종된 후 귀환하지 않았다면 그 책임은 왕부에 있다고 사료됩니다. 소녀는 정확한 실상을 알아야만 합니다."

"그자가 왕부를 떠난 후 실종될 수도 있지 않느냐? 대체 어떤 근거로 왕부에 책임을 묻는 것이냐?"

"사도 맹주는 왕부 내에서 실종되었습니다. 방명록에 이름이 기재된 것을 소녀가 확인했습니다. 하지만 왕부를 나선 것을 본 사람은 없습니다. 이 또한 소녀가 확인한 사실입니다."

영천왕은 자리에서 일어섰다. 그는 섭선을 말아 쥐고는 천천히 걸음을 옮겼다.

"흐음, 실로 괴이한 일이로구나. 본좌가 외부인을 접견하는 일은 많지 않기에 삼 년 전 일이라면 분명히 기억할 수 있다. 한데 본좌는 사도진성을 만난 적이 없으며 왕부로 호출한 적도 없다. 이것이 본좌가 네게 해줄 수 있는 답변의 전부다."

"전하, 사도 맹주는 분명 영천왕부를 방문했습니다."

"감소채라 하였느냐? 왕부를 방문했다 하여 모두 본좌를 알현할 수 있는 것은 아니다."

상황이 절망적으로 흘러가자 감소채가 다시 청했다.

"전하, 그렇다면 당시 방문객을 담당했던 관리를 호출해 사실을 확인해 주십시오. 또한 사도 맹주를 영접한 사람들을 소녀가 직접 만나보고 싶습니다."

영천왕은 집무책상을 돌아서 감소채에게 다가섰다.

"넌 본좌에게 사실 확인을 물었고 본좌는 답변을 해주었다. 너의 다른 요구는 왕부의 권위와 존엄함에 관여된 문제이기에 들어줄 수 없다."

"전하, 통촉해 주십시오."

"오냐, 네가 정 알고자 한다면 한 가지 방안이 있기는 하다."

감소채는 희망 어린 눈빛으로 영천왕을 올려보았다.

"무엇이옵니까?"

영천왕은 의미심장한 미소를 지었다.

"아주 간단하다. 네가 왕부에 남아 본좌를 섬기면 된다. 그리하면 네가 알고 싶은 모든 상황을 명확히 조사할 수 있다."

감소채는 가슴이 철렁 내려앉아 그만 고개를 떨구었다.

우회적인 요구였지만 영천왕의 의도는 분명했다. 그녀에게 측실이 될 것을 종용한 것이다. 평민 여인이 군왕의 측실이 된다는 것은 엄청난 광영일 수 있지만 감소채에게는 마른하늘의 날벼락과 같은 충격이 아닐 수 없었다.

이때 묵묵히 보고만 있던 일검향이 처음으로 입을 열었다.

"전하, 실종된 사도진성 맹주는 감 소저의 사형이자 정혼자입니다. 말씀을 거둬주십시오."

일순 영천왕의 안색이 딱딱하게 굳어졌다. 일검향을 쏘아보는 눈빛이 몹시 차가웠다. 소매를 떨친 그는 집무책상을 돌아 다시 자리로 돌아왔다.

"무향검살, 난 너의 요구대로 알현을 윤허했고 답변까지 명확하게 해주었다. 본좌가 이렇게까지 자존심을 굽힌 것은 본 왕부의 방어망을 무너뜨린 너의 능력을 인정했기 때문이다. 이제 너의 둘의 목숨은 본좌에 의해 결정될 것이다."

일검향은 감소채에게로 시선을 돌렸다.

"감 소저, 전하께서는 군왕의 명예를 걸고 사실대로 말씀하셨다고 생각하오. 사도 맹주의 실종에 대해서는 다른 방법으로 해결해야 할 것 같소."

감소채는 안타까운 표정으로 말을 받았다.

"검 공자, 왕부의 관리들을 심문하면 진상을 밝힐 수 있는 문제입니다."

"그것은 왕부의 소관이며 전하께서 불허하신 이상 나도 더 이상은 어쩔 수 없소. 아쉽지만 감 소저는 이만 왕부를 떠나시오."

"검 공자……?"

"난 감 소저가 왕부를 완전히 벗어난 후 빠져나갈 테니 아무런 걱정도 하지 마시오."

영천왕은 어처구니가 없는 듯 웃음을 터뜨렸다.

"허허헛! 네가 본좌의 집무실까지 침입했다 하여 영천왕부의 군병들을 허수아비로 생각하는 것이냐? 감히 본좌의 윤허 없이 너희들 마음대로 나갈 수 있을 것 같으냐?"

"전하, 모든 책임은 제게 있습니다. 감 소저는 보내주십시오."

"그리는 못하겠다. 너희 둘 모두 왕부를 무단 침범한 중죄인이니 본좌의 친국을 받게 될 것이다."

일검향은 차분한 어조로 말을 받았다.

"전하, 왕부의 5천 군병과 친위대는 저보다 멀리 있습니다. 관대함을 베풀어 감 소저를 내보내 주십시오."

"네 이놈!"

영천왕이 탁자를 치며 벌떡 일어섰다.

"본좌가 자객 따위의 위협이 두려워 요구를 수용했다고 생각했다면 커다란 착각이다. 네가 아무리 지척에 있어도 본좌는 스스로를 지킬 능력이 있다. 본좌는 더 이상 네 요구를 들어줄 수 없다."

"전하, 요구가 아니라 간절한 청원입니다. 대신 제가 인질이 되겠습니다."

"네가 인질이 되겠다고?"

"그렇습니다."

"만일 본좌가 거절하면 어찌하겠느냐?"

일검향은 무심한 눈빛으로 영천왕을 마주 응시했다.

"어떤 신분이라도 목숨은 하나밖에 없습니다. 그것을 시험한다는 것은 무모한 행동입니다. 감 소저만 보내주십시오. 저는 전하의 명예와 자부심을 조금도 해치고 싶지 않습니다."

영천왕은 손에 쥔 섭선을 힘껏 쥐었다.

"감소채를 보내주는 일은 어렵지 않다. 하지만 너는 어떻게 탈출할 생각이냐?"

"아직 생각해 보지 않았습니다."

"만일 네가 탈출에 실패한다면 본좌를 섬기겠느냐?"

"……."

"네가 본좌의 명예를 존중한다면 네 모든 것을 걸어야 마땅하다. 본좌는 네게 당한 수모를 깨끗이 잊고 널 금위대에 봉할 것이다. 본좌의 제안을 수락하겠느냐?"

일검향은 잠시 생각하다가 단하로 내려섰다. 그는 휘먹을 꺼내 반으로 쪼갰다.

"이것을 갖고 먼저 나가시오."

"검 공자……."

"안전한 곳에 이르면 반쪽의 먹을 왕부의 호위대에 건네시오. 반쪽의 먹이 다시 내게 전달되면 난 감 소저의 안전을 확신하게 될 것이오."

아주 용의주도한 방법이었다. 반쪽의 먹을 신표(信標)로 삼아 감소채의 안위를 철저하게 보호하겠다는 계산이었다.

감소채는 그의 손을 쥐며 눈물을 글썽였다.

"어찌 소녀 혼자만 살겠다고 떠날 수 있겠습니까?"

일검향은 그녀의 손에 반쪽의 먹을 쥐어주고는 단호하게 말했다.

"당신이 떠나야 나도 살 수 있소."

그는 단상의 영천왕을 향해 포권을 취해 보였다.

"기꺼이 전하의 제안에 응하겠습니다."

영천왕은 호쾌한 웃음을 터뜨렸다.

"허헛, 좋다! 절색의 측실을 얻지 못한 것이 아쉽지만 절대자객을 호위로 둘 수 있다니 실로 즐겁구나!"

그는 왕릉에게 지시를 내렸다.

"왕 무장은 감소채를 안전하게 왕부 밖으로 전송해라. 신표를 받아오는 것도 잊지 말고."

"전하, 감히 왕부를 무단 침범한 계집입니다."

"허어, 본좌를 제대로 경호하지 못한 주제에 무슨 항변을 한단 말이냐? 본좌는 아직 자객에게 인질이 되어 있는 몸이니 어서 시행하라!"

영천왕의 매서운 질책에 왕릉은 얼굴을 붉히며 고개를 떨구었다.

감소채는 영천왕에게 배례를 올리고는 일검향을 망연히 바라보았다.

그녀는 자신을 위해 죽음도 마다 않는 그의 절대적인 희생과 배려에 감격하고 또 감격했다. 그를 만난 이후로 그녀는 일방적인 수혜자였다. 혜택을 받기만 했지 보답 한번 변변하게 하지 못했던 것이다.

"검 공자……."

그녀의 보석 같은 눈망울에 눈물이 그렁그렁 맺히자 일검향은 희미한 미소를 지어 보였다.

"어서 떠나시오. 곧 만나게 될 것이오."

감소채는 소매로 얼굴을 가리고는 몸을 돌렸다.

한 걸음 한 걸음이 천 근이었다. 두 사람의 목숨을 건 모험이었지만 얻은 것은 별로 없었다. 사도진성의 행방은 여전히 묘연했고 실종에 대한 내막도 밝혀내지 못했다. 그나마 영천왕과 무관하다는 것이 유일한 소득이었다.

그녀는 집무실을 나서면서 돌아보았지만 일검향은 창가 쪽을 바라보고 있었다. 그녀는 한번이라도 그와 더 눈길을 마주치고 싶었지만 일검향은 끝내 그녀에게 시선을 돌리지 않았다.

그녀는 왕릉의 재촉을 받으며 영천전을 나섰다.

영천전 주변으로 수백 명에 달하는 친위대가 겹겹이 포위망을 형성하고 있었다. 등불에 번득이는 도검의 빛이 싸늘했다.

내성과 외성의 경비 태세 역시 최고조에 달했다.

5천 군병들 모두가 창과 화살로 무장한 채 왕부 전체를 에워싸고 있었다. 침입할 때는 몰랐지만 막상 그들 모두가 깨어나 방어망을 형성하자 감소채는 숨이 턱턱 막혔다.

그녀는 급기야 고통 어린 눈물을 쏟아냈다.

'검향… 소녀는 당신 앞에서 영원한 죄인일 뿐입니다.'

두 쪽의 휘먹이 정확히 합치했다.

일검향은 가볍게 고개를 끄덕이고는 휘먹을 허리춤의 주머니에 넣었다. 이제 감소채의 안전은 확실할 수 있었다. 만일 왕부의 친위대가 강제로 반쪽의 휘먹을 뺏으려 했다면 휘먹은 박살이 났을 것이다.

일검향은 영천왕을 향해 정중히 예를 올렸다.

"전하의 관대함에 감읍할 따름입니다. 저는 이만 물러가겠습니다."

영천왕은 어깨를 쭉 펴며 물었다.

"이제 본좌에 대한 위협은 우려하지 않아도 되는 것이냐?"

"그렇습니다."

"그렇다면 너에 대한 공격을 명해도 되겠구나?"

"저는 전하의 존엄한 집무실이 훼손되기를 원치 않습니다."

"오냐, 네가 영천전을 나서는 순간부터 너에 대한 공격이 시작될 것이다."

"배려에 감사드립니다."

일검향은 포권을 취하고는 입구를 향해 걸음을 옮겼다.

이때 영천왕의 은근한 음성이 등 뒤에서 들려왔다.

"사실 사도진성의 행방에 대해 알고 있는 자가 있다."

"……?"

일검향의 걸음이 저절로 멈춰졌다. 몸을 돌린 그는 영천왕을 직시했다.

"실망입니다, 전하. 군왕께서 한갓 여인을 상대로 거짓을 말씀하셨단 말입니까?"

"말 삼가라. 본좌는 한 치의 거짓도 말한 적이 없다. 본좌는 사도진성을 호출한 적이 없고 또 그자를 만난 적도 없다. 그것은 분명 사실이다."

"하지만 사도 맹주에 대해서는 알고 계시지 않았습니까?"

영천왕은 의미심장한 미소를 머금었다.

"유감스럽게도 감소채는 본좌에게 사도진성에 대해 알고 있는지에 대해서는 묻지 않았다."

"……."

"사도진성의 행방을 알고 있는 자는 고취명(高取明)이란 자다. 과거 왕부의 외성 경비를 담당하던 군장의 신분이었지. 사실 본좌도 사도진성이란 자가 왕부를 방문했는지에 대해서는 전혀 모르고 있었다. 감찰부에서 삼 년 전의 내막을 밝혀내 비로소 알게 되었지. 고취명은 즉각 감금되었고 심문을 받게 되었다. 한데 워낙 독한 자라 혀를 깨물고 자결을 꾀하는 바람에 아무런 정보도 얻어낼 수 없었다."

"그자는 어디에 있습니까?"

영천왕은 즐거운 표정을 지으며 수염을 내리쓸었다.

"외성의 뇌옥(牢獄)에 감금돼 있다."

"전하께서 저를 위해 상세한 정보를 제공해 주셨으니 가보지 않을 수가 없군요."

"허헛, 당연하지. 만일 네가 탈출에 급급해 뇌옥을 찾지 않으려 했다면 본좌는 정말 실망할 뻔했다."

"소림의 참회동에서 탈출한 저입니다. 어떤 뇌옥이라도 절 가둘 수는 없을 것입니다."

일검향은 의연하게 응수하고는 집무실을 나섰다.

실로 교묘한 영천왕의 심기였다.

그는 일검향이 스스로 뇌옥을 찾아가도록 감소채 앞에서는 고취명에 대해 한마디도 언급을 하지 않았다. 일검향이라면 어떤 위험을 무릅쓰고서라도 뇌옥을 찾아 고취명을 만나려 할 것이기에, 영천왕은 뇌옥에서 일검향을 제압할 계책을 세워두었던 것이다.

영천왕은 향후의 진행에 대해 짜릿한 쾌감까지 느꼈다.

"왕 무장, 즉각 공격에 나서되 화살과 암기, 독은 일체 사용하지 마라. 부상을 입히는 것은 상관없지만 죽여서는 안 된다. 무향검살을 제압하면 오늘 밤 침투를 당한 모든 죄를 용서하겠지만 만일 놓친다면 너희 모두를 중벌로 다스릴 것이다."

왕릉이 다소 불만스런 표정으로 항변했다.

"전하, 속하들은 오랜 세월 충성을 다해 전하를 섬겼습니다. 한데 어찌 한갓 자객에 대해 그런 자비를 베푸시는 것입니까?"

"너희의 충정은 잘 알고 있다. 하지만 능력이 따르지 않는 충정으로는 왕부의 안위를 보장할 수 없다."

영천왕은 단상을 내려서며 다소 음성을 누그러뜨렸다.

"왕 무장, 무향검살은 단순한 살인병기가 아니다. 냉철한 판단과 올바른 품성의 소유자다. 또한 자객으로서 어울리지 않게 풍부한 감성까지 지니고 있다. 한 여인을 구하기 위해 자신을 희생할 수 있는 사람이 과연 몇이나 되겠느냐?"

그는 집무실 입구로 걸음을 옮겼다.

"그자를 꼭 내 사람으로 만들 것이다. 내 평생 모든 무공을 두루 섭렵했지만 아직 자객술을 배운 적이 없다. 그를 상대로 인간적인 자객술을 터득한다면 노후가 심심찮을 것 같구나. 허허헛!"

퍼― 퍼펑!

왕성과 내성 사이의 밀집 구역에서 엄청난 충돌이 전개되고 있었다. 한 명의 자객을 상대로 이백 명에 달하는 친위무사들이 공격을 펼치는 중이었다.

일검향은 은폐물을 적절히 이용해 이동하면서 친위무사들을 하나씩 거꾸러뜨렸다.

본래 자객의 살법에는 인정이 없다. 일검 일수가 펼쳐질 때마다 반드시 상대의 숨통이 끊어진다. 하지만 일검향도 왕부 내에서는 함부로 살상을 벌일 수가 없었다.

물론 왕부를 두려워해서가 아니었다.

친위무사들은 어떤 암기도 뿌리지 않았고 독공도 펼치지 않았으며 화살도 쏘지 않았다. 그것이 자신을 죽이지 않고 제압하려는 영천왕의 명령 때문임을 일검향도 잘 알고 있었다.

엄밀히 말하면 그는 왕부를 무단 침범한 대역죄인이다. 그런 자신에게 이렇듯 호의를 베푸는 영천왕이기에 그도 손끝에 사정을 둘 수밖에 없었다.

그는 자청검을 뽑지 않고 금마오절기로만 친위무사들을 상대했다.

불문 무공을 바탕으로 창안된 금마오절기는 강력한 위력을 지녔지만 자객의 살법과는 달리 살의를 억제할 수 있었다. 벌써 수십 명이 쓰러졌지만 목숨을 잃은 친위무사들은 한 명도 없었다.

한편 영천왕은 왕성의 높은 누각에 올라 심야의 격돌을 흥미롭게 감상하고 있었다.

무에 대한 관심이 유별난 그였기에 친위무사들과 자객의 격돌은 아주 박진감 넘치는 구경거리였다. 몇 겹의 방어망을 뚫고 왕성 성벽을 향해 접근해 가는 자객의 행보는 좀처럼 볼 수 없는 격렬한 전투였다.

영천왕이 일검향에 대해 각별한 호감을 품게 된 것은 결코 예의를 잃지 않은 정중한 태도 때문이었다.

검 대신 붓을 쥐었다는 것은 군왕에 대한 예우였다. 그는 예리한 검보다 심기로써 제압하려 한 일검향의 의도를 높이 평가했다. 만일 수하들이 지켜보는 앞에서 자신의 목에 검을 들이대는 불경함을 보였다면 결코 일검향을 용서치 않았을 것이다.

영천왕은 격돌의 현장이 점차 멀어지자 누각에서 사뿐 내려섰다. 그는 미끄러지듯 움직이며 나직이 외쳤다.

"모두 왔느냐?"

그러자 영천왕 주변으로 아홉 개의 검은 그림자가 유령처럼 피어올랐다.

"예, 전하."

"자객이 뇌옥으로 진입할 것이다. 너희에게 맡길 것이니 반드시 제압하라."

유난히 작은 체구의 복면인이 물었다.

"제압만 해야 합니까?"

"그렇다. 죽여서는 안 된다."

"존명!"

아홉 개의 그림자가 바닥으로 낮게 깔리며 유령처럼 날아갔다.

바로 왕부의 금위대 소속 호위들이었다.

그들 모두는 특급자객 출신으로 이미 강호에서는 은퇴한 몸이다. 그러나 자객 출신답게 자객을 상대하는 데 있어서는 최고의 전문가들이었다.

"범황통천장!"

일검향은 내성의 성벽을 타고 오르며 쌍장을 힘껏 뿌렸다. 금빛 기류가 돌풍처럼 뿜어지면서 그를 바싹 따르던 칠팔 명의 친위무사들이 성벽 아래로 추락했다.

수직 성벽을 평지처럼 밟고 오른 일검향은 성곽 위로 내려섰다.

내성 경계에 이르자 친위무사들은 모두 퇴각했고 군병들이 일검향을 저지하기 위해 나섰다.

"차아앗!"

그들은 장창을 앞세운 채 돌격 대형으로 달려들었다.

군병들의 무공은 친위무사들에 비해 훨씬 뒤졌지만 숫자는 엄청나게 많았다. 쉴 새 없이 달려드는 그들 모두를 상대하다가는 그가 먼저 지치고 말 상황이었다.

"범황운룡권!"

일검향은 삼성의 진기만 운기해 권법을 구사했다.

소림의 권법은 천하제일이기에 천불성승에 의해 창안된 범황운룡권의 위력은 실로 대단했다. 일검향은 현란한 주먹 그림자를 일으키며 군병들의 방어망을 뚫고 성곽 아래로 몸을 날릴 수 있었다.

하강하면서 내성과 외성 사이의 평지를 내려다본 일검향은 가슴이 답답해졌다.

건물마다 등불이 밝혀졌고 횃불을 밝혀든 수천의 군병들이 인간 방벽을 형성하고 있었다. 빽빽한 기치장검으로 인해 발을 디딜 곳도 없어 보였다.

일검향은 깊이 숨을 들이키고는 범천강기를 운기했다.

그의 몸 주변으로 두터운 호신강기가 형성되었다. 화려한 금빛 덩어리로 환한 그는 군병들이 운집한 머리 위로 떨어져 내렸다.

콰아아앙!

엄청난 폭음과 함께 수십 명의 군병들이 비명과 함께 나가동그라졌다. 강기의 여파로 바닥에도 다섯 자 깊이의 구덩이가 형성되었다.

호신강기를 해소한 일검향은 범황운룡권을 전개하며 그대로 군병들 사이를 헤집었다. 왕부의 지형에 대해서는 이미 숙지해 두고 있었기에 뇌옥을 찾는 일은 어렵지 않았다.

사실 그는 탈출에 모든 것을 걸었어야 옳았다.

운 좋게 뇌옥까지 잠입한다 해도 그 다음이 문제였다. 날이 밝으면 그의 행보가 완전히 노출되기에 탈출은 더 어려운 상황이 된다. 하지만 사도진성의 행방을 알고 있는 죄수가 감금돼 있다는 얘기를 듣고서는 도저히 그냥 떠날 수가 없었다.

어렵게 잠입한 감소채가 아무런 소득도 없이 쓸쓸히 떠난 모습이 너무도 마음에 걸렸다. 어차피 그녀를 위해 왕부에 침투하는 모험을 결행한 그로서는 마지막까지 그녀를 돕고 싶었다.

혀가 잘린 죄수를 만나 어떤 정보를 얻을 수 있을지 모르지만 일단 뇌옥으로 들어가는 것이 우선순위였다. 정보를 얻을 수 있는 방법은 죄수를 만난 후 생각해 볼 문제다. 탈출은 그 다음이고.

모든 상황을 한 단계씩 해결하는 방식이 바로 그의 신조였다.

퍼퍼펑—!

견고한 방패로 인간 방벽을 형성한 군병들이 한꺼번에 나자빠졌다. 화살을 날릴 수 없는 그들로서는 답답한 싸움이 아닐 수 없었다. 하지만 군왕의 명령이라 군병들은 오로지 창과 도검만 사용해 싸워야 했기에 절대고수 앞에서는 추풍낙엽과도 같았다.

영천왕은 내성 성루 위에서 이를 관망하고 있었다.

일검향의 행보는 마치 필마단기로 적진을 돌파하는 장수처럼 보였다. 토담처럼 허물어지는 군병들의 방벽이 한심하게 느껴질 뿐이었다.

스스로 고수임을 자부하던 영천왕이었지만 일검향의 초절한 무공에는 혀를 내두르고 말았다.

"허어, 자객이 아니라 절세고수로군. 젊은 나이에 이렇듯 무공이 고강할 수 있단 말인가?"

그의 좌우에서 경호를 하고 있는 친위무장과 호천장군(護天將軍)은 떨떠름한 표정으로 서로를 바라보았다.

호천장군 맹휘(孟輝)는 내외성의 군병들을 총괄하는 군장으로 품계를 지닌 신분이다. 왕부의 안위와 경비를 위해 황실에서 파견한 장군이기에 영천왕이 임의로 고용한 친위무장과는 격이 달랐다.

맹휘는 휘하의 군병들이 추풍낙엽처럼 날아가자 군례를 올렸다.

"전하, 소장의 출전을 윤허해 주십시오."

영천왕은 엄한 표정을 고개를 저었다.

"맹 장군이 나설 상황이 아닐세."

"그럼 화살을 쏠 수 있도록 허락해 주십시오. 창검으로 도저히 감당할 수 없는 고수입니다."

"장군 역시 할 말이 없지 않는가? 외성과 내성이 돌파당하는 바람에 본좌가 위험에 처할 뻔했네. 저자가 자객임은 분명하지만 본좌에게 해를 입히지 않은 이상 보호를 받을 자격이 있네."

"……."

준엄한 질책에 맹휘는 고개를 떨구며 입을 다물었다. 그 역시 친위무장처럼 입이 있어도 반론을 할 수 없는 유구무언의 입장이었던 것이다.

영천왕은 싸움의 현장이 멀어지자 다시 성루 아래로 몸을 날렸다. 좀 더 가까운 곳에서 접전을 관망하기 위해서였다.

"금위대와의 대결을 직접 볼 수 없는 것이 아쉽군."

뇌옥 입구는 견고한 철문으로 막혀 있었다.

뇌옥을 지키는 군병들은 일검향이 날아들자 밀집대형을 유지한 채 장창을 내세웠다.

"멈춰라!"

일검향은 이 장 거리를 두고 그들 앞으로 내려섰다.

뒤로 수천의 군병들이 우레와 같은 함성을 외치며 몰려들고 있었다. 뇌옥까지 이르면서 이백여 명을 쓰러뜨렸지만 아직도 건재한 군병들의 숫자에 비하면 새 발의 피였다.

계속된 전투로 일검향도 몹시 지쳐 있었다.

화살과 암기가 날아들지 않아 심각한 부상은 당하지 않았지만 창검에 의한 상처가 전신 곳곳에 나 있었다. 야행복이 피로 물들었지만 깊지 않은 상처라 지혈도 할 수 없었다.

'어떤 위험도 두렵지 않다. 사도 맹주의 행방을 알고 있는 고취명이

란 자를 만나야 한다. 감 소저를 위해서라도!'

그는 뇌옥 위병들의 밀집대형을 향해 그대로 부딪쳐 갔다.

"차앗!"

범황통천장이 전개되자 위병들의 방패가 충격을 받은 사금파리처럼 산산이 부서졌다. 엄청난 무공에 전의를 상실한 위병들은 부서진 방패를 내던진 채 사방으로 흩어졌다.

뇌옥의 철문 앞으로 미끄러진 일검향은 커다란 자물쇠를 한주먹으로 깨뜨렸다.

그그그긍!

요란한 쇳소리와 함께 육중한 철문이 열렸다.

계단이 지하로 향해 있었다. 뇌옥 특유의 음습한 기운과 역겨운 냄새가 물씬 풍겨왔다.

일검향은 계단 입구에 비치된 횃불을 들고는 계단을 따라 내려갔다.

수천의 군병들이 뇌옥 입구에 당도했지만 그들이 할 수 있는 저지선은 거기까지였다. 뇌옥에 진입하기 위해서는 호천장군이나 영천왕의 윤허가 있어야 가능했다.

"대오를 갖춰라!"

군장들이 휘하의 군병들 사이를 다니며 거칠게 외쳤다.

무려 삼천에 달하는 군병들이 뇌옥 입구를 막아선 채 방벽을 형성했다. 뇌옥의 출입구는 하나뿐이라 일검향이 탈출하기 위해서는 반드시 철문을 통해 나서야 한다.

군병들은 일검향이 왜 뇌옥으로 진입했는지 전혀 모르고 있었다. 다만 피로가 누적돼 잠시 몸을 숨기기 위해 뇌옥을 택한 정도로만 추측할 뿐이다.

　그들은 잠시 후 뇌옥을 나선 일검향이 탈출을 감행할 때가 그를 제압할 마지막 기회라 생각하고 있었다.

　침투한 자객을 고스란히 놓아 보낸다면 왕부의 권위와 명예는 바닥에 떨어진다. 군병들 모두가 형벌을 받고 교체되는 대대적인 사태가 발발할 수도 있는 상황이었다.

　그들은 바람 한 점 통하지 않을 만큼 밀집대형을 유지했다. 서로의 심장 소리를 귀로 들을 수 있을 정도였다. 그러나 그들이 기다리고 있는 자객은 그들의 바람과 달리 뇌옥 깊은 곳으로 향하고 있었다.

　예상치 못한 변수가 기다리는 곳으로!

第46章
마침내 찾아낸 원수의 그림자

나선형 계단을 따라 내려가자 넓은 통로가 나타났다. 통로 벽을 따라 횃불이 듬성듬성 꽂혀 있어 사물을 분간하기는 어렵지 않았다.

방사선 통로의 중심에는 네 명의 위병들이 중무장을 한 채 지켜서고 있었다. 그들은 횃불을 밝혀든 채 당당히 다가서는 일검향을 보고는 경악에 젖고 말았다.

"웬 놈이냐?"

"맙소사! 뇌옥이 침범당하다니!"

그들은 뇌옥 안에서 보초를 서고 있었기에 외부의 상황에 대해서는 전혀 모르고 있었다. 어떻게 뇌옥 입구가 돌파당했는지 몰라도 뇌옥을 지켜야 하는 것이 그들의 임무였다.

"죽여라!"

네 명의 위병은 일제히 장창으로 공격을 펼쳐 왔다. 뛰어난 창술은 아니더라도 제법 훈련이 잘돼 있었다.

일검향은 두 주먹과 발길질로 세 명의 위병을 대번에 거꾸러뜨렸다. 한 명의 위병은 혈도가 제압되었다.

일검향이 건조한 음성으로 물었다.

"난 죄수 한 명만 만나면 된다. 널 죽일 생각은 없으니 솔직히 대답해라."

"……."

"몇 명의 죄수가 있느냐?"

위병은 긴 한숨을 내쉬며 순순히 대답했다.

"53명이다."

"그중에 고취명이란 죄수가 있느냐?"

"지하 1층 뇌옥에는 1년 이하의 가벼운 형벌을 받는 죄수만 감금돼 있다. 고취명이란 이름은 들은 적이 없다."

일검향은 위병의 혼혈을 찍고는 지하 2층 계단을 찾아 걸음을 옮겼다. 고취명이 행한 죄목을 감안하면 심각한 중죄였다. 지하 2층에 감금돼 있을 가능성이 거의 확실했다.

지하 2층의 위병들을 제압하는 일도 식은 죽 먹기였다.

순식간에 세 명의 동료가 나자빠지자 한 명 남은 위병은 자포자기한 심정으로 순순히 심문에 응했다.

"이곳에는 모두 17명의 죄수들이 있다."

"고취명도 있느냐?"

"……."

"이전에 왕부의 외성 경비를 담당했던 수문장 신분이니 모를 리 없을 것이다."

“네가 어떻게 침투했는지 몰라도 탈출은 불가능하다.”

“질문에만 대답해. 고취명은 어느 방에 있느냐?”

위병은 왼쪽 통로로 고개를 돌렸다.

“끝에서 두 번째 방이다.”

일검향은 위병의 혼혈을 찍고는 왼쪽 통로로 향했다.

일순 그는 음습한 공기 속에서 비릿한 냄새를 맡게 되었다. 후각은 시력과 청력보다 예민하기에 미세한 변화를 감지하는 데 있어 가장 우수한 감각 기관이었다.

“……?”

그는 본능적으로 경각심을 높이며 세심하게 주의를 기울였다. 하지만 아직 어떤 움직임도 눈에 보이지 않았고 희미한 바람 소리조차 들려오지 않았다.

‘자객이다! 그것도 갑영 형님과 버금갈 특급자객들!’

그는 직감적으로 느낄 수 있었다.

예전 같으면 그보다 높은 경지에 있는 자객의 존재를 전혀 감지할 수 없었지만 지금의 그는 최고 수준의 자객이었다. 침투와 척살, 탈출에 관한 한 그를 능가할 자객은 거의 없을 정도다.

그는 다시 걸음을 옮기며 빠르게 생각을 굴렸다.

‘맞아. 영천왕은 비밀 호위들인 금위대를 보유하고 있다고 했다. 또한 그들 모두가 자객 출신임을 밝혔다. 그렇다면 뇌옥으로 진입한 자들은 금위대 소속의 위사들이다.’

그는 영천왕의 깊은 심기에 적이 감탄했다.

‘그렇군. 날 제압하기 위해서는 금위대의 자객들이 필요했겠지. 하지만 영천왕은 자객들로 구성된 비밀호위를 두고 있다는 것이 공개되기를 원치 않았을 것이다. 그래서 고취명이란 자를 이용해 날 뇌옥으로 유인했고 금위대를 파견한 것이다. 이 안에서 어떤 싸움이 벌어져도 군병들은 전혀 모를 테니까.'

끝에서 두 번째 감옥 앞에 이른 일검향은 자물쇠를 부서뜨렸다.

'일단 고취명부터 만나보자. 금위대와의 대결은 그 다음이다.'

감옥 안으로 들어선 일검향은 횃불을 쳐들고 내부를 살펴보았다.

감옥은 그다지 크지 않았다.

한 명의 죄수가 벽에 걸려 있는데 실로 참담한 모습이었다. 십여 개의 작은 쇠갈고리가 근육을 꿰뚫어 죄수는 마치 고깃덩이처럼 매달려 있었다.

가슴의 기복으로 미루어 아직 목숨은 붙어 있었지만 과다한 출혈로 몸은 대나무처럼 비쩍 말라 있었다.

횃불을 걸어놓은 일검향은 죄수에게 가까이 다가섰다.

근골로 본다면 당당한 모습이었지만 혹독한 고문으로 인해 얼굴은 심하게 일그러져 있었다. 한쪽 눈은 반쯤 감겼고 다른 한쪽 눈은 툭 불거져 있어 보기에도 끔찍했다.

일검향은 죄수를 응시하며 잠시 고민에 빠졌다.

영천왕은 혹독한 심문으로도 아무런 정보를 얻지 못했다고 했다. 독형을 이겨낸 데다 스스로 혀를 깨물어 자결을 시도했다면 죄수는 보통 독종이 아니다. 과연 어떤 방법으로 그를 회유하느냐가 관건이었다.

만일 아무런 소득도 얻지 못한다면 뇌옥으로 진입한 그의 선택은 중대한 실책일 수 있다.

감옥 한쪽에는 실신한 죄수를 깨우기 위한 소금물이 준비돼 있었다.

일검향이 죄수를 향해 소금물을 뿌리자 죄수는 진저리를 치며 고통스런 신음을 흘렸다.

"크으윽!"

일검향은 그의 뇌정혈에 진기를 주입시켜 주었다. 뜨거운 진기가 경락을 타고 스며들자 죄수는 빠른 속도로 신지를 회복했다.

"흐윽… 어어!"

일검향은 죄수의 입을 벌리고 혀를 살펴보았다. 영천왕의 말대로 혀가 절반이나 잘려 있었다. 이런 상태로는 대화가 불가능했다.

고개를 쳐든 죄수는 핏발이 선 눈으로 일검향을 응시하다 눈을 번쩍 떴다. 그동안 자신을 심문하던 형리나 위병이 아님을 알아본 것이다.

일검향은 그의 눈을 직시하며 입을 열었다.

"당신이 고취명이오?"

"……?"

죄수는 의혹의 눈빛으로 일검향을 응시하다가 눈알을 데굴데굴 굴리며 감옥 안을 둘러보았다.

"난 왕부에 침투한 자객이오. 당신의 신분을 알아야겠소. 전 수문장이었던 고취명이 확실하오?"

죄수는 다소 희망 어린 눈빛을 발하며 고개를 끄덕였다.

"어어…….."

일검향은 그의 신분을 확인하자 자신의 의도를 분명히 밝혔다.

"유감스럽게도 난 당신을 구출할 수 없소. 하지만 당신을 고통없이 죽여줄 수는 있소."

그가 일수를 휘두르자 쇠사슬이 모두 끊기며 죄수가 바닥으로 주저앉았다. 고취명은 전신 근육이 당겨지는 고통에서 벗어난 것만도 다행인 듯 감격의 눈물을 글썽였다.

일검향은 그의 몸에 박힌 쇠갈고리를 하나씩 뽑아주었다.

"내 침투는 이미 발각되었소. 내가 군병들에게 쫓기는 와중에도 뇌옥으로 들어온 이유는 당신을 만나기 위해서요."

"……."

"한 사람의 행방을 알고 싶소. 당신이 비밀을 누설하지 않으려 혀까지 깨물었다는 얘기는 이미 들었소. 하지만 글씨로 써서 내게 알려줄 수는 있을 것이오."

일검향은 허리춤의 주머니에서 반쪽의 휘먹을 꺼내 고취명의 손에 쥐어주었다.

"고 장군, 사람은 누구나 죽소. 당신 역시 명예롭게 죽기를 원할 것이오. 하지만 지금 당신이 원하는 것은 고통없는 편안한 죽음일 것이오."

"……."

"당신이 충성을 바쳤던 조직은 이미 당신을 버렸소. 그들은 당신을 구하기 위한 어떤 조치도 취하지 않았소. 최소한 당신이 고통스럽지 않게 죽도록 배려는 해야 했소."

고취명의 얼굴 근육이 심하게 씰룩거렸다. 극심한 갈등으로 전신을 와들와들 떨었다.

일검향은 시종 차분한 어조로 말했다.

"난 당신을 회유하기 위해 구출해 주겠다는 약속을 할 수도 있었소. 하지만 그것은 기만이오. 난 거짓말을 하고 싶지 않소. 그래서 깨끗하게 죽여주겠다는 조건을 제시한 거요."

"어어……."

고취명은 힘겹게 입술을 움직이며 일검향을 가리켰다. 신분을 밝히라는 의미였다.

일검향은 솔직하게 자신의 신분을 밝혔다.

"난 천예사원의 자객 일검향이오. 의천맹의 군사 감소채와는 친구 사이오. 난 사도진성 의천맹주가 영천왕부 내에서 실종된 경위와 내막을 알기 위해 잠입한 것이오."

고취명의 표정이 흉악하게 일그러졌다. 그는 잔뜩 적개심 어린 눈빛으로 일검향을 쏘아보았다.

일검향은 그의 속내를 십분 헤아리며 말을 이었다.

"내 판단으로 의천맹주를 납치할 조직은 은천마국뿐이오. 아마 그들은 의천맹주를 왕부로 불러들여 암습을 가했을 것이오. 의천맹주는 설마 왕부에서 암습을 당하리라고는 예상치 못했겠지. 당시 외성 수문장을 관장했던 당신이 이 사건의 주모자요."

고취명은 믿을 수 없다는 표정으로 턱을 덜덜 떨었다.

일검향은 그의 반응을 통해 자신의 추측이 맞았음을 확신했다. 상대의 심중을 정확히 찌른 이상 심리적으로 아주 유리한 상황이었다.

"은천마국이 흉수라면 의천맹주는 죽었거나 아니면 마국으로 압송되었을 거요. 어느 쪽인지 밝혀주시오."

일검향은 휘먹을 쥐고 있는 고취명의 손을 감싸 쥐었다.

혹독한 고문을 이겨낸 자이기에 협박은 무의미했다. 그의 심리를 흔들어 회유를 하는 것만이 정보를 입수할 수 있는 최선의 방법이었다.

고취명은 갈등 어린 눈빛으로 일검향을 바라보았다. 입술을 달싹거렸지만 혀가 잘린 상태이기에 알아들을 수 없는 신음 소리만 흘러나왔다.

일검향은 자신의 손바닥을 펼쳐 휘먹을 갖다 댔다.

"죽었다면 사(死), 마국으로 압송되었다면 국(國)이라 쓰시오."

그러나 고취명은 가쁜 숨을 몰아쉴 뿐 선뜻 내막을 밝히지 않았다.

일검향은 마지막으로 그를 회유했다.

"무의미한 충성을 고집한다면 난 다시 당신을 쇠갈고리에 걸어두고 떠날 것이오. 아마 당신은 오랜 시간 지금과 같은 고통을 겪은 후에야 죽게 될 것이오. 하지만… 당신이 어느 한 글자를 쓰기만 하면 편안하게 세상을 떠날 수 있소."

휘먹을 쥔 고취명의 손이 부들부들 떨린다. 한참을 갈등하던 그는 긴 한숨을 뿜으며 일검향의 손바닥에 글씨를 썼다.

國.

일검향은 일단 사도진성이 죽지 않았다는 사실에 안도했다. 은천마국에 압송되었지만 아직 살아 있다는 것은 중대한 정보였다.

번―쩍!

쾌검이 섬전처럼 발출되며 고취명의 심장을 관통했다.

고취명은 갈등 끝에 한 글자를 쓰고는 다소 편안한 모습이었다. 그 순간에 심장이 관통되었으며 워낙 빠른 출수라 그는 고통조차 느끼지 못했다.

갈등을 해소한 그 모습 그대로 목숨이 끊어졌다. 일검향은 약속대로 그에게 편안한 죽음을 선사한 것이다.

물론 일검향은 그를 통해 더 많은 정보를 입수할 수도 있었다. 사도진성의 행방을 밝힌 고취명으로서는 숨길 것이 없기 때문이다.

하지만 일검향이 원한 것은 두 개의 글자 중 하나였다. 그 정도로 충분했으며 더 이상의 정보를 요구하는 것은 고취명에 대한 고통이기에 대번에 숨통을 끊은 것이다.

일검향은 고취명을 편히 눕혀주고는 몸을 일으켰다.

귀한 정보를 얻는 데 성공했지만 이제부터 영천왕의 금위대와 일전을 벌여야 할 상황이었다.

이미 오감을 통해 금위대 무사들이 특급자객임을 감지했기에 그는 바싹 경각심을 높였다. 상대가 특급자객이라면 자신과 동등한 자객술의 소유자임을 인정해야 했다.

특급자객들의 대결은 무공의 높고 낮음에 크게 구애되지 않는다.

누가 먼저 기습을 펼치느냐, 누가 중대한 실수를 하느냐에 따라 결과가 달라지기 때문이다. 결국 냉정함을 잃지 않는 자만이 생존할 수 있는 심리 싸움이었다.

일검향은 죽음보다 자신이 제압되는 것을 두려워했다.

이미 약조를 한 이상 제압이 되면 금위대의 일원이 되어 영천왕을 섬겨야 한다. 그로서는 절대 생각하고 싶지 않은 최악의 결과였다.

그는 굳게 마음을 다지며 감옥을 나섰다.

'내게는 죽음과 탈출, 두 가지 길만 있을 뿐이다!'

쐐애액―!

통로를 타고 세 자루 병기가 품(品) 자형으로 날아들었다. 놀랍도록 빠른 쾌초였다. 특별한 은신술을 펼쳤는지 사람은 보이지 않고 도, 검, 창 세 자루 병기만 보일 뿐이었다.

일검향은 두 발을 바닥에 붙인 채 뒤로 미끄러지며 연속적으로 쾌검을 발출해 응수했다.

창, 창, 창!

가까스로 세 자루 병기를 막아낸 일검향은 검을 쥔 손이 마비되는 듯한 충격을 받았다. 세 자루 병기에 실린 진기는 지극히 파괴적이었다. 쾌의 신속함과 패(覇)의 위력을 겸했던 것이다.

"크훗, 과연 천예사원의 자객이구나. 일(日), 성(星), 월(月)의 합공을 막아낼 줄이야."

음침한 음성은 통로 곳곳에서 메아리쳐 들려왔다. 말하는 자의 위치를 가늠하기 힘든 육합전성술이었다.

일검향은 혼란스런 청력을 배제하고 직감으로 음성이 흘러나온 위치를 찾아냈다. 상방이었다. 시선을 쳐들자 박쥐처럼 천장에 두 발을 붙인 채 매달려 있는 한 사람이 보였다.

머리카락 한 올 없는 대머리 난쟁이였다.

난쟁이는 사 척에 불과한 체구로 지극히 왜소했다. 체격에 비해 머리통이 유난히 컸으며 길게 찢어진 눈매가 아주 예리했다. 등에 긴 병기를 매고 있는데 검인지 칼인지 구분하기 어려웠다.

난쟁이노인은 거꾸로 매달린 상태에서도 느긋하게 팔짱을 끼고 있었다.

"금위대에 가입할 자격은 충분하다."

일검향은 건조한 음성으로 응수했다.

"난 금위대에 고용될 생각이 전혀 없다."

"네가 전하와 약조한 순간부터 네 운명은 결정된 것이다."

"그 말은 확실히 날 제압할 자신이 있다는 뜻이로군."

"크훗, 당연하다. 금위대 위사들은 모두 너와 같은 수준의 특급자객이다. 노부가 나서지 않아도 여덟 명이나 되는 위사들을 네가 어떻게 감당할 수 있단 말이냐? 천사명왕이라도 불가능한 일이다."

천사명왕의 명호가 거론되자 일검향이 냉담하게 말을 받았다.

"감히 내 사부님을 거론하지 마라! 너희가 입에 담을 분이 아니다."

"건방진 자식, 세상에 천사명왕만 있는 줄 아느냐?"

"넌 누구냐?"

"노부는 천왜잔왕(天倭殘王)이다. 물론 들어봤겠지?"

"……!"

일검향은 내심 경악을 금치 못했다.

'이자가… 바로 천왜잔왕이란 말인가?'

천왜잔왕은 천사명왕이 춘추봉으로 은퇴한 이후 등장했던 공포의 대자객이다. 은신, 침투에 능했고 특히 잔인한 수법으로 유명했다. 하지만 그는 상대를 가리지 않는 무자비한 척살로 인해 무림의 공적으로 몰리게 되었다.

그런 와중에도 많은 척살을 자행했지만 결국은 백도 고수들의 끈질긴 추적을 견디지 못해 자객 세계를 떠나게 되었다. 그런 그가 영천왕부에 몸을 담고 있었던 것이다.

사실 그로서는 가장 안전한 선택일 수 있었다. 왕부에 머물러 있는 한 백도무림의 추적을 피할 수 있다. 설사 그의 행적이 발각되도 감히 왕부를 수색하려는 무림인은 없기 때문이다.

일검향은 을화에게서 들었던 주의를 되새겼다.

혹시 천왜잔왕을 만나게 되면 절대 맞서지 말고 무조건 피하라는 것이 을화의 주문이었다. 물론 천왜잔왕은 금살명부에 오른 자이기에 그와 맞설 가능성은 거의 없었다.

한데 전대의 대자객을 영천왕부의 지하 뇌옥 안에서 만나게 된 것이다.

천왜잔왕은 일검향의 표정을 헤아리며 오만한 미소를 머금었다.

"순순히 굴복해라. 비록 전하께서 널 해치지 말라는 명을 내렸지만 검에는 눈이 없다. 널 제압하는 와중에 재수없게 죽을 수도 있다."

"재수없게 죽을 자가 누구인지 모르겠군."

"크훗, 천사명왕은 제자들에게 쓸데없는 오기와 자만심만 키워놓았어. 그 바람에 냉철한 판단력을 지닌 놈들이 별로 없지."

천왜잔왕은 천장을 타고 뒤뚱뒤뚱 걸음을 옮기며 외쳤다.

"용(龍), 연(燕), 추(雛), 제압해라! 팔다리 하나쯤 베어도 상관없다!"

그의 지시가 떨어지자 또다시 세 자루 병기가 날아들었다.

병기는 검 한쪽 날이 톱날처럼 생긴 기형검이었다. 역시 병기만 보일 뿐 사람의 형체는 가려져 있었다. 앞서 공격을 펼친 위사들과 다른 자들이었지만 공격의 속도와 위력은 거의 대등했다.

일검향은 집중력을 높여 세 자루 기형검과 맞섰다.

금속성과 함께 기형검이 튕겨졌다. 그러면서 검은 복장의 위사들이 모습을 드러냈다. 안색이 다소 창백했지만 세모꼴 눈매가 칼날처럼 날카로웠다.

통로 벽과 천장에 몸을 붙인 그들은 짤막한 기합성과 함께 재차 공격을 펼쳐 왔다.

차— 차창—!

어우러진 네 사람의 격돌은 마치 유령들의 대결 같았다.

형체는 거의 보이지 않은 채 병기만 교차되었다. 워낙 뛰어난 신법의 소유자들이라 수직 벽을 평지처럼 뛰었고 거꾸로 매달린 상태에서도 자유롭게 신형을 움직였다.

삼 대 일의 대결이라 아주 불리한 상황이었지만 일검향은 지형을 최대한 이용했다.

뇌옥의 통로는 좁은 편이라 등을 붙인 상황이면 배후의 공격은 우려하지 않아도 되었다. 게다가 그가 빠른 속도로 움직이면 세 명의 위사들은 자리바꿈을 하는 데 순간적으로 제약을 받았다.

'하나같이 특급자객들이라 상대하기가 까다롭군. 탈출이 쉽지 않겠어.'

세 위사들이 나서도 일검향이 제압되지 않자 천왜잔왕이 신경질적으로 외쳤다.

"용, 연, 추! 물러서라."

세 위사들이 즉시 후퇴하자 천왜잔왕은 빙글빙글 회전하며 바닥으로 내려섰다.

"귀(鬼), 견(見)! 나서라!"

두 개의 그림자가 곧바로 천장과 바닥을 타고 동시에 이동했다.

천장을 타고 날아드는 위사는 모호한 눈빛의 중년이었다. 눈빛이 워낙 모호해 어디를 보고 있는지 파악할 수 없을 정도였다.

그의 병기는 검이었고 특기는 쾌검이었다.

바닥을 타고 접근해 오는 위사는 놀랍게도 여인이었다. 얼굴은 갸름했고 체격은 늘씬했다. 중년의 나이에도 불구하고 아직 소녀적인 미모를 간직하고 있었다.

그녀의 병기는 칼이었고 특기는 쾌도였다.

쐐애액—!

경이적인 쾌검과 쾌도가 동시에 전개되자 일검향은 급히 뒤로 물러서며 자청검을 휘둘렀다.

창, 창!

날카로운 금속성과 함께 일검향의 목과 다리에 혈흔이 새겨졌다. 깊은 상처는 아니었지만 금위대 위사들과 겨루면서 처음으로 당한 부상이었다.

두 위사가 이번에는 좌우로 나뉘어서 공격을 펼쳐 왔다. 쾌검과 쾌도의 배합이 아주 절묘했다.

일검향은 싸움을 포기한 사람처럼 검을 내리며 외쳤다.

"멈춰라! 확인할 게 있다!"

정교한 합격술을 펼치던 두 위사가 그대로 방향을 틀면서 뒤로 물러섰다. 만일 공격을 유지했다면 손쉽게 일검향을 제압할 수 있었을 것이다. 하지만 그들 역시 특급자객으로서의 자부심이 대단한 자들이었다.

무기력한 상대를 제압하는 것은 그들의 자존심이 허락치 않았다.

사실 일검향이 부상을 당한 것은 두 위사의 쾌초가 특별히 뛰어나서가 아니었다. 그는 엄청난 충격과 흥분으로 인해 감정을 절제하지 못하고 있었다.

남녀 위사를 번갈아 직시하는 그의 두 눈은 눈까풀 한번 깜빡이지 않았다. 가쁜 숨을 참느라 입술이 파르르 떨린다.

그는 애써 흥분을 가라앉히며 물었다.

"혹시 너희가… 부부자객 귀견쌍살이냐?"

"……?"

남녀 위사는 물끄러미 그를 바라보았다. 모호한 눈빛의 중년인이 어눌한 음성으로 되물었다.

"우리를 아느냐?"

"천왜잔왕은 너희를 귀, 견으로 호칭했다. 난 너희가 귀견쌍살인지 반드시 알아야 한다."

"이유가 뭐냐?"

"귀견쌍살이 맞는지 대답해라."

그러자 갸름한 용모의 여인이 입을 열었다.

"우리는 여러 개의 별호로 불리었다. 한때 귀견쌍살로 불린 적도 있었다. 이제 됐느냐?"

일검향은 폭포수처럼 요동치는 심장을 억누르기 위해 깊이 숨을 들이켰다.

'귀견쌍살! 마침내… 이들을 찾아냈다!'

그의 흥분과 충격을 주체할 수 없었다.

천사명왕은 그의 부모를 살해한 자객을 귀견쌍살로 추정했다. 천사명왕의 안목을 감안한다면 확실하다 할 수 있었다.

그동안 귀견쌍살을 찾기 위해 많은 곳을 수소문했지만 그들의 행적은 밝혀지지 않았었다. 다훼조차 그들의 별호를 찾아내지 못할 만큼 그들은 안개와 같은 존재였다.

한데 실로 예기치 못한 상황에서 그들을 대면하게 된 것이다.

일검향은 본능적으로 피어오르는 복수심을 달래며 물었다.

"너희는 팔 년 전 초겨울… 호북성 미가현 산청부락에서 벌인 척살을 기억하느냐? 당시 선량한 부부가… 너희들 손에 목숨을 잃었다."

모호한 눈빛의 중년인 귀살(鬼殺)은 짜증스런 표정을 지었다.

"우리는 지난 척살을 기억하지 않는다. 작년 일도 기억하지 못하는데 팔 년 전 척살을 어떻게 기억할 수 있단 말이냐?"

"기억해야 돼! 당시의 척살이 너희들의 소행인지 반드시 알아야 한다!"

"모른다. 하지만 그게 중요한 문제라면 우리가 죽었다고 생각해라."

일검향의 눈에서 강렬한 살기가 피어올랐다.

"분명해야 한다. 당시 돌아가신 부부는… 바로 나의 부모님이기 때문이다. 난 반드시 복수를 해야 한다!"

여자객 견살(見殺)이 가소롭다는 미소를 지었다.

"호호, 천예사원의 자객이 부모의 복수를 외치다니 뜻밖이군. 개인적인 감정은 사치야. 자객으로서 형편없는 놈이로군."

일검향은 두 손으로 자청검을 감싸 쥐었다.

"너희들은 단지 살인병기일 수 있지만 천예사원의 자객은 인간이다. 난 복수를 위해 자객이 된 몸이다. 이제 너희를 죽여 부모님의 원한을 갚겠다!"

귀살과 견살은 서로를 보고는 실소를 지었다.

"골치 아프게 됐군."

"그러게 말이야. 놈이 죽기 살기로 싸우겠다면 제압하기가 쉽지 않겠어. 그냥 죽일까?"

복수의 화신이 된 일검향은 극한의 범천강기를 자청검에 주입시켰다. 검극에서 무려 일 장이나 되는 검기가 뿜어져 나왔다.

"죽어라!"

일검향은 혼신의 공력을 모아 자청검을 내려쳤다.

콰아아!

어마어마한 검강이 폭포수처럼 뻗어져 나갔다. 사방이 막힌 폐쇄 공간이기에 통로를 따라 뿜어지는 검강의 위력은 마치 제방을 무너뜨린 급류와 같았다.

귀견쌍살의 안색이 싹 변했다.

"허억, 검강?"

"맙소사! 검강을 구사할 줄이야!"

이 순간 천왜잔왕이 벼락처럼 날아들며 그들을 뒤로 집어 던졌다.

"퇴각해라!"

그는 등에 멘 병기를 뽑아 들고는 팽이처럼 회전했다.

"쾌천난마(快天亂魔)!"

쐐애액―!

수십 개의 도기가 동시에 발출되었다. 마치 수십 명의 도객이 한꺼번에 칼을 휘두른 듯한 폭풍 같은 현상이었다. 통로를 따라 분출되던 검강과 수십 줄기의 도기가 정통으로 충돌했다.

콰아아앙!

굉음이 터지며 통로 좌우의 벽이 무너지면서 감옥 몇 곳이 붕괴되었다. 그 바람에 재수없게도 수감돼 있던 죄수 세 명이 석벽에 깔려 죽었다.

"으음!"

천왜잔왕이 답답한 신음을 토하며 뒤로 미끄러졌다. 병기가 박살나 칼은 반 토막만 남은 상태였다. 검강이 휩쓸고 간 여파로 그는 몸 여러 곳에 부상까지 당하고 말았다.

"잔왕?"

여섯 위사가 천왜잔왕 뒤로 내려섰다. 귀견쌍살은 이미 뇌옥을 벗어난 상태였다. 공연히 일검향을 자극할 우려가 있기 때문이다.

일검향의 전신은 화려한 금빛으로 둘러싸여 있었다. 극한의 범천강기를 운기했기에 그 여력이 아직 남아 있는 것이다.

일검향의 목표는 귀견쌍살이었다.

그들로 인해 그의 운명이 바뀌었고 자객까지 되지 않았던가. 그들을 영원히 찾아내지 못할 수 있다는 절망 속에서 만난 원수이기에 절대 놓칠 수가 없었다.

"비켜!"

일검향이 저돌적으로 달려들자 천왜잔왕은 훌쩍 몸을 날려 천장을 딛고 섰다.

"믿을 수가 없군. 어린 놈이 어떻게 검강을 터득했단 말인가? 게다가 공력이 노화순청에 이르렀을 줄이야."

그는 천장을 타고 미끄러지며 빠르게 외쳤다.

"육합진세를 펼쳐라. 놈의 기세가 수그러들면 가차없이 죽인다!"

일, 성, 월 세 위사와 용, 연, 추 세 위사는 수비로 일관하며 일검향의 공력을 막는 데 주력했다.

불같은 복수심으로 끌어올린 범천강기가 급속도로 소진되면서 그의 몸을 휘감던 금빛 기운이 해소되었다. 호신강기는 진기의 소모가 극심해 그로서는 지속적으로 유지하기에 아직 무리였다.

그의 호신강기가 소멸되자 일, 성, 월 세 위사가 솟구쳐 오르며 일제히 내리 꽂혔다.

일검향은 복수심으로 흔들렸던 충동을 해소하며 냉정을 회복했다.

귀견쌍살의 존재를 확인했고 그들과 대면한 것으로 복수에 대한 희망을 가질 수 있었다. 복수를 위해서는 반드시 살아야 했고, 살기 위해서는 현실을 직시해야 했다.

그는 급히 뒤로 물러서며 세 위사의 공격을 차례로 막아냈다. 상대가 하나같이 특급자객들이기에 한 치의 방심도 허용되지 않는 상황이었다.

한데 그는 천왜잔왕의 존재를 잠시 잊고 있었다. 여섯 위사들을 상대하는 이 자리에서 누구보다 빠르고 잔혹한 그의 살식을 미처 염두에 두지 못했던 것이다.

천장을 타고 일검향의 등 뒤로 내려선 천왜잔왕은 토막난 반도를 내리그었다.

번—쩍!

공포의 대자객답게 그의 살식은 지극히 쾌잔했다.

'으윽!'

일검향은 숨이 턱 막혔다.

반도에서 뿜어진 도기가 그의 등줄기를 대각선으로 가로질렀다. 경락을 감싸고 있는 여의진기 덕분에 몸이 동강나지 않았지만 상처가 아주 깊었다. 불에 달군 쇠붙이가 파고든 듯 고통이 극심했다.

그는 한 발을 축으로 삼아 크게 회전했다.

"차아앗!"

작심을 하고 펼친 쾌검이었지만 천왜잔왕은 둥실 떠오르며 천장에 달라붙었다.

그는 자신의 득수를 확신하며 당당히 외쳤다.

"놈은 상처 입은 짐승에 불과하다. 죽여라!"

용, 연, 추 세 위사가 짤막한 기합성과 함께 동시에 날아들었다. 두 명은 좌우 벽을 밟으며 달려들었고, 한 명은 정면으로 돌진했다.

등의 부상 때문에 일검향은 급속도로 기력이 쇠퇴했다. 정신마저 혼미해 세 위사의 공격조차 제대로 파악할 수 없었다. 한 자루 자청검으로 세 명의 특급자객들을 상대하기에는 역부족이었다.

‘안 돼! 복수를 위해서라도 난 살아야 한다!’

피 끓는 복수심이 그의 생명 의지를 강하게 일깨웠다. 검을 거둔 그는 범천강기를 운기해 주먹을 내질렀다.

“차아앗!”

금빛의 주먹 그림자가 어지럽게 허공을 수놓았다. 금마오절기 중 하나인 범황운룡권이었다. 금빛의 기운 속에서 연속적으로 뿜어지는 주먹은 마치 구름 속에서 모습을 드러낸 용의 발톱과 같았다.

퍼— 퍼펑!

용, 연, 추 세 위사는 피를 뿜으며 뒤로 나가동그라졌다. 목숨을 잃지는 않았지만 뼈가 으스러지고 내장이 터지는 중상을 당하고 말았다.

천왜잔왕의 얼굴이 흉측하게 일그러졌다.

“크으, 믿을 수가 없군. 놈은 내 절환도법에 맞고도 베어지지 않았고 상승검법인 검강에 이어 정심한 내가권법까지 구사했다. 내가 알기로 천예사원의 자객은 절대 이런 상승절예를 터득할 수 없다. 놈이 정녕 천예사원의 자객이란 말인가?”

일, 성, 월 세 위사가 앞으로 나섰다.

“잔왕, 놈은 잔왕의 공격에 심한 부상을 입었습니다.”

“방금의 권공이 최후의 발악입니다.”

“저희가 놈을 죽이겠습니다.”

천왜잔왕은 음침한 눈빛으로 일검향을 쏘아보고는 고개를 끄덕였다.

“오냐, 확실히 죽여라.”

그 역시 일검향의 탈진을 충분히 간파할 안목을 지닌 자였다. 일검향의 몸 상태를 감안한다면 일, 성, 월 세 위사의 능력으로 충분히 죽일 수 있다고 확신했다.

일, 성, 월 세 위사는 벽과 천장을 타고 흐르며 일검향을 향해 날아들었다.

일검향은 범황운룡권을 쏟아내느라 전력을 다했기에 아직 진기가 채 모아지지 않았다. 자청검을 쥐었지만 검을 뽑을 힘조차 남아 있지 않았다. 그로서는 자신의 숨통을 끊으려는 세 명의 저승사자를 망연히 바라볼 수밖에 없었다.

한데 이때였다.

콰아앙!

요란한 폭음과 함께 감옥의 철문이 산산조각으로 부서졌다. 이어 눈부신 검화가 통로를 향해 쏟아져 나왔다. 화려한 매화 문양의 검화는 진검이 아니라 기검(氣劍)에 의한 검강이었다.

전혀 예상치 못한 변괴에 일, 성, 월 세 위사는 기겁을 하며 수세로 전환했다.

차차창―!

잇단 금속성과 함께 세 위사의 기형검이 매화 문양의 검강에 의해 대번에 박살났다.

"크윽!"

"허억!"

세 위사는 상당한 내상을 입고는 급히 후퇴했다.

천왜잔왕은 길게 찢어진 눈을 부릅떴다.

"이… 이건 뭐야? 화산의 절기 구궁반천검(九宮反天劍)이 아닌가? 죄수 중에 이런 절학을 구사할 자가 있단 말인가?"

그는 빠르게 생각을 굴렸다.

용, 연, 추 세 위사는 일검향의 내가권법에 의해 심각한 중상을 입었고, 일, 성, 월 세 위사까지 내력을 알 수 없는 자의 검강에 부상을 당하고 말았다. 자신은 건재했지만 화산의 상승절기를 구사한 신비인의 존재가 너무도 부담스러웠다.

'어차피 놈은 탈출할 수 없다. 숨은 적이 누구인지 확인해야 한다. 당장 놈을 죽이려 했다가 내가 먼저 당할 수 있다.'

천왜잔왕은 자신의 목숨을 소중히 여기는 자였다.

그는 무수한 척살을 벌였지만 위험한 척살은 최대한 멀리했다. 그가 원했던 것은 명성과 살인 욕구였을 뿐 명예와는 거리가 멀었다.

"용, 연, 추를 부축해라. 잠시 퇴각하겠다."

그는 벽과 천장, 바닥을 나선형으로 밟고 뛰면서 뇌옥 밖으로 도주했다. 일, 성, 월 세 위사는 각기 동료를 들쳐 업고 그의 뒤를 따랐다.

실로 예상치 못한 극적인 반전이었다.

위기를 벗어난 일검향은 호흡을 고르며 기혈을 안정시켰다. 여의심법이 운기되면서 그는 약간의 진기를 회복할 수 있었다.

'누굴까? 이런 초극의 고수가 여태 뇌옥에 갇혀 있었단 말인가?'

일검향은 위기에서 벗어난 안도감보다 자신을 구원해 준 신비인에 대한 의혹이 더 강렬했다. 그는 천천히 걸음을 옮겨 철문이 떨어져 나간 감옥으로 들어섰다.

감옥 안은 어두웠지만 그의 안력으로 어느 정도는 분간이 가능했다.

한 명의 죄수가 나무 침상 위에 앉아 있었다. 옷은 너덜너덜하게 해져 천 조각 일부만 걸친 상태였다. 반백의 머리카락은 수염과 뒤엉켜 있어 구분이 어려웠다.

노인이 아직 살아 있음을 보여주는 유일한 증거는 머리카락 사이로 보이는 두 눈이었다. 노인답지 않게 깨끗하고 맑은 두 눈은 힘찬 정광을 뿜어내고 있었다.

일검향은 노인의 전신에 서린 후광으로 미루어 백도의 고수임을 직감할 수 있었다.

"노협께서 나를 구해주신 분이오?"

노인은 깡마른 손을 들어 머리카락을 한쪽으로 쓸었다.

오랜 수감 생활로 양 볼이 홀쭉하고 광대뼈가 불거졌지만 청수한 면모를 짐작케 해주는 모습이었다.

"자네가 그렇게 생각한다면 노부를 왕부 밖으로 데려다 주게나."

"노협의 무공은 절세적이오. 이따위 뇌옥 정도는 얼마든지 빠져나갈 수 있지 않았소?"

"그게… 조금 곤란하네."

노인은 천 조각에 불과한 옷자락을 들추었다.

불행하게도 그의 두 다리는 무릎 아래서부터 잘린 상태였다. 아무리 천하의 고수라도 다리가 베어진 상태로는 신법이 현저하게 떨어질 수밖에 없었다. 그런 몸으로는 뇌옥을 빠져나간다 해도 수천 군병들의 경비를 뚫고 탈출하기는 불가능하다.

일검향은 노인의 불구에 내심 안타까운 탄식을 지었다.

자신이 군병들의 포위망을 뚫고 뇌옥에 이를 수 있었던 것은 영천왕의 배려로 군병들이 화살을 쏘지 않았기 때문이다. 만일 수천 발의 화살이 연속적으로 쏘아졌다면 그 역시 내성을 벗어나기도 어려웠을 것이다.

노인은 옷자락으로 다리를 가리고는 정중히 청했다.

"도와주겠는가?"

일검향은 침중한 모습으로 대답했다.

"은혜를 입었으니 당연히 도와드려야 하오. 하지만 나 역시 부상이 심한 상태라 힘이 될지 모르겠소. 솔직히 노협을 업고 수천 군병들의 포위망을 돌파할 자신이 없소."

"현재 바깥 상황은 어떤가?"

"대다수 군병들이 뇌옥 주변을 에워싸고 있소. 적어도 왕부의 전력 중 7할이 운집했을 것이오."

노인은 가볍게 고개를 끄덕였다. 텁수룩한 수염 때문에 정확한 표정을 읽을 수 없지만 미소를 짓는 것 같았다.

"다행이군."

"……?"

"이곳 뇌옥은 죄수들을 가두는 장소이지만 비상시에는 왕의 일족을 보호하기 위한 피신처로 사용되는 곳일세. 따라서 내성까지 이어지는 비밀 통로가 있네."

"그것을 어떻게 아셨소?"

"나보다 앞서 죽은 죄수가 알려주더군. 그자는 뛰어난 도둑이었지. 자신의 능력을 과신해 왕부의 보물을 훔치려다가 붙잡혀 목숨을 잃게 되었네. 하지만 뛰어난 도둑답게 왕부의 지형에 대해 속속들이 파악하고 있었던 것일세."

일검향은 그가 어떻게 무공을 지닐 수 있는지 궁금했다.

"노협은 수감된 몸으로 경혈이 제압되지 않았소?"

"서로 간에 물어볼 것이 많을 것 같군. 얘기가 기니 일단 이곳을 벗어난 후 대화를 나누는 것이 어떻겠나?"

"그게 좋을 것 같소."

일검향은 노인을 등에 업었다.

천왜잔왕에 의해 베어진 등의 부상은 다소 회복된 상태였다. 여의심법은 뛰어난 치유 능력이 있어 어지간한 부상은 심법을 운기하는 정도로 회복될 수 있었다.

워낙 말라서인지 노인의 몸은 아주 가벼웠다.

노인은 다소 흥분에 찬 어조로 물었다.

"지금은 밤이겠지?"

"새벽이 가깝지만 아직 날이 새지는 않았을 것이오."

"다행이군. 오 년 넘게 수감된 몸이라 갑자기 햇빛을 보게 되면 눈알이 타버리게 될 것이네."

노인은 일검향의 어깨를 다독이며 방향을 일러주었다.

"비밀 통로는 지하 3층에 있네."

"3층? 뇌옥은 지하 2층밖에 없었소."

"왕부 내에서도 수뇌급들만 아는 비밀이지. 일단 계단으로 가세."

일검향은 복도를 가로질러 나선형 계단에 이르렀다.

계단은 곧바로 복도와 연결돼 있기에 더 깊은 지하로 내려가는 계단은 찾아볼 수 없었다.

"아마 기관 장치에 의해 비밀 통로로 향하는 문을 여닫게 만들었을 것이네. 노부도 위치만 들었을 뿐 자세한 내막은 미처 듣지 못했네."

"내가 찾아보겠소."

일검향은 천장과 바닥 삼면 벽을 두루 살펴보았지만 일정한 크기의 벽돌로 둘러졌을 뿐 기관 장치를 전혀 찾아낼 수 없었다.

노인의 음성이 무거워졌다.

"금위대가 다시 돌아오면 힘겨운 싸움이 되겠군……."

일검향은 문득 금마오절기를 떠올리며 범황천안술을 구사했다.

그의 눈망울이 금빛으로 물들었다. 신안이 펼쳐지자 주위가 대낮처럼 밝아 보였다. 천장 구석의 거미가 몇 마리인지 정확히 헤아릴 수 있을 정도였다.

범황천안술로 주변 벽을 세심하게 살핀 일검향은 특별한 벽돌을 찾아낼 수 있었다. 다른 벽돌처럼 크기와 형태는 똑같았지만 움직일 수 있는 벽돌임을 알아냈다.

손을 높이 뻗은 그는 두 개의 벽돌을 동시에 눌렀다.

그그긍……!

기관이 돌아가는 음향과 함께 작은 쪽문이 모습을 드러냈다. 쪽문 안으로 지하로 뻗은 계단이 보였다.

노인은 놀라움이 섞인 탄성을 발했다.

"허어, 자네가 신안까지 지녔을 줄은 몰랐네."

"재수가 좋았을 뿐이오."

일검향은 횃불을 하나 뽑아 들고는 쪽문 안으로 들어섰다.

지하로 향하는 계단은 완만한 나선형으로 이루어져 있었다. 계단 절반을 내려가자 기관이 작동되는 음향과 함께 쪽문이 자동으로 닫혔다.

'정교한 기관 장치로군.'

계단이 끝나자 곧바로 뻗은 통로가 펼쳐져 있었다. 두 사람이 나란히 걷기에는 좁았지만 혼자 지나기에는 충분했다.

일검향은 노인을 단단히 업은 채 달리면서 거리를 가늠했다.

도면을 통해 그는 왕부의 지상 건축물과 진입로에 대해서는 정확히 숙지하고 있었다. 방향을 알 수 없는 것이 답답했지만 뇌옥에서 얼마나 떨어졌는지 판단해 대략의 위치를 측정할 수 있었다.

노인이 일검향의 어깨를 매만지다가 물었다.

"자네의 경공술은 어느 정도인가?"

"왕부의 성벽을 단숨에 넘을 정도는 되오."

"대규모 화살 세례가 쏟아져도 말인가?"

"……."

일검향은 선뜻 답변을 할 수가 없었다.

여태까지는 영천왕의 배려로 화살 공격은 당하지 않았다. 하지만 자신이 죄수를 대동해 탈출한다면 영천왕도 결코 이를 용납하지 않을 것이다.

과연 자신이 노인을 업은 채 쏟아지는 화살 공격을 뚫고 탈출할 수 있을까? 스스로 생각해도 불가능에 가까웠다.

노인은 경전을 읊조리듯 무공 구결을 일러주었다.

"대단치 않은 경공술이지만 배워보게나. 자네와 노부의 목숨이 걸렸으니 서둘러야 할 것이네."

왕성 정원에서 느긋하게 기다리고 있던 영천왕은 뜻밖의 보고에 몹시 진노했다.

"무어라? 금위대 전원이 출동했건만 그자 하나를 제압하지 못했단 말이냐?"

천왜잔왕은 수치심에 고개를 들지 못했다.

"황공하옵니다, 전하."

"그자가 그렇게 뛰어난 자객이란 말이냐?"

"사실 놈을 제압할 수 있는 결정적인 순간에 훼방꾼이 나타났소이다."

“훼방꾼이라니?”

“뇌옥 2층에 감금돼 있던 죄수 중 하나외다. 기검으로 검강을 발출할 만큼 절세적 고수이기에 용, 연, 추 세 위사가 상당한 부상을 당했소이다.”

영천왕은 뒤쪽에 시립해 있는 호천장군 맹휘를 돌아보았다.

“대체 어떤 자인가, 맹 장군?”

맹휘는 한참을 생각하다가 천왜잔왕에게 물었다.

“혹시 왼쪽 통로 쪽 감옥에 있던 늙은이가 아니오?”

“모습은 보지 못했소. 하지만 그자가 펼친 무공이 화산의 검법절기 중 하나인 구궁반천검과 유사했소.”

“흐음, 정체를 알 수 없는 늙은 도적이 있었소. 오륙 년쯤 전에 침투했다가 붙잡혀 감금된 자인데 워낙 독종이라 아무런 정보도 알아내지 못했소. 한데 그 늙은이는 두 다리가 베어진 데다 경맥와 혈도가 제압된 폐인이오. 어떻게 기검과 검강을 발출할 수 있단 말이오?”

천왜잔왕의 세모꼴 눈이 가늘어졌다.

“절세고수에 이른 자들 중 일부는 특별한 회생술을 터득하고 있소. 그런 자들은 죽었다가 살아날 만큼 끈질긴 생명력의 소유자들이오. 충분히 가능하오.”

“그게 가능하다면 그 늙은 도적 외에 다른 자는 없소. 뇌옥 2층에 감금된 다른 자들은 모두 왕부의 죄인들이니까.”

“늙은 도적의 내력에 대해 정말 아무것도 모른단 말이오?”

친위무장 왕릉은 당시 왕성 경비를 담당하고 있었기에 노인의 신분에 대해서는 전혀 모르고 있었다.

맹휘는 허리춤의 칼을 어루만지며 기억을 더듬었다.

"늙은 도적의 무공은 아주 대단했소. 특히 검법이 뛰어났소. 한데 탈출할 수 없는 상황이 되자 더는 반항하지 않고 제압되었소."

천왜잔왕은 어느 정도 파악이 된 듯 고개를 끄덕였다.

"알 것 같소. 그자는 강호에서 상당한 명성을 지닌 자였을 것이오. 탈출이 어려워지자 포기한 것은 구태여 자신의 절기를 드러내 정체를 드러내지 않기 위함이었소. 한데 내 판단이 틀림없다면 그자의 검강 수법은 분명 화산파의 구궁반천검이오."

일순 왕릉이 경악에 찬 표정을 지었다.

"금위대주(禁衛隊主), 설마 그자가?"

천잔왜왕의 입가에 잔혹한 미소가 감돌았다.

"그렇소. 그자일 가능성이 아주 높소."

묵묵히 듣고 있던 영천왕이 물었다.

"그자라니? 대체 누구를 말하는 것인가?"

한데 이때였다.

퍼— 퍼펑!

내상 북쪽에서 연이어 폭죽이 터져 올랐다. 일검향이 진입한 뇌옥과는 이백 장 이상이나 떨어진 곳이었다.

영천왕은 폭죽이 터진 위치를 가늠하고는 은빛 눈썹을 꿈틀거렸다.

"이럴 수가? 설마 비밀 통로를 찾아냈단 말인가?"

그가 앞서자 호천장군과 친위무장이 바싹 붙으며 밀착 경호했다. 천왜잔왕은 공개적으로 나설 수 없는 신분이기에 은신술을 펼쳐 그들의 뒤를 따랐다.

퍼퍼펑—!

잇단 폭음과 함께 군병들이 연이어 나가동그라졌다. 군병들의 밀집 대형을 뚫고 달려가는 사람은 일검향이었다.

비밀 통로의 출구는 내성의 외곽 지대였기에 비교적 군병들의 경비가 허술했다. 일검향은 정체를 알 수 없는 괴노인을 업은 채 달려가기만 하면 되었다. 주변으로 몰려드는 군병들은 괴노인이 모두 물리쳤다.

괴노인은 단지 양손의 검지만으로 군병들의 방패와 병기를 박살 낼 만큼 초절한 무예의 소유자였다.

탄지검(彈指劍)!

손가락을 통해 기검을 발출하는 상승절기로 이런 절기를 구사할 절세고수는 당금 천하에서 열 명도 채 되지 않는다.

일검향이 내성의 성벽 아래에 이르자 노인이 물었다.

"구결로만 익혔을 뿐인데 가능하겠는가?"

일검향은 구결에 따라 여의진기를 발끝에 집중시켰다.

"시험해 봅시다."

그는 힘차게 바닥을 차며 허공으로 숏구쳐 올랐다.

참회동에서 천불성승의 불력을 주입받은 이후 그의 공력은 높은 경지에 이르렀다. 능공허보를 구사하면 한 사람을 등에 업고도 십수 장은 너끈히 숏구칠 수 있다.

하지만 성벽의 높이와 성곽 위에 세워진 망루 높이까지 감안한다면 그 정도 도약으로는 안심할 계제가 아니었다. 군병들이 창을 날릴 수도 있고 이미 명령이 바뀌어 화살을 쏠 수도 있기 때문이다.

한데 노인에게 경공 구결을 전수받은 일검향은 대번에 까마득한 삼십 장 높이까지 숏구쳐 올랐다. 성곽 위에서 지켜보던 군병들은 입을 딱 벌리며 자신의 눈을 의심했다. 그들뿐만이 아니었다.

내성의 성루 위에서 일검향의 탈출을 지켜보던 영천왕 일행 역시 경악하고 말았다.

영천왕은 여명의 하늘 속에 묻힌 일검향을 올려다보며 나직이 외쳤다.

"맙소사, 저것이 대체 인간의 경공술이란 말인가?"

친위무장의 입에서 무거운 침음성이 흘러나왔다.

"아마도 승극도허(昇極渡虛)라는 상승경공인 듯합니다."

"승극도허?"

"도문의 절기로 한번 차고 오르면 달에 오를 수 있다는 말이 떠돌 만큼 경이적인 경공 신법입니다."

"흐음, 실로 멋진 신법이로군."

단숨에 내성의 성벽을 넘어선 일검향은 허공을 밟은 채 마치 구름을 타고 흐르듯 밤하늘을 가로질렀다. 순식간에 영천왕부의 외성까지 돌파한 것이다. 전설적인 어기비행술이었다.

영천왕은 물끄러미 여명의 하늘을 바라보다가 신경질적으로 소매를 떨쳤다.

"결국… 놓치고 말았군."

왕릉과 맹휘는 황공한 심정에 한쪽 무릎을 꿇었다.

"망극하옵니다, 전하."

"본 왕부에 침투한 자를 제압하지 못한 데다 뇌옥의 죄수까지 함께 탈출시켰으니 실로 씻을 수 없는 치욕이다. 이제 누가 본 왕부의 위엄을 두려워하겠는가?"

영천왕은 몹시 화가 났지만 친위무장과 호천장군을 모질게 질책할 수가 없었다.

금위대를 절대적으로 믿고 있었기에 왕명으로 화살과 독공, 암기조차 사용하지 못하게 하였기 때문이다. 만일 수단과 방법을 가리지 말고 일검향에 대한 추살을 명했다면, 일검향의 탈출을 저지하지 못하는 수모를 당하지는 않았을 것이다.

이때 성루의 대들보 위에서 음침한 음성이 들려왔다.

"전하, 무향검살은 반드시 왕부를 다시 찾아올 것이외다. 아니, 멀리 떠나지 못한 채 주변을 배회할 수도 있소이다. 조만간 놈을 제압할 수 있으니 심려 놓으십시오."

천왜잔왕이었다. 그는 대들보에 두 발을 건 채 거꾸로 매달려 있었다.

영천왕은 시선을 치켜뜨며 그를 올려다보았다.

"그게 무슨 소리인가? 자객이 다시 왕부를 찾아온다고?"

"놈은 개인적으로 부모의 원수를 갚는 데 혈안이 되어 있소이다. 한데 금위대 위사 중 둘을 원수로 생각하고 있소이다."

"누구를 말하는 것인가?"

"귀와 견입니다."

"귀견쌍살?"

"그렇소이다. 놈은 자신의 부모가 귀견쌍살에 의해 살해되었다고 믿고 있소이다."

영천왕은 흥미로운 표정으로 물었다.

"그게 사실인가?"

"아직 확인하지 못했소이다. 이미 팔 년 전의 일이기에 귀견쌍살 역시 기억하지 못하고 있소이다."

"흐음, 어쨌거나 무향검살이 원수로 생각하고 있다면 금위대주의 말대로 본 왕부에 재차 침투하겠군."

영천왕은 잠시 수염을 내리쓸다가 영을 내렸다.

"아니다. 하루속히 그자를 휘하에 두고 싶다. 금위대주는 귀견쌍살을 대동하고 출동해 무향검살을 잡아와라. 그자의 복수심을 이용한다면 충분히 제압할 수 있을 것이다."

천왜잔왕은 다소 난감한 표정을 지었다.

"전하, 송구하오나 속하와 귀견쌍살만으로는 상대하기가 쉽지 않소이다."

"실망이군, 금위대주. 그대가 두려워하는 상대가 있을 줄은 몰랐다."

"놈을 죽여야 하는 일이라면 모를까 제압은 훨씬 어려운 임무외다. 통촉해 주십시오."

영천왕은 뒷짐을 진 채 성루 안을 걷다가 새로운 결정을 내렸다.

"알겠다. 금룡(金龍)에게 지원을 지시하겠다. 녀석의 도움을 받는 것이 탐탁지는 않지만 본좌의 교지를 거부하지는 않을 것이다."

대들보 위에서 떨어져 내린 천왜잔왕은 납죽 엎드렸다.

"성은이 망극하옵니다, 전하."

第47章

우연은 없다

우연은 없다 1

한 척의 범선이 장강의 물결을 헤치며 유유하게 거슬러 오르고 있었다. 물자와 손님들을 가득 실은 상선은 순풍 덕분에 큰 어려움 없이 항해를 할 수 있었다.

상인들은 대부분 선실에 틀어박혀 마작을 즐기고 있었고, 일부는 술에 취해 잠들어 있었다. 한가한 사람들만 갑판 뱃전에 기대서서 강바람을 쐬며 무료함을 달래는 중이었다.

범선 후미 쪽의 두 사람도 무료함을 달래는 부류의 사람으로 보였다.

푸른 도복 차림의 노인은 두 다리가 불편한 듯 바퀴의자인 윤거에 앉아 있었다. 몹시 여윈 모습이지만 용모는 비교적 청수했다. 푸른 문사건이 바람을 타고 시원스럽게 나부낀다.

노인 옆에서 뱃전을 짚고 서 있는 청년은 산뜻한 백삼 차림이었다.

제법 영준한 용모였지만 긴 머리카락을 늘어뜨리고 있어 모습이 분명
치 않았다.

도복 차림의 노인은 느긋하게 차를 즐기고 있었다. 해가 저물어 드
넓은 강이 낙조에 젖은 시각이지만 노인은 눈이 부신 듯 절반쯤 감은
상태였다.

"아름답군… 낙조가 이렇듯 아름다운 줄 처음 느꼈네."

청년은 멀리 동릉(銅陵)의 성시를 바라볼 뿐 별반 대꾸하지 않았다.

그는 다름 아닌 일검향이었다. 물론 옆의 노인은 그와 함께 왕부를
탈출한 괴노인이었다.

그들은 잠시 의원을 찾아 외상을 치료한 후 배를 타고 이동하는 중
이었다.

만일 영천왕이 전격적인 체포령을 내렸다면 중원 어디를 가도 성문
과 관문을 통과하는 외중에 심문을 당할 우려가 있었다. 그런 면에서
본다면 뱃길은 비교적 안전한 편이다.

두 사람은 사흘 전 왕부를 탈출한 후 줄곧 같이 있어왔지만 아직 서
로에 대해 아는 바가 별로 없었다.

괴노인은 대부분의 시간을 잠과 운기조식으로 보냈고 일검향은 자
신만의 고뇌에 빠져 있었다. 물론 그도 괴노인의 정체가 궁금했지만
스스로 밝히지 않는 한 굳이 캐묻고 싶지 않았다.

괴노인은 오랜 세월 동안 지하에 수감돼 있었기에 빛에 대한 적응이
필요했다. 사흘 동안 선실에 틀어박혀 어느 정도 빛에 적응한 그는 비
로소 일검향을 대동해 석양의 햇살 아래 나올 수 있었다.

일검향이 응수를 하지 않자 괴노인은 멋쩍은 표정을 지으며 다시 입
을 열었다.

“노부는 현곡(玄曲)이라 하네.”

일검향은 그에게로 천천히 시선을 돌렸다.

“난 검향이오.”

이미 자신의 신분이 노출된 상태라 굳이 가명을 대지 않았다.

현곡은 차를 한 모금 들이키고는 가볍게 고개를 끄덕였다.

“검 노제였군. 본의 아니게 자네의 신분에 대해 듣게 되었네. 하지만 자네에 대해서는 잊으려 노력할 것이네.”

“그렇게 생각해 준다면 고마운 일이오.”

“허허, 역시 다부진 수련을 겪은 전문가답게 인내력이 대단하군. 노부가 왜 왕부에 갇히게 되었는지, 노부의 신분이 무엇인지에 대해 한마디도 묻지 않으니 말일세.”

“현 노인에 대해 알고자 하면 나 또한 침투 경위와 내력에 대해 밝혀야 하지 않겠소? 난 그리하고 싶은 마음이 없소.”

현곡은 단아한 미소를 머금었다. 낙조에 비친 그의 모습이 마치 홍조를 띤 선인처럼 보였다.

“그럼 검 노제는 듣기만 하게나. 그저 한 늙은이의 실없는 넋두리로 생각하게.”

“…….”

“벌써 오 년도 넘은 세월이 흘렀군. 당시 무림천하는 폭풍 전야였네. 은천마국이란 거대한 마단이 그 실체를 드러내기 직전이었지. 은천마국은 워낙 광대한 단체라 아무도 그 내력과 수뇌부에 대해 알지를 못했네. 그들은 마치 구름 위에서 세상을 굽어보는 선인처럼 세상을 조종하는 신비인들일세.”

“신비인이 아니라 음흉한 놈들일 뿐이오.”

일검향이 퉁명스럽게 응수하자 현곡은 소리없는 실소를 짓고는 말을 이었다.

"노부는 우연히도 은천마국과 영천왕부가 연관돼 있다는 정보를 입수하게 되었네. 그 진위를 알 수 없지만 일단 노부의 눈으로 확인하고 싶었지. 그래서 불경함을 무릅쓰고 영천왕부로 잠입하는 모험을 감행하게 된 것일세. 하지만 내 무공으로도 왕성에 이르기도 전에 발각되고 말았네."

"영천왕부의 경비 상태는 아주 삼엄하오. 난 왕성까지 침투할 수 있었지만 전문적인 훈련과 수련을 거치지 않은 사람이라면 절대 침투하지 못했을 거요."

"자네 말이 맞네. 노부는 포위된 상태에서 몹시 고민했네. 만일 생포될 경우 노부의 절기 때문에 신분이 탄로날 것이고, 그로 인해 사문에 중대한 누를 끼칠 수 있기 때문에 함부로 절기를 펼칠 수가 없었네."

일검향은 장강 속으로 저물어가는 낙조를 응시했다.

"그래서 화산(華山)의 절기를 숨긴 것이오?"

"……"

현곡은 움찔하다가 씁쓸한 고소를 머금었다.

"그렇지. 천왜잔왕이 노부의 탄지검에 의한 구궁반천검을 대번에 알아보았어. 자네 역시 간파하고 있었군."

그는 나직이 한숨을 짓고는 자신의 신분을 밝혔다.

"현곡은 노부의 도호(道號)일세. 세상 사람들은 노부를 화산신검이라 부르지."

일검향은 이미 그의 신분을 파악하고 있었지만 스스로 정체를 밝히자 포권을 취해 예의를 표했다.

"노선배를 뵙소."

실로 놀라운 일이 아닐 수 없었다.

화산신검(華山神劍)!

그는 당대에서 가장 뛰어난 검의 달인이며 천중육기의 일원이다. 세상 사람들은 풍진광개를 천중육기의 최강자로 알고 있지만 그것은 개방의 태상장로인 그의 신분과 연배를 존중한 과도한 평가이다.

화산신검은 화산이 배출한 백 년 내 최강의 고수로 천상삼비조차 그의 검법을 인정할 만큼 불세출의 경지에 이르렀다. 검으로만 논한다면 같은 천중육기의 일원인 무당의 태청 진인보다 한 수 앞선다는 것이 정평이었다.

일검향도 뇌옥에서 단지 탄지검만으로 검강을 발출해 세 위사를 격파한 그의 검법을 높이 평가하고 있었다. 또한 그를 통해 배우게 된 도문의 경공절기와 어기비행술에도 감탄을 금치 못했었다.

화산신검은 한 손을 가슴에 대며 답례를 했다.

"노제는 노부의 은인이니 예를 생략하게."

"서로 간에 도움을 주었으니 나만 은인일 수 없소."

"자네의 역할이 더 컸네. 노부가 잠명활사대법으로 다행히 막힌 경혈을 뚫고 기력을 회복했지만 자네가 아니었다면 어떻게 탈출을 감행할 수 있었겠는가?"

일검향은 다소 놀랍다는 듯 눈을 커다랗게 떴다.

"잠명활사대법? 그것을 알고 있었단 말이오?"

화산신검이 더 놀라운 반응을 보였다.

"자네가 그 대법을 어떻게 아는가? 그것은 현사괴의가 남긴 비밀스런 회생술 중 하나인데?"

"그가 저술한 현사의궤를 본 적이 있었소."

"허어, 자네와는 단순한 인연이 아니로군. 사실 현사괴의는 화산의 제자이셨네."

"……?"

"그분은 도경보다는 의술에 관심이 깊으셨지. 특히 기존의 의술보다는 새로운 의술과 사술적인 치료법에 심취하셨네. 그 바람에 파문되어 화산을 떠나게 되었지."

낙조가 강물 속으로 완전히 저물자 화산신검의 맑은 눈이 더욱 정광 어린 빛을 발했다.

"그분은 임종 전 현사의궤를 세 부만 저술해 세상에 남겼네. 한 권은 화산에 전해졌고 다른 두 권은 세상에 남겨졌는데 자네가 그것을 보았다니 실로 놀라운 일이 아닐 수 없네."

일검향은 다훼의 가사상태를 깨우기 위해 현사의궤를 접하게 되었지만 춘추봉 내의 상황이기에 자세한 언급을 할 수가 없었다.

"그저 우연히 보았을 뿐이오."

화산신검은 호감 어린 눈빛으로 그를 응시하다가 목소리를 낮추었다.

"자네와 천왜잔왕의 대화를 잠시 듣게 되었네. 자네가 영천왕을 만난 것 같은데 사실인가?"

"그렇소."

"자네가 왕부에 침투한 것은 누군가를 척살하기 위함이었나?"

"이번은 아니었소."

"검 노제, 아주 중대한 일이기에 한 가지를 꼭 확인하고 싶네. 자네가 본 영천왕은 어떤 사람인가?"

일검향은 그를 직시하며 물었다.

"무슨 의미요?"

"영천왕에 대한 자네의 평가를 묻는 것일세."

"……."

"노부는 자네의 안목을 신뢰하고 싶네."

"그는 군왕이오."

"군왕?"

"사치와 향락을 즐기고 자부심이 강하며 세상을 오시하는 군왕일 뿐이오. 상당한 무공을 지닌 것은 확실하지만 마(魔)는 절대 아니오."

"……."

화산신검은 눈을 반쯤 뜬 채 넘실거리는 강물을 응시했다. 고뇌하는 표정이 아주 심각했다.

잠시 후 그는 깊은 한숨과 함께 입을 열었다.

"자네의 말이 사실이라면 노부의 오 년 수감은 헛고생이었군. 노부는 영천왕부와 은천마국이 깊이 연관돼 있다고 확신했었네."

"그건 사실이오."

"사실이라니? 자네는 분명 영천왕이 마와 무관하다 하지 않았는가?"

일검향은 선원들이 하나씩 밝히는 유등으로 시선을 돌렸다.

"은천마국의 절기는 혈음마공이오. 한데 영천왕은 혈음마공을 수련한 기색이 전혀 없었소. 그래서 마는 아니라고 말한 것이지 무관하다고 말한 적은 없소."

"하면 은천마국과 연관된 무슨 단서라도 있단 말인가?"

"유감이지만 다른 문파의 기밀과 연관된 문제라 밝힐 수 없소."

화산신검은 몹시 아쉬운 표정을 지으면서도 고개를 끄덕였다.

"알겠네. 어쨌든 중대한 정보를 얻었으니 노부로서도 큰 소득일세."

그는 어슴푸레한 어둠으로 덮여가는 강변을 바라보고는 화제를 돌렸다.

"참, 자네는 다시 왕부로 침투할 생각인가?"

"……."

"본의 아니게 모든 대화를 듣게 되었네. 자네 부모의 원수가 귀견쌍살이라면 결코 복수를 포기하지 않을 테니까."

"그들이 원수인지는 확실하지 않소. 하지만 반드시 만나 확인해야하오."

화산신검이 차분한 어조로 충고를 해주었다.

"천왜잔왕은 음흉한 자객일세. 자네와 귀견쌍살의 관계를 간파한 이상 반드시 함정을 파고 자네를 기다릴 것이네. 노부의 생각에는 그자들을 끌어내는 것이 현명한 방법일세."

"말씀은 고맙지만 내 문제요. 내 방식대로 해결하겠소."

워낙 단호한 답변에 화산신검은 더는 거론할 수가 없었다. 선원들이 유등을 밝히기 위해 뱃전을 타고 다가서자 화산신검은 윤거를 조금 뒤로 물렸다.

"그동안 고마웠네. 공연히 나 때문에 아까운 시일을 지체한 것 같아 정말 미안하네. 이제 완전히 회복되었으니 나 혼자 귀환할 수 있네. 자네는 개인적인 용무를 보게나."

"하남성까지는 모셔다 드리고 싶소."

"허허, 지나친 호의일세. 노부는 작대기 두 개만 있으면 어렵지 않게 어기비행술까지 펼칠 수 있네. 내 한 몸을 보호할 힘이 있으니 심려하지 말게나."

공연한 허언이 아니었다. 비록 두 다리가 잘려 운신이 불편하지만 그는 여전히 중원제일검이다. 왕부의 금위대가 추격해 온다 해도 그를 제압하기는 어려울 것이다.

검향은 잠시 그를 응시하다가 포권을 취해 보였다.

"그럼 가보겠소."

화산신검은 그의 손을 마주 쥐며 뜨거운 심정을 드러냈다.

"검 노제, 의천의 힘만으로 부족한 상황일세. 제발 세상의 악을 베는 자객이 되어주게나. 간곡히 부탁하네."

"그럼."

일검향은 가볍게 목례를 취하고는 뒤로 물러섰다.

뱃전 밖으로 몸을 날린 그는 수면을 밟고 뛰었다. 상승경공인 해연 약파였다.

강변으로 내려선 그는 동남방을 향해 신법을 발휘했다. 영천왕부로 침투하기 전에 동릉에 들러 한 가지 해결할 일이 있었다.

화산신검은 강변으로 멀어지는 그를 응시하며 긴 한숨을 내쉬었다.

"허어, 영웅지상(英雄之相)이 어찌 자객이 되었단 말인가?"

2

동릉은 장강의 물줄기가 거쳐 가는 성시이기에 제법 커다란 포구가 형성돼 있었다. 포구를 통해 반입된 교역 물자가 합비로 이어지기에 동릉은 물산이 풍부하고 시장이 발달했다.

동릉의 시장 외곽에도 구주총련의 분소가 설치돼 있었다. 상주 인원이 몇 명 되지 않는 소규모 분소였지만 직업소개소의 역할은 충분히 해냈다. 물론 구주총련의 비밀스런 업무는 직업소개보다 정보 수집과 전달에 있었다.

일검향은 감소채와의 교신 암호를 기록하고는 전달할 내용으로 단 두 글자만 기입했다.

생(生), 국(國)!

그 내막을 모르는 사람은 무슨 뜻인지 전혀 알 수 없다. 하지만 감소채라면 대번에 그 의미를 파악할 것이다.

사도진성 맹주가 살아 있으며 은천마국에 감금돼 있다!

이로써 그는 감소채가 미처 알아내지 못한 비밀을 캐내 전달했으니 그녀를 위해 해줄 수 있는 모든 것을 해준 셈이다. 행여 그녀가 사도진성을 구출해 달라고 요구해도 그것만은 들어줄 수 없었다.

그녀가 요구하지 않아도 은천마국으로의 침투는 천예사원 자객들의 숙원이다. 살아 돌아오는 것은 기약할 수 없으며 사문의 복수가 우선이다. 사도진성의 생사 확인과 구출은 그의 역량 밖이었다.

분소를 나선 일검향은 동릉의 번화가로 걸음을 옮겼다.

일단 식사를 하면서 방법을 모색해야 했다. 화산신검의 충고가 아니더라도 영천왕부에 재차 침투하는 일은 섶을 지고 불길로 뛰어드는 격이었다.

부모의 복수도 중요했지만 냉정을 잃지 않은 침착함이 더 중요했다. 아직 사문의 복수가 남아 있기에.

일검향이 멀어지자 분소의 야간 당직을 맡고 있던 주근깨 청년이 급히 두루마리를 펼쳐 들었다.

두루마리에는 긴급 수배를 받고 있는 자들의 인상착의와 정보가 꼼꼼하게 적혀 있었다. 수배범들에 대한 현상금은 상당하기에 구주총련에 종사하는 자들 중 상당수는 수백 명에 달하는 수배범을 죄다 기억하고 있었다.

주근깨 청년은 이틀 전 전달된 긴급 수배범에 대한 기록을 검토하고는 눈을 가늘게 떴다.

한데 잠시 전 서찰을 남긴 청년의 모습을 도대체 떠올릴 수가 없었다. 평범한 인상이기에 별반 기억에 남지 않았지만 그래도 이목구비를 기억할 수 있어야 정상이었다.

주근깨 청년은 남다른 기억력을 지녔고 덕분에 수배범들을 찾아내 거액의 현상금을 챙길 수 있었다. 그런 그가 이렇듯 사람을 기억해 내지 못하기는 처음이었다.

'맞아, 분명 놈이다!'

영천왕부에서 하달된 수배범에 대한 인상착의와 정보는 이러했다.

이십대 중반의 나이. 검을 소지했지만 중요치 않음. 영준한 용모이지만 평범하게 보임. 특이한 인상이 아니기에 기억하기가 쉽지 않음. 하지만 그를 다시 떠올렸을 때 인상착의를 전혀 떠올릴 수 없다면 유력한 용의자임.

3

동릉의 객점은 대부분 강변에 세워져 있었다. 유유히 흐르는 장강을 바라보며 식사와 술을 즐길 수 있다면 그 자체가 도도한 흥취일 수 있었다.

날은 이미 저물었지만 보름달이 환히 떠 있기에 넘실거리는 장강의 물결이 분명하게 보였다. 하늘의 달보다는 오히려 장강에 비친 달이 더 밝게 느껴졌다.

전망이 좋은 창가의 좌석은 이미 손님들로 가득 차 있었다.

일검향은 흥취와는 무관하기에 남들이 기피하는 구석진 자리를 택해 앉았다. 대부분의 손님들이 창가 쪽에 몰려 있어 그로서는 절로 한가로움에 젖을 수 있었다.

한잔 술로 목을 축인 그는 곰곰이 생각에 잠겼다.

귀견쌍살을 만났다는 것은 기막힌 행운이었다. 아직 그들이 자신의 부모를 살해한 원수임을 확인하지 못했지만 가능성은 아주 높았다. 일단 귀견쌍살을 제압해야 하고 안전한 곳에서 심문할 수 있는 상황이 진행되어야 했다.

'금위대는 하나같이 까다로운 특급자객들이다. 용연추 삼살과 일성월 삼살이 상당한 부상을 당했지만 그들 역시 나처럼 빠르게 회복할 수 있는 자들이다. 게다가 천왜잔왕은 지독히도 음흉하고 빠른 살법을 지닌 자다.'

일검향은 뇌옥에서 겨루었던 금위대를 하나씩 떠올리자 가슴이 답답해졌다. 당장 귀견쌍살을 제압할 방도가 없었던 것이다.

그렇다고 무작정 왕부로 침투하는 것은 무모한 행위였다.

그는 영천왕과의 면담도 생각해 보았다. 영천왕이라면 귀견쌍살을 포기하고 자신을 선택할 가능성도 있었다.

그러나 부모의 복수만이 전부가 아니었다. 그가 영천왕을 경호하는 금위대가 된다면 천예사원에 대한 배신이었다. 그것은 스스로도 용납할 수 없는 죄악이었다.

'외부로 끌어낸다… 귀견쌍살을 외부로 끌어낸다…….'

그것이 최선이지만 방법이 문제였다. 그들 역시 자신이 눈에 불을 켜고 노리고 있다는 것을 예상하고 있기에 함부로 나설 자들이 아니었다.

문득 그는 한 가지 희망적인 생각을 떠올렸다.

'그래, 영천왕이 출타하면 금위대 역시 은밀한 경호를 위해 함께 출동할 것이다. 그때가 기회다!'

한잔의 술을 마신 그는 금세라도 귀견쌍살을 제압할 수 있을 것 같은 생각에 절로 흥분이 되었다. 그러나 달리 생각하니 너무도 막연한 기다림이었다.

영천왕은 왕부 내에서 사치와 향락을 즐길 뿐 좀처럼 출타를 하지 않는 군왕이었다.

통상 주변 마을에 재해가 닥치면 군왕이 직접 나서 백성들을 위로하고 무마하는 것이 관례였지만 영천왕은 단 한 번도 그런 호의를 베푼 적이 없었다. 명절 때 백성들과 더불어 음식을 나눈 적도 없었고, 불사(佛事)를 위해 사찰을 방문하지도 않는다.

그런 군왕의 출타를 언제까지 기다릴 수 있단 말인가?

일검향은 입맛이 썼다. 가장 효과적으로 귀견쌍살을 제압할 수 있는 방안을 찾아내는 데는 성공했지만 너무도 비현실적이었다.

그는 답답한 심정에 반 병의 술을 단숨에 들이켰다.

이때였다. 주렴을 젖히며 한 명의 노인이 들어섰다. 복장은 아주 화려했고 걸음걸이도 의젓했다. 어깨에 멘 대나무에 깃발이 걸려 있는데 새겨진 글씨가 힘찼다.

만사형통(萬事亨通)!

　객잔의 취객들은 노인의 깃발과 손에 들린 대나무 통을 보고는 떠돌이 점쟁이임을 짐작했다.
　과연 노인은 점괘용 댓가지가 가득한 산저통을 흔들며 너스레를 늘어놓았다.
　"허어, 세상만사 색즉시공이로다. 당장 쥔 것이 전부가 아니며 보이는 모든 것이 진짜가 아니다. 운명은 헝클어진 실타래와 같은 것, 나 만사신복(萬事神卜)이 해결할 것이로다."
　그는 산저통을 흔들다가 표사 차림의 건장한 청년에게 내밀었다.
　"세 번을 뽑으면 세상 어떤 일도 해결되오. 만일 점괘가 틀리면 은자 백 냥으로 보상하겠소."
　표사들은 입을 딱 벌렸다.
　점괘가 틀리면 은자 백 냥으로 보상하겠다는데 점괘를 뽑는 데 마다 할 이유가 없었다.
　고슴도치 수염의 청년이 호탕한 웃음을 터뜨리며 댓가지를 하나 뽑았다.
　"좋소. 어디 내 점괘부터 봅시다."
　만사신복은 댓가지에 새겨진 점괘를 읽어주었다.
　"은으로 만든 바퀴에 먼지가 묻었으니 먼 길을 다녀왔지만 큰돈을 쥐었구나."
　고슴도치 수염이 청년은 놀랍다는 듯 눈을 동그랗게 떴다.

"호오, 정말 용하군. 우리가 표객 임무를 마치고 두둑한 보수를 받았는지 어떻게 알았소?"

만사신복은 당연하다는 표정으로 다시 산저통을 내밀었다.

"두 번째 점괘를 뽑는 데는 은자 닷 냥이 필요하오."

"이보슈, 무슨 복채가 그렇게 비싸단 말이오?"

"싫으면 그만두시오."

"아니오. 복채를 내겠소."

청년은 은자 한 조각을 탁자 위에 내리고는 댓가지를 뽑았다.

만사신복은 댓가지를 손끝으로 더듬고는 잔뜩 미간을 찌푸렸다.

"이런, 피 묻은 멧돼지가 달려드니 일신이 흉악하구나."

흉한 점괘가 나오자 청년이 버럭 소리를 질렀다.

"젠장, 뭐 이런 돌팔이가 다 있어? 당장 꺼지지 못해!"

객잔의 손님들은 모두 흥미로운 표정으로 점쟁이의 수작을 지켜보고 있었다.

만사신복은 정색을 지으며 다시 산저통을 내밀었다.

"생사가 걸린 상황이니 어서 점괘를 뽑게나. 다행히 생문(生門)이 열리면 목숨을 부지할 수 있네. 복채는 은자 열 냥일세."

고슴도치 수염이 탁자를 내려치며 일어섰다.

"열 냥? 이 늙은이가 죽고 싶어?"

그러자 동료 한 명이 급히 은자를 건네며 사정을 했다.

"노인장, 사실 정삼(鄭三)이 투창철저(鬪槍鐵猪)라는 자와 원수지간이오. 한데 피 묻은 멧돼지라면 쇠 멧돼지라고 불리는 그자가 아닌가 싶소. 제발 살 방도를 알려주시오."

만사신복은 산저통을 흔들며 정삼에게 내밀었다.

"운명은 스스로 결정하는 법. 어서 뽑아보게나."

주변의 동료들이 통사정을 하듯 청년을 달랬다.

"그래, 정삼. 어서 기원을 하고 뽑아보게나."

"자네 목숨이 걸린 일일세."

정삼은 동료들의 권유에 마지못한 듯 점괘 하나를 뽑아 들었다.

만사신복은 점괘를 보고는 아무 말 없이 다른 탁자로 향했다. 그러자 동료 표사들이 만사신복을 따르며 다급히 물었다.

"어르신, 대체 점괘가 뭐요?"

"어서 알려주시오."

만사신복은 안타까운 듯 혀를 찼다.

"달은 밝은데 까마귀 울고 검은 비단이 구덩이로 이어지니 갈 곳이 없구나."

이 순간 괴성과 함께 한 명이 객잔 안으로 들어섰다. 피투성이 괴인은 철장을 휘두르며 곧바로 정삼에게 달려들었다.

"정가야, 마침내 네놈을 찾아냈구나!"

정삼은 사색이 되어 외쳤다.

"허억, 투… 투창철저?"

동료 표사들이 급히 칼을 뽑아 들고 정삼을 보호했다.

따, 따땅—!

창과 칼이 교차하는 와중에 정삼이 객잔 출입구로 달아났다.

투창철저가 괴성을 지르며 그를 쫓았다.

"서라, 이 원수야!"

두 사람이 출입구를 나서기 무섭게 정삼의 처절한 비명 소리가 울려 퍼졌다. 이어 밖으로 나선 동료 표사들의 통곡이 들려왔다.

"아이고, 정삼!"

"크으, 이게 웬 날벼락이란 말인가?"

주렴 사이로 내다본 주인이 길게 한숨을 내쉬었다.

"목숨이 끊어졌나 봅니다. 정말 안됐소."

일검향은 고민에 깊이 빠져 있어 객잔의 소란에 대해서는 일별도 주지 않았다. 누가 죽고 누가 살았든 관심 밖이었다. 그는 현실을 직시할 뿐 점괘 따위는 크게 신뢰하지 않았다.

반면 객잔 손님들의 시선은 자연스레 만사신복에게 쏠리게 되었다. 세 번의 점괘로 한 사람의 과거와 현재, 그리고 미래를 정확히 예견한 그의 점복술에 대해 감탄을 금치 못했다. 하지만 너무 정확한 점괘는 오히려 대중들의 의혹을 산다. 아직 만사신복의 점복술에 대해서는 반신반의였다.

만사신복은 주문을 중얼거리다가 한 중년 문사 앞에 이르렀다.

"한번 뽑아보겠는가?"

초라한 차림의 중년 문사는 씁쓸한 웃음을 지었다.

"보시다시피 싸구려 죽엽청 한 병 마실 돈밖에 없소."

"첫 번째 점괘는 공짜이니 부담 갖지 말게."

"뭐, 그렇다면."

중년 문사는 되는대로 댓가지를 하나 뽑아 들었다.

만사신복은 점괘를 읽으며 빙그레 미소를 지었다.

"허허, 내 관상술이 틀리지 않았군. 자네의 관상을 보고 관운(官運)이 따를 운세라 생각했네. 대나무 서책에 묵향이 그윽하니 얼마 전 과거를 보았거나 향시에 응시한 적이 있었군 그래?"

중년 문사는 깜짝 놀라며 대답했다.

"그걸 어찌 아셨소? 수일 전 관청에서 주최한 향시에 응한 적이 있었소."

"어디 두 번째 점괘를 뽑아보게나. 자네라면 외상을 주어도 괜찮을 것 같네."

"알겠소."

중년 문사는 옷깃을 바로잡고는 정성스럽게 댓가지를 뽑았다.

만사신복은 기분 좋은 웃음을 지으며 그의 어깨를 다독여 주었다.

"허허, 급제를 했네. 곧 현청의 관리로 채용될 것이네."

"오, 그렇게만 된다면 소원이 없겠소."

이때였다. 주렴이 열리며 아이를 안은 아낙이 들어섰다. 그녀는 객잔 안을 두리번거리다가 중년 문사를 찾아내고는 기쁨에 들떠 외쳤다.

"여보, 합격했어요! 내일 당장 현청으로 등청하라는 전갈이 왔어요!"

흥분에 젖은 중년 문사가 아낙에게로 다가섰다.

"그게 정말이오?"

"그래요. 이제 어엿한 관리가 되신 겁니다."

"이럴 수가… 이럴 수가!"

만사신복을 돌아본 중년 문사는 넙죽 절을 올렸다.

"감사하오이다, 신복 어른신. 모두 어르신 덕분이외다."

만사신복은 점잖게 수염을 내리쓸었다.

"허허, 모두 자네의 복록일 뿐일세. 관운이 틔었으니 장차 높은 관직에 오를 것이네. 그때 노부가 찾아가면 모른 척하지는 말게나."

"여부가 있겠습니까? 봉록을 받는 대로 복채를 갚겠습니다."

중년 문사는 아낙을 데리고 급히 객잔을 나섰다.

두 건의 점복술이 쇳소리가 나도록 정확히 맞자 객잔 손님들은 입을 다물지 못했다. 주저하던 사람들이 다투듯 앞으로 나서며 만사신복에게 점괘를 청했다.

"신복, 복채는 얼마든지 드리겠소. 한번 봐주십시오."

"이보시오, 내가 먼저 왔지 않소? 순서대로 합시다."

"허어, 산저통을 먼저 잡은 사람은 나요."

점을 볼 사람들이 줄을 잇자 만사신복은 빈 탁자를 하나 잡아 앉고는 술과 안주를 주문했다. 주인도 점을 볼 생각이 가득했기에 공짜로 최고의 술과 안주를 내놓았다.

점을 본 대다수의 사람들은 흡족한 표정을 지으며 자신의 탁자로 돌아갔다. 비교적 좋은 점괘를 받았기 때문이다.

두둑하게 은자를 챙긴 만사신복이 2층으로 올라섰다. 그는 한쪽 구석에서 혼자 술을 마시고 있는 일검향에게 다가섰다.

"한번 뽑아보겠는가?"

그가 산저통을 내밀었지만 일검향은 눈길조차 주지 않았다.

만사신복은 탁자를 사이에 두고 그와 마주 앉았다.

"첫 번째 점괘는 공짜일세. 재미 삼아 뽑아보게나."

일검향은 비로소 그를 응시하며 건조한 음성으로 말했다.

"당신이 죽음을 예견한 표시는 죽지 않았소. 진짜로 죽는 자는 그런 비명 소리를 내지 않소. 그리고 향시에 급제했다는 중년 문사는 문사가 아니라 강호인이었소. 그에게 급제 소식을 알리러 온 아낙 역시 강호의 여인이었소. 당신은 점술사가 아니라 사기꾼이오. 그런 당신한테 점을 보란 말이오?"

그의 음성은 크지 않았지만 객잔 1, 2층 손님들 모두가 듣기에 충분했다.

앞서 만사신복에게 점을 본 손님들의 안색이 싹 변했다. 사기꾼에게 당했다는 생각에 모두가 분노했고 일부는 분함을 참지 못하고 자리에서 일어섰다.

만사신복은 어색한 웃음을 지으며 수염을 내리쓸었다.

"허허, 자네가 대체 무슨 소리를 하는지 모르겠네. 만일 노부가 자네의 점괘를 맞추지 못하면 사기꾼임을 인정하고 앞서 받은 복채를 모두 돌려주겠네. 물론 약속대로 백 냥씩 보상할 것이네."

그는 품속에서 상당한 금액의 은표 뭉치를 꺼내 보였다.

일검향은 상대가 사기꾼임을 이미 간파했기에 길게 상대하고 싶지도 않았다. 하지만 제 발로 시비를 걸어왔기에 망신만 주고 보낼 요량으로 댓가지를 하나 뽑았다.

만사신복은 댓가지에 새겨진 괘를 읽고는 점괘를 풀이해 주었다.

"구름을 타고 금성에 오른 격이니 얼마 전 아주 귀한 곳을 다녀왔군 그래. 웬만한 사람들은 감히 발을 들여놓을 수도 없는 곳을 말일세."

"……?"

일검향은 술잔을 내리며 그를 직시했다.

자신의 안목이 틀리지 않는 한 상대는 분명 사기꾼이었다. 표사 일행과 문사 부부는 그와 한 패거리로 이른바 바람잡이가 분명했다. 그들의 목적은 만사신복을 귀신같은 점쟁이로 만들어 은자를 챙기는 데 있었다.

한데 만사신복이 읽어낸 첫 번째 점괘는 결코 헛소리가 아니었다. 그가 사흘 전 영천왕부에 다녀왔음을 정확히 짚어낸 것이다.

일검향은 만사신복을 새삼 다시 보았다.

'내가 너무 섣불리 판단했군. 이자는 단순한 사기꾼이 아니다. 이미 내 정체를 파악했거나 확인 중에 있다. 또한 자신의 무공을 드러내지 않을 만큼 절정급 고수다.'

만사신복은 산저통을 달그락달그락 흔들며 말을 이었다.

"자네가 부정을 하지 않는 것을 보니 노부의 점괘가 틀리지는 않은 것 같군. 그렇다면 노부를 사기꾼이라고 밝힌 자네의 말이 틀렸음을 사과해야 하지 않겠는가?"

지켜보던 손님들은 갑작스런 반전에 어리둥절해졌다. 만사신복이 사기꾼인지 아니면 용한 점쟁이인지 판단이 서지 않았다.

일검향은 손을 뻗어 댓가지를 하나 쥐었다.

"만일 이번 점괘까지 정확히 읽을 수 있다면 당신이 사기꾼이라는 말을 취소하겠소. 또한 정중히 사과하겠소."

그는 댓가지를 뽑아 탁자 위에 내려놓았다. 댓가지를 집어 든 만사신복은 의미심장한 미소를 머금었다.

"멧새가 가지를 떠나 솔개를 만난 격이니 쫓기는 신세로군. 현재의 운세까지 읽어주었으니 이제 복채를 내게나. 마지막으로 자네의 미래를 점쳐 보겠네."

일검향은 술병을 기울여 마지막 잔을 채웠다.

"틀렸소. 둥지를 떠난 솔개가 사냥감을 찾는데 멧새들이 보이지 않는다는 점괘가 나와야 했소. 당신은 역시 사기꾼이오."

일순 산저통을 쥔 만사신복의 손이 가늘게 떨린다. 64개에 달하는 댓가지가 산저통과 함께 흔들렸다.

두 사람 사이의 거리는 불과 석 자.

일검향이 우려하는 것은 암기로 화할 댓가지가 아니었다. 그의 신법이라면 64개가 아니라 640개의 댓가지가 폭발한다 해도 막아낼 자신이 있었다.

문제는 객잔의 대부분을 채우고 있는 양민들이었다. 그는 무사할 수 있지만 수십 명의 양민들이 영문도 모른 채 횡사를 당하게 되는 것이 마음에 걸렸다.

황포 포구에서 양민들의 몰살을 두고 볼 수가 없어 직접 나선 그가 아니던가.

죽여야 자들이라면 수십 명, 수백 명이라도 살해할 만큼 냉정한 그였지만 자신으로 인한 양민들의 죽음은 스스로도 용납할 수 없었다. 그 자신의 몸에 모든 댓가지가 꽂힌다 해도 그는 피하지 못할 것 같았다.

한데 이때였다.

땅… 따땅……!

아름다운 선율이 울려 퍼지며 객잔 내의 보이지 않는 첨예한 대치가 수그러들었다. 듣는 이의 마음을 절로 편하게 해주는 칠현금의 선율이었다.

"하하하, 술을 마시다 보니 어느덧 날도 어둡고, 옷자락마다 수북이 쌓인 낙화여."

이백의 시를 읊으며 유유히 객잔 2층으로 향하는 사람은 아주 말쑥한 용모의 미공자였다. 걸음걸이는 당당했고 시를 읊는 음성이 산사의 풍경처럼 맑고 힘찼다.

"술 취해 시냇물에 비친 달 밟고 돌아갈 제, 새도 사람도 없이 나 혼자로다."

미공자는 바로 풍류제일공자로 불리는 선풍무영 화운악이었다. 여느 때처럼 서화금 세 동자가 뒤를 따르고 있었다. 앞서 들려온 칠현금의 선율은 금동의 솜씨였다.

그를 알아본 사람들의 음성이 여기저기에서 들려왔다.

"오, 풍류제일공자다!"

"선풍무영 화 공자야. 우리 동릉성에 왕림하시다니 영광일세."

"과연 우리 동릉에 화 공자의 시문에 화답할 사람이 있을까?"

화운악은 귀한 울금향을 한잔 가득 따라 만사신복 앞에 내려놓았다.

"내가 읊는 시문에 화답을 하겠소, 아니면 날 위해 점괘를 읽어주겠소?"

만사신복은 고양이를 만난 쥐처럼 어깨를 바싹 움츠렸다.

"허허… 이 늙은이가 시문에는 워낙 무식해 화 공자의 흥을 깰까 두렵소. 그저 한잔의 벌주를 마시고 물러가겠소."

한잔 술을 비운 만사신복은 부리나케 객잔을 빠져나갔다.

객잔 내 손님들은 비로소 만사신복이 사기꾼임을 짐작했지만 화운악의 등장으로 그의 존재는 이내 잊어버렸다. 한갓 사기꾼보다는 천하에 쟁쟁한 명성을 떨치고 있는 화운악의 기행이 더 관심사였던 것이다.

화운악은 간단히 만사신복을 쫓아내고는 그 자리를 차지했다.

"하하! 다시 만나게 되었구려, 무명(無名) 형."

"……."

"이 넓은 세상에서 기약도 없이 재회를 하다니 참으로 기이한 인연이 아닐 수 없소."

화운악은 술잔 가득 울금향을 따라 권했다.

"이번은 벌주가 아니라 권주요. 권주가 싫다면 본인의 시문에 화답을 해야 하오."

일검향은 차라리 술 한잔이 낫다 싶어 단숨에 울금향을 비웠다. 귀한 술답게 향기와 맛이 일품이었다.

잔을 비운 일검향은 몸을 일으켜 간단히 포권을 취했다.

"잘 마셨소."

한데 서화금 세 동자가 품 자형으로 그를 에워쌌다. 워낙 바싹 달라붙었기에 그들을 떨쳐 내려면 완력이 필요했다.

서동이 대붓을 비껴들고는 정중하게 권했다.

"공자, 저희 주인님께서 교활한 사기꾼을 쫓아주셨으니 술 한잔을 나누는 것이 도리가 아니겠습니까? 주인님께서 오래 붙잡지는 않으실 겁니다."

"……."

"잠시 앉으시지요?"

서동에 이어 화동과 금동까지 예의를 갖춰 권했다. 지난번과 사뭇 다른 태도였다.

일검향은 잠시 생각하다가 다시 자리에 앉았다.

화운악은 우연임을 거론했지만 그는 우연한 재회라고는 생각지 않았다. 이유는 분명치 않았지만 직감적으로 그런 기분이 들었다.

"내게 할 말이 있소?"

일검향이 직설적으로 묻자 화운악은 빙긋 미소를 지었다.

"장소가 마땅치 않으니 장소를 옮기는 것이 어떻겠소? 가까운 곳에 동릉 최고의 기루인 백향각(白香閣)이 있소. 기녀들의 용모는 대단치 않지만 피부가 비단결이고 체향이 독특하오."

과연 당대의 풍류공자답게 그는 크고 작은 성시의 기루에 대해 모두 파악하고 있었다.

일검향은 냉담하게 응수했다.

"난 긴 얘기는 원치 않소."

"유감스럽게도 짧게 얘기하기는 힘들 것 같소."

"우리가 비록 구면이라도 얘기를 나눌 화제는 없소."

"왜 없다고 단언하는 거요? 시문은 무궁하고 음율 또한 끝이 없소."

"난 화 공자와 같은 풍류공자가 아니오."

화운악은 천천히 섭선을 저으며 의미심장한 미소를 지었다.

"그럴 리가 있소? 장안 수월루에 들어 명기 월아영을 취한 공자가 아니오?"

"……!"

일검향은 자신도 모르게 허리춤의 자청검을 쥐었다.

'내 신분을 알고 있다!'

그가 기녀 월아영을 척살한 것은 첫 번째 단독 임무였기에 기억이 생생했다. 특히 죽여야 할 자가 무공 한 초식 모르는 기녀였기에 그로서는 평생 잊기 힘든 척살이었다.

화운악은 우회적으로 말했지만 그가 월아영을 척살한 자객임을 분명히 알고 있었다. 그것은 그가 천예사원의 자객 무향검살임을 확신하고 있다는 의미였다.

일검향은 화운악이 어떻게 자신의 정체를 알아냈는지 이해할 수가 없었다.

그가 최근에 벌인 사건은 영천왕부의 침투였다.

왕부에서 수천 군병을 비롯해 친위대, 금위대와 격돌을 벌였지만 화산신검까지 대동해 무난히 탈출했다. 이미 사흘 전 일이기에 이미 자신의 존재는 천 리 밖으로 멀어졌다고 생각하였을 것이다.

'대체 이자는 누구지? 단순히 주색과 풍류를 즐기는 자가 아니다. 의도적으로 내 소재를 알아내 접근할 만큼 뛰어난 정보력을 지녔다.'

이제 그가 판단할 일은 화운악이 적이냐 아니냐 하는 문제였다.

'적이라면 아주 힘겨운 강적이다!'

第48章
뜻밖의 상봉

다섯 사람이 강변을 따라 걷고 있었다. 한 사람은 혼자 팔짱을 낀 채 걸었고 다른 한 사람은 세 동자의 수행을 받고 있었다.

일검향은 어쩔 수 없이 화운악과 함께 객잔을 나서야 했다.

그의 입을 통해 자신의 신분이 공개되는 것을 원치 않았기도 하지만 그의 진정한 신분을 알아보기 위함이었다. 자신의 정체를 알고 접근했다면 적일 가능성이 아주 높았다.

강변을 따라 반 시진 정도를 걷자 나무가 별로 없는 자갈밭이 펼쳐져 있었다.

한바탕 싸움을 벌이기에 적당한 장소였다. 주변으로 마땅한 은폐물이 없기에 외부의 기습을 우려하지 않아도 되었다. 최악의 경우 강물로 뛰어들어 탈출을 꾀할 수도 있었다.

일검향이 걸음을 멈추자 화운악도 삼 장 거리를 두고 걸음을 멈추었다.

서화금 세 동자는 바싹 긴장한 모습으로 화운악을 경호했다. 그들 역시 일검향의 정체를 알고 있기에 한 치도 방심할 수가 없었다. 자객이 언제 어떤 방법으로 살식을 펼쳐 올지 모르기 때문이다.

반면 화운악은 천천히 섭선을 저으며 아주 느긋한 모습이었다.

"적당한 장소로군. 기루보다 번잡하지 않고 말일세."

일검향은 군이 예로써 대할 상대가 아니기에 말투를 바꾸었다.

"어떻게 내 정체를 간파했는지는 묻지 않겠다. 무슨 의도로 내게 접근했는지 밝혀라."

그러자 서화금 동자가 앞으로 나서며 안색을 굳혔다.

"네 이놈, 무엄하다!"

"어디서 막말을 입에 담는 거냐?"

화운악이 섭선을 접으며 턱짓을 해 보였다.

"물러서 있거라."

세 동자는 황송한 모습으로 허리를 굽혔다.

"송구하옵니다, 주인님."

서화금 세 동자가 멀리 물러서자 화운악은 별 경계심 없이 가까이 다가섰다.

"무향검살, 틀림없겠지?"

"……."

"숨길 필요 없다. 널 해치지는 않겠다. 넌 정말 행운아다. 전하께서 널 원하시지 않았다면 넌 이미 유명옥으로 끌려갔을 것이다."

일검향은 비로소 화운악의 신분을 어느 정도 짐작할 수 있었다.

"화운악, 네가 영천왕부의 사람이었단 말이냐?"

"예전에는 그랬었지. 하지만 지금은 영천왕부의 사람이라 하기에는 무리가 있다."

"난 왕부에 침투해 친위대, 금위대와 모두 겨뤄본 바 있다. 넌 어디 소속이냐?"

화운악은 뒷짐을 진 채 낭랑한 웃음을 터뜨렸다.

"하하하, 어느 소속이냐고?"

그는 웃음을 머금은 채 일검향을 돌아보았다.

"어려운 답변은 아니다만 일단 너를 제압해야겠다. 널 왕부로 압송하는 것이 내 임무이니까."

"대단한 자신감이로군. 내 신분을 알았다면 군병 천 명 정도는 대동했어야 하지 않았을까?"

"무향검살, 네가 참회동에서 천불성승을 만나 절세적 무공을 터득했다는 것을 알고 있다. 하지만 자객은 자객일 뿐이다. 네가 아무리 천예사원의 자객이라 해도 내 눈에는 하찮은 자객으로만 보일 뿐이다."

일검향은 그의 오만함이 자연스럽게 느껴졌다.

"네 신분이 궁금하군. 왕부에 소속된 자가 어떻게 강호에서 풍류공자로 행세할 수 있었던 것이냐?"

화운악은 섭선을 세워 일검향을 가리켰다.

"날 이기면 모든 사실을 밝혀주겠다. 너 또한 패하면 비밀을 털어놓아야 한다. 어떠냐, 공평한 조건이지?"

"내게서 어떤 정보도 기대하지 마라."

"흐음, 실망이군… 좋아, 네가 원하는 선물을 하나 걸겠다."

"선물?"

"그래, 바로 귀견쌍살이다."

“……!”

일검향은 지그시 입술을 깨물었다.

그가 다시 영천왕부로 방향을 돌린 이유도 오로지 귀건쌍살을 제압하기 위해서였다. 부모의 원수를 찾기 위해 자객이 된 그가 아니었던가. 이번 승부에 귀건쌍살까지 걸렸다면 절대 피할 수 없는 대결이었다.

그러면서도 그는 자신이 심리 대결에서 이미 화운악에게 뒤지고 있음을 인정하지 않을 수 없었다.

“좋다. 내가 밝힐 수 있는 것만 밝히겠다.”

화운악은 상황이 자신이 원하는 대로 진행되자 빙긋 미소를 띠었다.

“하핫, 당연히 그래야지. 어느 누구도 내 앞에서 안 된다라는 말은 할 수 없다.”

일검향은 그의 당당한 자신감에 알 수 없는 위축감을 느꼈다.

그의 자신감은 결코 터무니없는 오만과 자부심에서 비롯된 것이 아니었다. 일검향은 그에게서 영천왕과 유사한 신위를 감지했다.

천하를 오시하는 군왕의 위엄.

일검향은 그것을 인정할 수밖에 없었다.

화운악은 한 손을 가슴 앞에 세우고는 섭선을 비스듬히 눕혔다.

“이 섭선은 금교선(金蛟扇)이라는 신병이다. 한해금철로 제작된 부챗살 위에 교룡피를 입혔지. 미리 밝혀두어야 신병의 이점으로 이겼다는 뒷말을 듣지 않아도 되니까.”

“네가 신병이 아니라 하늘의 병기를 지녔다 해도 문제 삼지 않겠다. 훌륭한 병기를 지닌 것도 무사의 능력이니까.”

“하하, 전하께서 널 마음에 두는 이유를 알 것 같구나. 여느 자객과 달리 살인병기가 아니라 달리 사람의 향기가 느껴진다. 사실 지난번 네가 이하의 시로 화답할 때부터 특별한 사람으로 생각했었지."

화운악은 금교선을 활짝 펼치며 한 손은 뒷짐을 졌다.

"아직 나와 맞서 싸워 이긴 자가 없었으니 네게도 삼 초를 양보해 주겠다. 선공의 이점을 최대한 발휘해 봐라."

"난 누구에게도 양보를 하지 않는다. 또한 양보도 받지 않는다."

일검향의 단호한 어조에 화운악은 고개를 흔들었다.

"흐음, 이래서야 대결이 이루어지지 않겠군."

그는 제자리에서 빙글 회전하며 바닥을 힘껏 밟았다.

"와라!"

콰아앙!

엄청난 굉음과 함께 자갈밭의 수천 개 자갈이 폭발해 올랐다. 평범한 자갈이지만 공력에 의해 솟구치면서 하나하나가 강력한 암기로 화했다.

일검향은 절정의 보법을 펼치며 폭발해 오르는 자갈의 틈새를 가로질렀다.

"뇌천섬!"

쐐애액—!

검극에서 치솟은 검기가 십여 줄기로 갈라지며 화운악의 전신으로 내리 꽂혔다.

공력이 상승되면서 그의 쾌검 수준도 훨씬 높아졌다.

예전에는 발검과 출수, 회수가 기계적으로 이루어졌지만 지금은 출수 과정이 크게 변화되었다. 상황에 따라 검기와 검강을 적절하게 펼쳐 낼 수 있었던 것이다.

"흐음, 제법이군?"

화운악은 다소 과장된 탄성을 발하며 금교선을 흔들었다.

아주 현란한 수법이었다. 교룡의 가죽으로 제작된 효능 때문인지 흡사 교룡이 하강하듯 금교선의 그림자가 허공을 가득 뒤덮었다. 일검향의 검기는 대번에 소멸되었고 회전하는 선영(扇影)이 호신을 그리며 내리 꽂혔다.

일검향은 공세를 철회하며 급히 수비로 전환했다.

차차창—!

금교선의 그림자를 베는 그의 자청검이 세차게 진동했다. 마치 쇳덩이를 후려친 듯 검을 통한 반탄력에 기혈이 뒤틀렸다.

일검향은 단 일 초의 교환이지만 상대의 무공에 경악하고 말았다.

그는 최강의 상대들과 여러 차례 단독 대결을 펼친 적이 있었다. 구절의 으뜸이라는 요지선자, 소림의 십팔나한진, 척살단주 일도살, 그리고 영천왕부의 금위대…….

그들 모두가 위협적이고 쉽지 않은 강적들이었지만 그 어떤 상대도 그를 일초 만에 위축시키지는 못했다. 한데 화운악은 진정 그가 상대한 누구보다 위협적인 최강의 적이었다.

'이자는… 정말 강하다!'

일검향은 웬만한 수법으로는 어림도 없다 판단하며 검극에 범천강기를 주입시켰다.

번—쩍!

아찔한 섬광과 함께 그의 신형이 사라지고 한 자루 검만 허공으로 둥실 떠올랐다. 상승검법 신검합일이었다.

화운악은 흥미로운 눈빛을 발했다.

“호오, 신검합일까지?”

호신강기를 운기한 그는 왼손을 세워 금교선과 열십 자로 교차시켰다.

“환주금천강(環宙金天罡)!”

세상의 빛이 소멸되면서 찬연한 금빛 고리가 형성되었다. 순간 무수한 금빛 고리가 동심원처럼 뿜어져 나왔다. 꼬리를 물고 이어진 금빛 고리는 급속도로 확산되면서 허공에 두터운 강기를 형성했다. 실로 환상적인 절기였다.

신검합일로 날아든 일검향은 금빛 고리에 의해 형성된 강기와 정통으로 충돌했다. 그로서는 원치 않은 정면 승부였지만 화운악은 교묘하게 공력 대결로 그를 유도한 것이다.

콰아앙!

엄청난 폭음과 함께 빛과 빛이 교차되었다. 신검합일에 의한 검기는 사위로 비산되었고 소멸된 금빛 고리는 가루로 화해 하늘과 땅을 수놓았다.

충돌의 여파로 자갈밭에는 오 장 크기의 구덩이가 형성되었고 전에 없었던 자갈 언덕이 세 곳이나 형성되었다. 정녕 하늘도 놀라고 땅도 뒤집힐 대격돌이었다.

‘흐윽!’

일검향은 기혈이 끓어올라 피를 뿜었지만 신음은 안으로 삭였다.

엄청난 반탄력에 오장육부가 으스러진 듯 고통스러웠다. 어떤 상황에서도 임독양맥을 지켜주는 여의심법 덕분에 겨우 몸을 지탱할 수 있었지만 순간적으로 진기가 흩어져 무방비 상태였다.

일검향은 세상에 이런 고수가 있으리라고는 미처 생각지 못했다.

구절의 으뜸이라는 요지선자와의 대결에서 그가 패배한 것은 천불성승을 만나기 전이었다. 참회동에서 금마오절기를 터득한 이후 그의 무공은 일취월장해 어떤 상대도 두렵지 않았다.

풍진광개의 일초를 거뜬히 막아냈고 척살단에 침투해서도 종횡무진으로 활약을 했다. 척살단의 자객들과 일도살조차 그의 적수가 될 수 없었다. 영천왕부에 침투해서도 그는 수천 군병들의 포위망을 돌파했고 특급자객들과 당당한 혈전을 벌였다.

그런 그가 화운악의 호신강기를 돌파하지 못하고 엄중한 부상을 당했으니 충격이며 수치였다.

화운악은 문사건이 끊어져 머리카락이 흩날릴 뿐 별다른 상처를 입지 않았다. 그의 완승이었다.

"하하, 너무 승부가 빨라 싱겁군. 사실 너의 자객술이 펼쳐지는 것을 우려해 빠른 승부를 유도했다고 할 수 있지. 너의 신검합일은 대단했지만 공력 대결은 결코 나를 능가할 수 없다."

그는 여유있는 모습으로 섭선을 저었다.

"게다가 난 금교선이란 신병을 지니고 있어 웬만한 강기는 신병의 힘만으로 막아낼 수 있지. 따라서 너의 패배는 정해진 수순이다."

일검향은 간신히 들끓는 기혈을 가라앉히며 진기를 순환시켰다. 상당한 내상을 당한 것은 사실이지만 아직 패배를 인정하고 싶지 않았다.

"승부는… 아직 끝나지 않았다."

화운악은 의외롭다는 표정으로 눈을 커다랗게 떴다.

"호오, 놀라운 정신력이로군? 환주금천강에 적중되고도 버틸 힘이 남아 있단 말인가?"

일검향은 조금씩 모아지는 진기를 검극에 주입시켰다.

‘정면 승부는 나의 오만이었다. 자객답게 내 능력에 맞는 공격을 펼쳤어야 했어.’

한데 이때였다.

그는 등 뒤로 다가서는 섬뜩한 살기를 감지했다. 이렇듯 근접할 때까지 그가 미처 감지하지 못했다면 상대는 특급살수가 분명했다.

퍼억!

그가 채 방어를 하기도 전에 등판을 관통한 검이 가슴까지 꿰뚫고 나왔다.

일검향은 목구멍까지 튀어나온 비명을 억지로 씹어 삼켰다. 자객으로서 비명을 지른다는 것은 치욕이었다. 대신 심신의 고통은 더욱 지독했다.

그의 등을 찌른 자객은 놀랍게도 귀견쌍살 중 귀살이었다. 득수를 확신한 그는 화운악을 향해 공손히 예를 올렸다.

“대공자, 마침내 전하께서 원하시던 물건을 확보했습니다.”

화운악의 표정이 싸늘하게 돌변했다.

“누가 나서라고 했더냐?”

휘리링―!

그의 손에서 발출된 금교선이 수레바퀴처럼 회전하며 귀살에게 날아들었다. 귀살로서는 전혀 예상치 못한 공격이었다. 급히 은신술을 구사했지만 금교선의 공격이 보다 빨랐다.

귀살은 대번에 목과 몸통이 분리된 채 간격을 두고 떨어져 내렸다.

“여보!”

허공을 밟고 날아든 견살이 귀살의 몸통을 안아 들었다. 하지만 목이 떨어져 나간 육신은 그저 싸늘한 시체일 뿐이었다.

되돌아온 금교선을 받아 든 화운악이 냉담하게 외쳤다.

"금위대주!"

그의 외침이 끝나기 무섭게 천왜잔왕이 내려서며 부복했다.

"예, 대공자."

"그대가 기습을 명했소?"

"아… 아니외다. 귀살은 그저 대공자를 지원할 생각으로……."

"날 지원해? 귀살 따위가 감히 날 지원할 수 있단 말인가?"

"마… 망극하오, 대공자."

공포의 대자객인 천왜잔왕이었지만 화운악 앞에서는 뱀을 만난 개구리처럼 숨 한번 제대로 쉬지 못했다. 영천왕을 섬길 때보다 훨씬 두려워하는 모습이었다.

일검향은 멍한 표정으로 귀살을 돌아보았다.

귀살의 갑작스런 죽음은 그에게도 엄청난 충격이었다. 귀살은 그의 손으로 죽였어야 할 원수였다. 그런 원수가 너무도 허무하게 사라지자 그 역시 맥이 쭉 빠졌다.

어느 정도 기력을 회복한 그는 빠르게 생각을 굴렸다.

'견살까지 죽일 수 없다!'

화운악과의 대결은 귀견의 개입과 죽음으로 무산된 것이나 다름없었다. 패배를 목전에 둔 그로서는 오히려 다행일 수 있었다.

그는 귀살의 시체를 끌어안은 채 오열하고 있는 견살에게로 몸을 날렸다. 그의 손끝에서 금빛의 광선이 발출되었다. 금마오절기 중 하나인 범황탄지였다.

혈도가 제압된 견살이 맥없이 쓰러지자 일검향은 그녀의 목덜미를 쥔 채 빠른 속도로 장내를 벗어났다. 절정의 경공 승극도허를 펼치려

했지만 심한 내외상으로 공력이 채 이어지지 않았다.

　그는 견살을 옆구리에 끼고는 수림 사이로 경신술을 전개했다.

　'귀견쌍살이 진짜 원수인지 확인해야 한다!'

　화운악은 신경질적으로 섭선을 흔들었다.

　"추격해라. 놓치면 안 된다!"

　천왜잔왕과 서화금 세 동자가 급히 추격에 나섰다.

　수림을 따라 반 시진 정도를 달린 일검향은 커다란 고목 아래 내려섰다. 응급처치로 등의 부상을 치유한 그는 견살의 혈도를 찍어 정신을 일깨웠다.

　혈도가 풀린 견살은 입을 꾹 다문 채 일검향을 올려다보았다.

　일검향은 그녀를 고목에 기대 앉히고는 맞은편 등걸에 걸터앉았다.

　"다시 묻겠다. 팔 년 전 초겨울 무렵 호북성 외진 부락에서 척살을 펼친 적이 있느냐?"

　견살은 싸늘한 조소를 머금을 뿐 입을 열지 않았다.

　"대답해!"

　일검향이 거칠게 몰아붙이자 견살은 눈을 가늘게 떴다.

　"너도 자객이니 잘 알 것이다. 죽인 놈들을 일일이 기억하는 자객은 없다. 물론 기억하고 싶지도 않을 일이지."

　"그래도 기억해라. 기억해야 돼!"

　"무향검살, 자객에게 있어 복수는 사치다. 천사명왕은 제자들에게 그런 것도 가르치지 않았단 말이냐?"

　일검향은 자청검을 뽑아 그녀의 머리 위에 댔다.

　"천예사원의 자객은 살인병기가 아니라 인간이다. 그들은 모두 희로

애락을 느끼고 원한과 복수심도 잊지 않는다. 난 부모님의 복수를 위해 자객이 된 사람이다. 원수를 찾아 복수하는 것이 내 평생의 숙원이다."

견살은 물끄러미 그를 응시하다가 무거운 한숨을 내쉬었다.

"당시 상황을 정확히 말해봐라."

일검향은 그녀의 심정 변화를 간파하고는 흥분에 젖었다. 마침내 원수를 알아낼 기회를 잡은 것이다.

"아버님은 마당에서 자리를 짜고 계셨다. 그런 상태로 목이 베어지셨다. 워낙 빠른 쾌도라 고통도 느끼지 못하셨다. 어머님은 방에서 수를 놓다가 살해되셨다. 쾌검에 당했는데 등으로 파고든 검이 심장을 관통했다. 따라서 흉수는 쾌검과 쾌도를 구사하는 전문가다."

"세상에 그런 자객은 많다."

"하지만 사부님께서는 내 과거를 듣고는 너희 귀견쌍살을 지목하셨다. 쾌검과 쾌도를 구사하는 부부자객… 난 사부님의 판단을 믿는다."

견살은 기억을 더듬는 모습으로 눈을 치켜떴다. 잠시 눈을 깜빡인 그녀는 희미한 미소를 머금었다.

"어렴풋하지만 기억이 난다."

"정말이냐? 진정 너희 귀견쌍살의 소행이었단 말이냐?"

"무향검살, 만일 내가 사실을 확인해 주면 어떻게 죽이겠느냐?"

일검향은 검극으로 그녀의 미간을 가리켰다.

"네년의 사지를 끊고 살을 저며 고통스럽게 죽이고 싶은 심정이다."

"……."

"그렇게 복수를 하고 싶었다. 하지만… 너희가 원한을 품고 내 부모님을 살해한 것이 아니기에 그저 너희를 죽여 복수하는 것으로 원통한 심정을 달랠 것이다."

견살은 스르르 눈을 감았다.

"그렇다면 먼저 내 심장을 찔러라."

"왜?"

"사실이 확인되면 네 심경이 바뀌어 날 고통스럽게 죽일 수 있으니까."

"……."

일검향은 잠시 갈등했지만 그녀의 제안을 받아들일 수밖에 없었다. 그녀가 자신을 신뢰하지 않는 한 절대 사실 확인을 해주지 않을 것이기 때문이다.

또한 화운악 일행의 추적을 우려해야 했다. 그다지 멀리 달아나지 못했기에 그들이 당도하는 것은 시간문제였다.

일검향은 검극을 낮춰 견살의 심장을 깊숙이 찔렀다.

"흐윽!"

견살은 고통스런 신음을 토하며 울컥 피를 토해냈다.

일검향은 그녀의 심장에 검을 꽂은 채 물었다. 검을 뽑으면 즉사하고 만다.

"말해. 너희가 내 부모님을 살해한 것이냐?"

견살은 아래턱을 달달 떨면서 입술을 달싹거렸다.

"미… 미안하다, 무향검살."

"결국… 너희였단 말이냐?"

견살은 고통 속에서도 모호한 웃음을 머금었다.

"아니다… 나와 귀살은… 산청부락 따위는… 간 적도 없다."

그녀는 붉은 피를 토해내고는 모로 쓰러졌다. 숨이 끊어진 것이다.

허탈했다.

일검향은 실성한 사람처럼 멍한 눈빛으로 견살을 내려다보았다. 그로서는 견살의 증언을 믿어야 할지 판단이 서지 않았다.

"아니라고……? 정녕 이들이 아니란 말인가?"

극심한 혼란 속에 머리가 터질 것만 같았다.

물론 천사명왕도 귀견쌍살이 원수가 아닐 수 있음을 시사한 바 있었다. 아무런 단서도 없이 그저 정황만으로 추정을 했기에 천사명왕이라도 흉수를 단정할 수 없었던 것이다.

일검향은 고민을 거듭하다가 입술을 질끈 깨물었다.

'그래, 견살이 마지막까지 거짓말을 할 이유가 없다. 흉수는 따로 있었어. 귀견쌍살이 아니었다.'

결단을 내리자 오히려 가슴속이 편안해졌다.

흉수가 누구인지 몰라도 복수를 할 대상이 존재한다는 것은 그에게 있어 새로운 생명 의지였다. 오히려 모호함과 불확실성이 해소되었다는 것이 후련했다.

'이제 내 힘으로 찾아보는 거다. 귀견쌍살은 잊는 거다. 그들은 아니지만 그들과 유사한 자객이 분명 있을 것이다.'

그 순간 파공성과 함께 서화금 세 동자가 그 주변으로 내려섰다.

일검향은 그들 외에도 천왜잔왕이 이미 당도했음을 본능으로 느낄 수 있었다. 하지만 교활한 천왜잔왕은 은신술로 몸을 숨긴 채 기습을 준비하고 있었다.

일검향은 검을 늘어뜨린 채 탈출을 염두에 두었다.

심한 내외상을 입은 그로서는 서화금 세 동자조차 감당할 수 없을 상황이었다. 물론 자객 은신술을 펼쳐 그들을 따돌리는 것은 어렵지 않지만 문제는 천왜잔왕이었다.

천왜잔왕은 자객 능력에 있어서도 그를 능가하는 대자객이었다. 그가 화운악과 세 동자의 추적을 벗어날 수 있어도 천왜잔왕의 추적을 떨쳐 내기는 불가능에 가까웠다.

그가 고민하는 사이 화운악까지 당도했다.

뒷짐을 진 채 유유히 한 걸음 한 걸음 내딛는 그의 신법은 전설적인 축지성촌이었다. 장내에 이른 그는 견살을 내려다보고는 고개를 끄덕였다.

"원수를 갚았군."

그는 섭선을 저으며 빙긋 미소를 지었다.

"나로서는 후한 선물을 한 셈이지. 이제 순순히 복종해라."

일검향은 건조한 음성으로 말을 받았다.

"귀견쌍살은 원수가 아니었다."

"원수가 아니라고?"

"내가 거짓말을 해야 할 이유가 없다."

"하기는 천하의 무향검살이 무엇이 두려워 거짓말을 하겠느냐?"

화운악은 아무런 경계도 없이 일검향에게 다가섰다.

"가자. 네가 전하께 복종하든 말든 그것은 전하 앞에서 네가 결정할 문제다. 전하의 명을 받은 이상 난 널 왕부로 데려가야만 한다."

"귀견쌍살이 죽었으니 다시 왕부를 찾을 이유가 없다. 난 사문으로 돌아가겠다."

"하하, 실망이구나. 네가 이렇듯 상황 파악을 하지 못하는 어리석은 자였단 말이냐?"

일검향은 은밀하게 범천강기를 운집했다.

“굴복은 없다.”

그는 꼿꼿이 뒤로 미끄러지다가 몸을 홱 틀었다.

번—쩍!

쾌검이 전개되자 배후에 서 있던 금동이 깜짝 놀라며 뒤로 물러섰다.

일검향은 탈출이 목적이었기에 펼쳤던 쾌검을 회수하며 수림 속으로 몸을 날렸다.

금동이 빠르게 칠현금을 튕겼다.

띵— 따땅—!

평소에는 아름다운 선율을 선사하지만 공력이 실리면 한 음 한 음이 무서운 병기다. 칠현금이 흐르는 구역이 연속적으로 폭발하며 나무가 꺾이고 바윗덩이가 튀어 올랐다.

일검향은 미리 범천강기로 몸을 감싸고 있었지만 강력한 음공에 다시 내상을 입고 말았다. 그가 재차 은신술을 펼쳐 커다란 나무 기둥 뒤로 날아들자 화동이 수중의 족자를 내던졌다.

족자는 무려 십수 장 길이로 늘어났다.

쾌아앙!

족자에 적중된 거목이 뿌리째 뽑히며 날아갔다.

서화금 세 동자는 거목이 뽑힌 주변으로 내려서며 빠르게 주변을 살폈다. 하지만 일검향의 흔적을 찾아낼 수가 없었다.

이 순간 천왜잔왕이 허공을 거꾸로 밟은 채 미끄러지며 세 동자의 머리 위를 스쳐 지나갔다. 허공을 딛고 선 그는 팽이처럼 회전하며 연속적으로 칼을 휘둘렀다.

“필살건곤참(必殺乾坤斬)!”

그가 자랑하는 가공할 위력의 살인도법이었다. 한번 펼쳐지면 36방으로 퍼져 나가는 도기에 의해 칠 장 이내의 생명체는 소멸되고 만다.

콰콰콰―!

지표를 가로지르는 도기에 의해 수림 한 부분이 한순간에 파괴되었다. 나무 기둥은 잘게 쪼개졌고 바윗덩이마저 자갈로 부서졌다. 실로 파괴적인 위력이었다.

천왜잔왕은 후각을 통해 냄새를 감지하고는 강변 쪽으로 몸을 날렸다.

"찾았다!"

한편 일검향은 피투성이가 된 채 덤불 사이를 헤치며 달려가고 있었다.

천왜잔왕의 필살건곤참은 무서운 살식이었다. 동시에 36방으로 뻗어나가기에 은신술로도 피해낼 수가 없다. 일검향은 범천강기로 몸을 감싼 덕분에 전신이 토막나는 참극을 면할 수 있었지만 진기가 소진돼더는 호신강기를 펼칠 수 없었다.

언덕 너머에서 물 냄새가 풍겨왔다. 만신창이가 된 몸이지만 장강은 그가 피신할 수 있는 유일한 장소였다.

일검향은 이를 악물며 언덕 위로 올라섰다.

그 순간 천왜잔왕이 허공을 밟고 미끄러지며 쏜살같이 내려 꽂혔다.

"크훗, 감히 탈출할 수 있을 것 같으냐?"

일검향은 위기의 상황 속에서도 냉철하게 생각을 굴렸다.

'제압되면 왕부로 끌려가야 한다. 내가 굴복하지 않으면 오랜 세월 치욕을 겪어야 할 것이다. 천예사원의 자객은 그럴 수 없다. 죽을지언

정 굴욕을 당할 수 없다.'

그는 자청검으로 자신의 심장으로 겨누었다. 지금으로서는 자결이 유일한 해법이었다.

한데 이때였다.

츄리릭─!

그의 등 뒤에서 뿜어진 검형이 꼬리를 물고 이어지며 천왜잔왕을 향해 내리 꽂혔다.

"어엇, 어형비천검?"

기겁을 한 천왜잔왕은 팽그르르 회전하며 허공 높이 솟구쳐 올랐다.

수십 개의 검형이 바닥을 강타하면서 연이어 폭음을 일으켰다. 마치 수천 근의 화약이 터진 듯 수림 일대가 폐허로 변했다. 순수한 검기에 의한 파괴력이었다.

일검향은 상승검법의 엄청난 위력보다 그 검법을 구사한 사람을 보고는 충격과 경악을 금할 수 없었다.

한 여인이 구름 속에서 하강하듯 그 앞으로 내려서고 있었다. 겹쳐 입은 망사의가 마치 선녀의 날개옷처럼 보였다. 머리는 궁장으로 틀어 올렸고 개미허리에 두른 허리띠의 장식이 화려했다.

그녀는 손에 쌍검을 쥐고 있는데 검신이 종잇장처럼 얇아 달빛이 그대로 투영될 정도였다.

놀랍게도 여인은 바로 대백랑 추가영이었다. 그녀가 지닌 두 자루 검은 전설적인 천지쌍검으로, 검형을 발출해 천왜잔왕을 쫓아낸 사람이 바로 그녀였다.

"가… 가영……?"

일검향은 감동 어린 눈빛으로 그녀를 직시했다.

추가영은 달리 추격자가 없자 일검향을 향해 돌아섰다. 두 눈에서 곧바로 눈물이 흘러내렸다.

"검향……."

"당신이 어떻게?"

"그 긴 얘기를 어떻게 지금 다 말해요?"

추가영의 말투는 여전히 어렸다.

헤어진 지 석 달이 채 되지 않았지만 마치 삼 년은 지난 듯한 감격적인 상봉이었다. 하지만 희열과 감격에 젖기에는 상황이 너무 위급했다.

서화금 세 동자와 합류한 천왜잔왕이 파상적인 공격을 펼쳐 왔다.

"네년은 요지선궁의 제자냐?"

추가영은 자신의 몸으로 일검향을 엄호하며 쌍검을 교차시켰다.

"누구면 어때?"

보법을 밟으며 천지쌍검을 휘두르는 그녀의 모습은 춤을 추는 듯 아름다웠다.

천지성후에 의해 창안된 천지무환검법은 무림 사상 가장 화려한 절기 중 하나다. 절기를 접한 자는 대부분 검무(劍舞)와 같은 화려함에 취해 전의를 상실하고 만다.

천왜잔왕은 검법의 위력을 파악해 급히 퇴각했지만 서화금 세 동자는 검무에 현혹되는 순간 검기에 조각나는 위기를 맞게 되었다.

한데 한줄기 거대한 소용돌이 섬광이 날아들며 천지쌍검의 검기를 베어버렸다.

퍼— 퍼펑—!

사위로 비산된 검기가 허공 높이 솟아오르며 화려한 검화가 되어 지상으로 쏟아져 내렸다.

소용돌이 섬광이 서서히 회전하며 섭선으로 바뀌었다. 바로 화운악의 신병인 금교선이었다. 금교선이 호선을 그리며 되돌아가자 화운악이 유령처럼 내려서며 손에 쥐었다.

추가영은 자신의 검법을 무산시킨 그의 존재에 입을 딱 벌렸다.

"와, 와아… 정말 대단하네?"

일검향은 천지무환검법으로도 화운악을 이길 수 없음을 알기에 그녀의 등을 안았다.

"피해, 장강으로."

추가영은 천지쌍검을 팔찌로 변환시켜 손목에 찼다.

"저도 그럴 생각이에요."

그를 업은 그녀는 냅다 언덕 아래로 몸을 날렸다. 과거의 대백랑이 아니었기에 신법이 바람처럼 빨랐다.

화운악은 싱긋 미소를 지으며 그녀를 추격했다.

"훗, 천지성후의 제자가 도주라니!"

그는 허공을 밟고 뛰며 두 사람을 향해 금교선을 내리그었다.

"섬천결!"

번—쩍—!

세상을 가를 듯한 섬광이었다.

섬광은 무서운 속도로 지표면을 타고 뻗어나가며 그대로 두 사람을 쪼갰다. 한데 쪼개진 두 개의 형상이 여전히 움직였다. 두 개의 형상은 다시 네 개로 갈라졌고 네 개의 형상은 또다시 여덟 개로 분리되었다.

바로 요지선궁의 절학 72분환신법이었다.

계속 뻗어나간 화운악의 강기는 장강의 수면을 이십 장이나 갈랐지만 두 사람을 저지하는 데에는 실패했다.

"교활한 계집이군."

화운악은 훌쩍 몸을 날려 수면을 밟고 섰다.

장강의 도도한 물결이 그의 발을 스치고 지나갔지만 그의 몸은 미동도 하지 않았다.

그는 섭선을 말아 쥔 채 예리하게 수면을 살폈다. 어두운 밤이지만 달빛이 환하기에 그는 수면 아래 십 장까지 꿰뚫어 볼 수 있었다. 한데 일검향을 업고 물속으로 뛰어든 추가영의 행적은 전혀 감지되지 않았다.

서화금 세 동자와 천왜잔왕은 강 가장자리를 따라 오르내리며 일검향과 추가영이 수면 밖으로 모습을 드러내기를 기다렸다. 인간인 이상 숨을 쉬어야 당연하다.

일각이 흘렀다. 그리고 다시 또 일각…….

수면을 딛고 선 화운악은 몸을 날려 언덕 위로 내려섰다. 그 역시 인간이기에 마냥 수면을 밟고 떠 있을 수 없었다. 공력 소진이 워낙 심하기 때문이다.

화운악은 짜증스럽게 금교선을 말아 쥐었다.

"금위대주, 당신도 놈들의 행방을 찾을 수 없단 말이오?"

천왜잔왕은 떫은 감 씹은 표정으로 고개를 조아렸다.

"놈 역시 자객은신술을 터득한 상태라 추적이 쉽지 않소이다."

"수공이 아무리 뛰어나도 이렇듯 오래 수중에 머물 수는 없을 텐데?"

"물결을 따라 이미 수백 장을 흘러내려 갔다면 우리의 수색권 밖이외다."

화운악은 은은한 혈광을 발하며 장강을 쏠어보았다.

"이게 무슨 망신인가? 전하를 뵐 면목이 없게 되었어."

서화금 세 동자는 황송한 모습으로 무릎을 꿇었다.

"주인님, 기묘환사의 변장과 추적술이 뛰어나니 다시 놈의 행방을 찾아낼 수 있을 것입니다."

"틀렸어. 놈이 되돌아온 것은 귀견쌍살 때문이었다. 한데 귀견쌍살은 이미 죽었다. 놈은 이틀 안에 천 리 밖으로 멀어질 것이다."

"하오면……."

화운악은 뒷짐을 진 채 천천히 걸음을 옮겼다. 달을 바라보는 그의 입에서 한 구절의 시구가 흘러나온다.

"내가 노래하면 달도 하늘을 서성이고, 내가 춤추면 그림자도 춤을 추네."

중대한 실책을 범했지만 그는 풍류제일공자답게 시문으로써 자신의 마음을 달랬다.

"이리 함께 놀다가 취하면 서로 헤어지고, 세속을 떠난 우리의 우정이여, 먼 훗날에는 은하 저편에서 만날 것인가."

2

두 남녀는 입을 맞춘 채 서로의 옷을 끌어내렸다.

사내는 심한 내외상을 입었지만 해후의 감격과 희열을 주체할 수가 없어 고통도 잊었다.

사내의 열정에 여인도 한껏 고무되었다. 서로를 알몸으로 만든 그들은 마치 세상의 종말을 맞이하는 사람처럼 서로를 부둥켜안은 채 격정적인 애무를 벌였다.

추가영은 막연한 두려움에 젖어 두 손으로 그의 얼굴을 감쌌다.

"괘… 괜찮겠어요? 당신 몸이 말이 아니에요."

"그래도… 가영을 안을 힘은 있어."

일검향은 그녀의 코와 입술, 귓불과 목덜미를 따라 입술 공세를 퍼부었다.

장소는 허름한 산동(山洞)이고 흩어진 옷가지가 자리였지만 그들에게는 아늑한 규방이었고 푹신한 침상이었다. 애정은 이별의 시간 동안 더욱 절실해지기에 그들의 재회는 감격스러울 수밖에 없었다. 서로의 몸이 합일되면서 감동은 더욱 고조되었다.

추가영은 사랑의 아픔도 기쁨으로 여겼다.

돌이켜 보면 그들의 인연은 굴곡의 연속이었고 복잡한 사연으로 얽혀 있었다. 여인은 현상금을 쫓는 인간 사냥꾼이고 사내는 자객이었으니 만남부터가 심상치 않았다.

두 남녀는 심신이 녹아드는 열락 속에서도 이런 현실이 믿기지가 않았다. 자신의 품에 안겨 있는 상대가 과연 자신이 사랑했던 사람인지 확인하기 위해 연신 눈길을 마주쳐야 했다.

그들이 화운악의 추적에서 벗어날 수 있었던 것은 일검향의 기지 덕분이었다.

화운악의 공격이 펼쳐졌을 때 추가영은 72분환신법으로 위기를 벗어날 수 있었다. 추가영은 강물로 뛰어들려 했지만 일검향은 생각을 바꾸어 강변 습지로 은신할 것을 주문했다.

습지에 몸을 숨긴 그들은 풀잎을 대롱 삼아 숨을 쉬면서 장시간 동안 은신술을 펼쳤다. 화운악은 수면 어디에서도 그들의 흔적을 찾아내지 못하자 결국은 퇴각했다.

그들은 화운악 일행이 퇴각한 후에도 무려 한 시진 동안 대롱을 통해 숨을 쉬면서 은신술을 유지했다. 행여 그들이 숨어서 관찰할 우려가 있기 때문이었다.

일검향은 안전을 확신한 후 은신술을 풀었고 곧바로 산동을 찾아 회포를 풀게 된 것이다.

산동 안으로 여명의 빛이 스며들고 있었다.

옷가지 속에 뒤엉켜 있는 두 남녀는 잠을 자면서도 서로를 보듬고 있었다. 서로의 몸에 멍이 들 만큼 격렬한 하룻밤을 보냈지만 서로의 가슴에 담고 있는 열정을 쏟아내기에는 턱없이 부족했다.

산새의 청명한 울음소리가 산동 안으로 스며들자 두 남녀는 약속이라도 한 듯 동시에 눈을 떴다.

추가영은 정감 어린 미소를 지으며 그의 입술에 입을 맞추었다.

"야수! 자객은 모두 이래요?"

일검향은 가슴에 폭 안겨 있는 그녀의 어깨를 어루만졌다.

"가영도 욕정에 굶주린 여우 같았어."

"뭐, 뭐라고요? 나… 난 당신이 하도 거칠게 끌어안기에 그래야 되는 줄 알았다고요."

일검향은 발갛게 달아오른 그녀의 볼에 뺨을 비볐다.

"가영과 함께라면 얼마든지 미칠 수 있을 것 같아."

"나도 그래요. 그냥 이대로… 이대로 영원히 있고 싶어요."

서로를 포옹한 그들은 서로의 온기를 피부로 느끼며 또 다른 희열에 젖었다. 그리고 서로의 뜨거운 숨결을 느끼는 순간 주체할 수 없는 욕정에 젖고 말았다.

추가영은 과감하게 그의 몸을 휘감았다.

"나 아직 배고파요."

산 과일과 구운 산토끼 고기였지만 한 끼 식사로는 충분했다. 한 모금 술도 없다는 것이 아쉽지만.

그들은 개울가 그늘에 마주 앉아 허기진 배를 채웠다. 서로를 바라보는 것만으로 즐거웠고, 눈앞에 보이는 상대의 모든 것이 사랑스러웠기에 그들은 웃음을 금치 못했다.

주린 배가 적당히 채워지자 일검향이 먼저 물었다.

"일부러 날 찾아온 거였어?"

"맞아요. 그렇지 않고서 어떻게 적시에 당신을 도울 수 있었겠어요?"

추가영은 산 과일을 아삭거리며 말을 이었다.

"사실 보름 전 요지선궁 비밀 은신처에 한 통의 전서통문이 날아들었어요. 당신이 영천왕부로 침투할 계획이며 내 도움이 필요할지 모른다고 쓰여 있었어요."

"전서통문을 보낸 사람이 혹시……."

"그래요. 당신의 영원한 연인 감소채 군사였어요."

일검향은 쓸쓸한 웃음을 지었다.

"감 소저에게는 훌륭한 정혼자가 있어. 지난 얘기는 거론하지 마. 어디 당신의 얘기부터 들어볼까? 대체 어떻게 요지선자의 제자가 될 수 있었어? 그 요사한……."

"검향, 제 사부님이세요. 그분의 과오를 용서해 주세요."

일검향은 그녀의 입장을 감안해 고개를 끄덕였다.

"그래, 나도 요지선자에 대해서는 별 감정이 없어."

"고마워요. 당신 얘기부터 듣고 싶어요."

"고집은 여전하군."

일검향은 그녀의 볼을 가볍게 꼬집고는 참회동의 침투 과정에 대해 상세히 말해주었다.

참회동에 입동해 천불성승을 만나게 된 과정부터는 감탄의 연속이었다. 추가영은 천불성승에 대해 꼬치꼬치 캐물으면서 스스로 감정에 젖고 슬퍼했다.

일검향이 얘기를 마치자 추가영은 손등으로 눈가를 훔쳤다.

"성승은 정말 신인이십니다. 그분의 추측대로 사부님이 검향을 참회동으로 보낸 것은 성승께 현 무림 실정을 아뢰고 도움을 청하기 위함이었습니다. 물론 그 바람에 요지선궁이 괴멸되고 사부님마저 마국에 끌려가시게 되었지요."

"그럼 나 때문에……?"

"사부님은 은천마국에 복속돼 혈마공 직위를 받았지만 천지성후 사존님의 후예임을 잊지 않았어요. 하지만 은천마국은 너무도 가공하기에 오직 성승의 불력만이 무너뜨릴 수 있다는 생각에 치밀한 계책을 세우셨지요. 천행으로 검향이 참회동에 입동해 성승의 무공을 전수받았으니 사부님의 계책은 성공한 셈입니다."

일검향은 흐르는 구름으로 시선을 들었다.

"글쎄… 내가 성승의 절기를 몇 가지 터득했지만 그것으로 마국을 상대할 수 있다고는 생각할 수 없어."

"아닙니다. 성승께서는 이 갑자를 넘게 사신 신인이십니다. 그분께서 소림의 절기 대신 금마오절기를 전수하신 데에는 필시 이유가 있을 것입니다."

"난 금마오절기를 지니고도 화운악에게 상대도 되지 않았어. 그것은 절기 때문이 아니라 내 자신의 문제였어."

추가영이 부드럽게 그를 위로했다.

"아직 수련 기간이 짧아서 그럴 거예요. 불문의 절기는 정종(正宗) 무공이기에 연성을 하는 데 많은 시간이 걸려요."

"그것은 천지성후의 절기도 마찬가지야. 한데 가영은 어떻게 그 짧은 시간에 상승검법을 터득할 수 있었지?"

"모두 사부님의 희생 덕분이에요."

추가영은 그의 어깨에 얼굴을 기댔다.

"사부님은 심환전승대법(心環傳承大法)을 통해 평생 수련한 검법과 공력을 제게 전수해 주셨어요. 저는 불과 30일 만에 사부님이 30년 동안 터득한 절기를 얻게 되었죠."

"놀랍군. 세상에 그런 기환술이 다 있었을 줄이야."

"하지만 제 자질이 부족해 사부님의 화후를 고스란히 이어받을 수 없었어요."

일검향은 그녀의 어깨에 팔을 둘렀다.

"가영은 영특하니 대성할 수 있을 거야."

"저보다는 검향의 성취가 더 중요해요. 세상을 구할 분은 검향뿐입니다."

"그런 소리 마. 난 자객일 뿐이야. 내가 은천마국과 싸우는 이유는 사문의 복수 때문이지, 세상의 정의와는 무관해."

추가영은 굳이 그에게 정의를 강요하고 싶지 않았다.

"그래요. 당신이 원하는 삶을 사세요. 그게 가장 당신다우니까요."

일검향은 절대적으로 자신을 신뢰하는 그녀가 고맙기만 했다. 그러다 문득 자신의 실책을 떠올리며 그녀의 손을 쥐었다.

"지난밤 내가 너무 감정에 치우쳤던 것 같아. 가영에게 아무런 약조도 하지 못했어."

"무슨 약조요?"

"남녀 간의 약조 말이야."

추가영은 피식 실소를 짓고는 그의 입술에 손가락을 댔다.

"검향, 아무 말씀 말고 제 말을 들으세요. 당신을 정말 사랑하지만 전 자객의 아내가 되고 싶지 않아요. 당신과는 평생 연인으로 지내고 싶어요. 당신에게 부담을 주고 싶지 않은 마음 때문이기도 하지만 당신 때문에 평생 가슴을 졸이며 살고 싶지도 않아요."

"……."

"평생의 연인! 근사하지 않아요?"

일검향은 그녀를 가볍게 포옹했다.

"가영, 당신은 내게 너무 많은 것을 주었어. 한데 난 무엇으로 보답해야 하지?"

"당신은 첫사랑 감소채 군사를 위해 죽음도 불사하지만 달리 보답을 받은 게 있나요?"

"……."

추가영은 그의 가슴을 어루만지며 포근한 미소를 지었다.

"우리는 연인이자 친구예요. 서로에게 모든 것을 주어도 아깝지 않고 모든 것을 받아도 부담스럽지 않은 그런 사람이고 싶어요."

第49章
마침내 미국의 문으로

안휘성에서 사천성 춘추봉에 이르기까지 스무 날이 걸렸다. 7천 리도 넘는 먼 길이었기에 하루하루가 강행군이었다.

일검향이 이렇듯 귀환을 서두른 이유는 갑영이 정한 두 달의 기한을 지키기 위함이었다. 자유로운 시간을 두 달씩이나 주었는데 그조차 지키지 못한다면 지나친 오만이며 선배에 대한 경시였다.

철그렁철그렁……!

그가 설치한 자객철교가 바람에 출렁이고 있었다.

자객철교 위에 올라선 일검향은 유연하게 철교를 밟고 뛰어갔다. 춘추봉은 깊은 산중이라 벌써부터 가을날의 서늘함이 느껴졌다.

춘추봉 안으로 들어선 일검향은 고향으로 돌아온 듯 푸근함에 젖었다. 눈에 보이는 모든 것이 정겨웠고 바람 소리조차 귀에 익었다.

그러다 걸음을 옮기던 그는 문득 본능적인 불안감에 젖었다.

'이상하군. 왜 아무도 자객철교를 지키지 않는 것이지? 그리고 왜 이렇게 조용할까?'

당연히 들려왔어야 할 창비의 밝은 웃음소리도 울려 퍼지지 않았고, 사내보다 거친 말투와 욕설을 일삼는 을화의 비아냥거림도 들려오지 않았다.

일검향은 등골이 서늘해졌다.

이런 상황이 처음은 아니었다. 예전에도 한 번 있었다. 은천마국의 침공으로 동문들이 대거 살해되고 사부인 천사명왕까지 치명상을 입는 참상을 당했을 때가 바로 이러했다.

'설마… 또 침공을?'

일검향은 지그시 입술을 깨물며 자청검을 쥐었다.

일순 그는 측면으로 접근해 오는 희미한 파공성을 감지할 수 있었다. 발걸음으로 미루어 한 사람이었다. 발걸음은 가벼웠고 살기도 거의 느껴지지 않았다. 가히 특급살수의 경지였다.

쐐애액—!

섬광과 동시에 칼끝이 일검향의 관자놀이를 향해 파고들었다. 일검향은 가볍게 몸을 틀면서 일지를 튕겼다.

태앵……!

맑은 금속성과 함께 측면으로 파고들던 칼끝이 급격히 틀어졌다.

일검향은 반가운 미소를 지으며 포권을 취했다.

"누님, 오랜만입니다."

그에게 기습을 전개했던 사람은 다름 아닌 을화였다. 그녀는 안대로 가린 한쪽 눈을 보이기 싫어 긴 머리카락을 늘어뜨리고 있었다.

평소였다면 그를 부둥켜안은 채 입이라도 맞출 그녀였다. 아니, 그

의 바지를 벗기고 강제로 겁탈이라도 할 그녀였다. 한데 그녀의 태도
는 너무도 냉담했다. 척살단에서 헤어진 후 두 달 만에 만났지만 그를
반기는 모습을 전혀 찾아볼 수 없었다.

여전한 것은 그녀의 거친 말투였다.

"새끼, 꼬박 두 달을 채우는구나?"

"죄송합니다. 먼 길을 다녀오느라 많이 지체되었습니다."

"정말이냐? 그동안 계집질하느라 시간 가는 줄 몰랐던 것은 아니
고?"

"누님도 참."

"내가 보기에는 그런 것 같아. 어렸을 적부터 마음에 담고 있던 감
소채와 동행하게 되었으니 얼마나 즐거웠겠어? 춘추봉 동문들이야 뒈
지든 말든 관심 밖이었겠지."

일검향은 가슴이 덜컥 내려앉았다.

"누님, 대체 무슨 말씀이십니까? 설마 다훼와 창비와 묵궁이……?"

을화는 호리병을 꺼내 들고는 벌컥벌컥 들이켰다.

그러고 보니 그녀의 안색이 말이 아니었다. 평소 얼굴과 피부 관리
에 남달리 신경을 쓰는 그녀였지만 지금은 화장도 제대로 하지 않아
몹시 초췌해 보였다.

"누님, 말씀해 주십시오. 대체 무슨 일이 있었습니까?"

을화는 그를 와락 끌어안으며 울음보를 터뜨렸다.

"으흑흑, 왜 이제 왔어, 왜 이제 왔냐고! 이 나쁜 자식아!"

"진정하세요, 누님."

"흑흑… 검향!"

일검향은 자신의 어깨에 얼굴을 묻고 흐느끼는 그녀를 부드럽게 다

독였다.

"늦었지만 돌아왔습니다, 누님. 큰형님은 무사하십니까?"

을화는 워낙 감정의 기복이 심해 한바탕을 울음을 터뜨리고는 이내 안정을 되찾았다.

"갑영은 무사해. 만일 네가 기한 내에 돌아오지 않았다면 나와 갑영 둘이서 출동했을 거다."

"큰형님은 명왕전에 계십니까?"

"그래."

"먼저 가겠습니다."

일검향은 바람처럼 달려갔다.

갑영은 말수가 적지만 헛된 말을 하지 않는다. 정확한 경위를 알기 위해서는 갑영에게서 직접 현 상황을 듣는 것이 훨씬 빨랐다.

절뚝절뚝……!

한쪽 다리를 절며 명왕전 돌 계단을 내려서는 사람은 갑영이었다. 절름발이에 외팔이였지만 냉막한 표정과 전신에 서린 신위는 변함이 없었다.

일검향은 두 손을 모으며 정중히 예를 올렸다.

"사살 검향이 귀환을 보고드립니다."

계단을 내려선 갑영은 가볍게 고개를 끄덕이며 그 옆을 지나쳤다.

"돌아왔구나."

일검향은 그와 보조를 맞췄다.

"어찌 된 일입니까, 큰형님? 다훼와 창비, 묵궁은 왜 보이지 않는 겁니까?"

"을화가 말해주지 않았더냐?"

"아직 듣지 못했습니다."

갑영은 복도를 지나 자객서고로 향했다.

"나와 을화가 춘추봉에 당도했을 때 다훼와 창비는 보이지 않았다. 묵궁만 남아 있었다."

"묵궁 혼자만 말입니까?"

"그래. 심장에 화살이 박힌 채 죽어 있더구나."

"……!"

일검향은 머리끝서부터 발끝까지 싸늘해졌다.

갑영은 대수롭지 않게 말했지만 일검향에게는 가슴이 내려앉는 충격이었다.

묵궁의 죽음!

계도에 이어 또 한 명의 자객이 죽은 것이다.

묵궁과는 절친한 사이가 아니었지만 그는 자신을 절대적으로 신뢰한 동문이었다. 그의 죽음은 커다란 슬픔이며 손실이었다.

자객서고로 들어선 갑영은 서탁 위에 놓인 서책을 어루만졌다.

"정황으로 본다면 다훼와 창비는 끌려간 것이 분명하다. 오히려 불행이지. 차라리 목숨을 잃은 묵궁이 행복하다고 할 수 있다."

"예에? 다훼와 창비가?"

일검향은 그만 숨이 턱 막혔다.

묵궁의 죽음은 비극이지만 다훼와 창비의 압송은 치욕이었다. 당당한 천예사원이 두 번씩이나 침공을 당해 이런 수모를 겪었으니 참담한 심정이었다.

'다훼, 창비… 너희가 잡혀가다니!'

서탁에 걸터앉은 갑영은 건성으로 책장을 넘겼다.

"내 추측으로는 우리가 척살단을 괴멸시킨 보복인 것 같다. 마국으로 끌려간 이상 그들은 살아도 산 게 아니다. 이제 천예사원에는 우리 셋만 남았을 뿐이다."

주먹을 불끈 쥔 일검향의 온몸이 부들부들 떨린다.

"어떻게… 어떻게 놈들이 비밀리에 설치된 자객철교를 알아냈단 말입니까?"

"어려운 일은 아니다. 마국의 침공에도 우리 천예사원은 괴멸되지 않았고 더 많은 활약을 했다. 마국은 끊어진 생사철교를 주시했지만 누구의 출입도 없자 새로운 출입구가 있음을 추측했을 것이다. 놈들의 정보망을 감안한다면 자객철교가 발견되지 않은 것이 오히려 신기한 일이겠지."

"그렇군요."

일검향은 갑영의 냉철한 추리에 수긍할 수밖에 없었다.

갑영은 의자에 앉으며 책을 한 권 집어 들었다.

"이게 다훼가 남긴 정보다. 그 아이는 천 권의 장부에 흩어져 있는 단편적 정보를 모아 열 권으로 압축했다. 하지만 여전히 단편적 정보이기에 우리로서는 이해할 수가 없었지. 다훼는 그것을 보완하기 위해 타당성있는 추측을 바탕으로 한 권의 책자를 기록했다."

일검향은 갑영이 건네준 책자를 받아 쥐었다.

다훼의 땀과 체취가 느껴지는 것 같았다. 이 한 권의 책자를 완성하기 위해 그녀가 쏟은 열정과 집념이 가슴으로 파고들었다.

자리에서 일어서 갑영은 절뚝절뚝 입구로 향했다.

"먼 길을 왔으니 오늘 하루는 푹 쉬어라. 내일 출동할 것이다."

일검향이 그의 등을 향해 물었다.

"큰형님과 누님, 저 셋 모두가 출동하는 겁니까?"

"그래."

"천예사원은… 어찌 되는 겁니까?"

"본래 다훼와 창비, 묵궁을 공동 후계자로 삼아 수련생들을 키우게 할 생각이었다. 20년에 걸쳐 두 차례 수련생들을 배출하면 천예사원이 예전과 같은 역량을 보유할 수 있으리라 확신했다. 하지만 이제 남은 사람은 아무도 없다."

일검향은 그에게 다가서며 결연하게 말했다.

"큰형님과 누님은 천예사원을 계승하셔야 합니다. 천예사원을 지키는 것은 사부님의 지엄하신 유시입니다. 마국에는… 저 혼자 들어가겠습니다."

"……."

"형님과 누님의 역량이라면 한차례 수련생을 배출하는 것으로 천예사원을 재건할 수 있습니다. 수락해 주십시오, 형님."

"나와 을화가 불구자가 됐다고 이제 너까지 무시하는 것이냐?"

갑영의 냉담한 질책에 일검향은 한쪽 무릎을 꿇었다.

"아닙니다, 형님. 두 분은 여전히 천예사원의 최고 자객인 대살과 이살이십니다."

"검향, 두 번씩이나 침공을 당한 춘추봉은 이제 의미가 없다. 놈들의 수뇌들을 척살하지 못한다면 우리는 또 당하게 된다. 길은 하나다. 셋 모두가 함께 마국으로 들어가는 것이다. 그것이 우리의 마지막 길이 될지라도 주저할 이유는 없다."

갑영은 손을 뻗어 일검향을 일으켰다.

“사실 을화는 너라도 남겨 천예사원의 명맥을 보존하자고 제안했다.”

“그 지시에는 절대 복종할 수 없습니다!”

“안다. 넌 사문의 명예를 중시하며 동문들을 아끼고 사랑하는 진정한 자객이다. 그것을 잘 알기에 을화의 제안을 받아들일 수 없었다.”

“형님…….”

갑영은 그의 어깨를 힘있게 다독였다.

“만일 우리 중 누군가 살아 나오게 된다면 그것은 네가 될 것이다. 누가 됐든 천예사원을 재건하는 데 평생을 바쳐야 할 것이다.”

“명심하겠습니다.”

“편히 쉬어라.”

갑영은 다리를 절면서 자객서고를 나갔다.

일검향은 책 더미에 걸터앉았다. 다훼가 없는 자객서고이기에 너무도 썰렁하고 적막했다.

‘다훼…….’

한동안 고뇌하던 그는 다훼가 직접 기록한 책자를 넘겨보았다.

섬세한 필체로 기록된 정보의 절반은 다훼의 추측이었다. 단편적 정보를 연결하기 위해서는 뛰어난 상상력과 논리적 사고가 절대적으로 필요하며 다훼는 그러한 역량을 지닌 여인이었다.

일검향은 책자를 넘기면서 비로소 은천마국의 실체에 대해 어렴풋하게나마 알게 되었다. 명확하지는 않아도 눈앞을 가린 한 겹의 막이 씻어진 기분이었다.

핏빛의 안개 속에 가려져 있는 초거대 마단 은천마국.

그것은 강호의 방파가 아니라 세상 한 자락을 차지하고 있는 또 하나의 국가였던 것이다.

철그렁!

춘추봉으로 연결된 자객철교가 끊어졌다.

봉우리 위에서 운무 속을 바라보는 세 사람은 천예사원이 배출한 최후의 3인이었다. 그들이 스스로 자객철교를 끊은 것은 비장한 결의를 가슴에 품고 있어서였다.

그들 모두가 돌아오지 못한다면 세상과 단절된 춘추봉은 오랜 세월 자객의 전설로 남게 될 것이다.

세 사람은 가파른 벼랑을 타고 빠른 속도로 내려왔다.

갑영은 평소에는 절름발이였지만 경공을 펼칠 때는 정상인과 전혀 다를 바 없었다. 다리 하나를 저는 정도는 그에게 장애일 수 없었다.

을화는 아침서부터 정성껏 화장을 했기에 어제와는 사뭇 다른 분위기였다.

갈등과 고뇌, 슬픔과 분노를 씻어낸 그녀의 표정은 한결 밝았다. 단풍에 물든 산세를 감상하는 한쪽 눈이 청아한 가을 하늘처럼 맑았다.

그녀는 활달한 어조로 물었다.

"검향, 네 얘기나 들어보자. 대체 두 달씩이나 어디를 그렇게 싸돌아다닌 거야?"

일검향은 그녀의 밝은 모습이 보기 좋아 솔직하게 털어놓았다.

"계도 형님의 장례를 마친 후 영천왕부에 잠시 갔다 왔습니다."

"영천왕부?"

"예. 사실 의천맹주는 삼 년 전 영천왕부에서 실종이 되었습니다."

"그런 얘기는 들은 적이 없는데?"

"의천맹에서도 수뇌부들만이 아는 사실입니다. 그동안 감소채 군사가 맹주 직을 겸임하면서 맹주의 실종을 숨기고 있었지요."

을화는 팔꿈치로 그를 툭 쳤다.

"야, 솔직히 얘기해 봐. 그 계집과 잤지?"

"그런 일 없습니다."

"정말이야?"

"감 군사는 의천맹주와 사형제 간이며 정혼을 한 사이입니다."

을화는 눈을 가늘게 뜨며 냉소를 쳤다.

"그게 무슨 상관이냐? 의천맹주는 이미 실종된 상태라면서? 삼 년 전이라면 이미 썩어 없어진 지 오래야. 내가 보기에는 그 계집이 널 유혹하기 위해 도움을 청한 것 같아."

그녀의 관심사는 일검향의 여자 문제였다. 영천왕부에서 어떤 일이 있었는지에 대해서는 신경도 쓰지 않았다.

일검향이 쓴 입맛을 다시며 대꾸를 하지 않자 이번에는 갑영이 물었다.

"영천왕부는 소림의 참회동보다 더 경비가 삼엄한 곳이다. 침투에는 성공했느냐?"

"다행히 감 소저를 영천왕과 대면시킬 수 있었습니다."

일검향이 그 과정을 간략히 말해주자 을화는 혀를 내둘렀다.

"너 정말 감소채를 사랑하는구나? 그 계집을 위해서라면 네 목숨 따위는 안중에도 없는 것 같아."

"탈출할 자신이 있어서였습니다. 물론 탈출에 성공했고요."

"그래, 잘났다. 요지선궁, 소림 참회동, 척살단, 영천왕부… 그 어느 곳도 널 제압하지 못했으니 세상에 두려운 곳이 없겠지."

일검향은 그녀를 무시하고 갑영에게 물었다.

"형님, 혹시 선풍무영 화운악에 대해 아십니까?"

"풍류제일공자로 불리는 그자 말이냐?"

"맞습니다."

"아주 신비로운 내력을 지닌 자라는 소문은 익히 들었다. 무공 또한 측정할 수 없을 만큼 고강하며, 그를 수행하는 서화금 세 동자조차 일류고수라고 하더군."

가파른 벼랑이 끝나자 그들은 날렵하게 골짜기로 내려섰다.

"내 기억이 정확하다면 그는 금살명부에 올라 있다. 솔직히 이해할 수가 없었지. 나이 서른도 안 된 자가 어떻게 천상삼비나 강호의 대원로들과 나란히 금살명부에 올라 있는지 납득이 되지 않았다. 그래서 사부님께 여쭤본 적이 있었다."

"뭐라 말씀하셨습니까?"

"죽일 수 없는 자이기에 금살명부에 올렸다고 하시더군."

일검향은 천사명왕의 정보력과 안목에 대해 다시금 감탄하지 않을 수 없었다.

"아, 과연 사부님이십니다. 사실 제가 그자와 겨뤄보았는데 도저히 상대가 되지 않았습니다."

"네가… 패했단 말이냐?"

일검향은 부끄러움에 얼굴을 붉혔다.

"사실입니다. 제가 만나본 최강의 고수였습니다."

을화가 놀라움에 젖어 눈을 동그랗게 떴다.

"말도 안 돼! 넌 천불성승의 금마오절기를 터득한 절세고수잖아? 일도살 같은 놈을 간단히 날려 버린 네가 패했다고?"

멀리 부락이 보이자 갑영이 신법을 멈추었다. 그는 턱을 어루만지며 기억을 더듬었다.

"그래, 수년 전 일이라 이제야 기억이 나는구나. 사부님께서는 화운악을 금살명부에 올린 이유가 두 가지라 하셨다."

"두 가지요?"

"하나는 그자의 무공이 초극의 경지에 이르렀기 때문이며, 다른 하나는 그자의 숨겨진 신분 때문이라 말씀하셨다."

"신분 때문이라고요?"

"그래. 화운악이 영천왕의 아들일 가능성이 높다고 하셨다. 그의 본래 신분이 금룡왕자(金龍王子)라는 거지."

"금룡왕자?"

일검향의 검미가 심하게 꿈틀거렸다.

그는 화운악의 당당한 오만과 범상치 않은 신위를 떠올렸다. 말투며 간단한 행보조차 여느 사람과 남달랐다. 영천왕부과 깊은 연관이 있지만 그가 금룡왕자의 신분이라고는 전혀 예상치 못했다.

문득 그는 또 하나의 존재를 떠올리며 물었다.

"형님, 예전에 영천왕부의 은룡왕자에 대한 척살 임무를 맡아 금살 형님들까지 출동한 적이 있었습니다. 은룡왕자와 화운악은 어떤 관계입니까?"

"나도 잘 모른다. 분명한 것은 동일인은 아니다. 은룡왕자 역시 영천왕의 또 다른 아들이겠지."

을화는 골치가 아픈 듯 손을 내저었다.

"젠장, 금룡이든 은룡이든 무슨 상관이야?"

"누님, 중요한 문제입니다. 다훼는 은천마국이 영천왕부와 깊은 관련이 있다고 했습니다. 또한 의천맹주는 영천왕부에서 제압돼 은천마국으로 압송됐습니다. 상황이 이런데 어찌 무관할 수 있겠습니까?"

"그, 그런 거야?"

을화가 머쓱한 표정을 짓자 일검향은 영천왕부의 뇌옥에서 겪은 상황을 얘기해 주었다.

천중육기 중 일인인 화산신검이 수감돼 있었고 그를 구출해 함께 탈출했다는 얘기에 갑영조차 혀를 내둘렀다. 일검향이 겪은 사건들은 하나같이 극적이라 웬만한 사람이라면 평생 한번 겪기도 힘든 얘깃거리였다.

일검향은 두 사람의 양해를 구해야 할 일이 있기에 조심스럽게 말을 이었다.

"탈출 도중 화운악의 저지를 받았는데 추가영의 도움으로 무사히 빠져나올 수 있었습니다."

부모의 복수에 관한 얘기를 숨기다 보니 그는 본의 아니게 거짓말로 상황을 간략하게 만들었다.

을화가 고개를 갸웃거리며 물었다.

"임마, 화운악이란 자의 무공은 너도 감당할 수 없었다면서? 추가영 그 계집의 무공은 이류급에 불과한데 어떻게 널 도와?"

"과거의 추가영이 아닙니다. 그녀는 요지선자의 제자가 되어 천지성후의 사문에 입문하게 되었습니다."

“뭐야? 요지선자 그년이 추가영을 제자로 삼았다고?”

요지선자에게 남다른 원한을 품고 있는 을화는 독목을 번득였다.

“누님, 요지선자는 악녀가 아니었습니다. 저도 용서했으니 누님도 용서해 주십시오.”

“닥쳐! 내 눈이 누구 때문에 상했는데 그년을 용서해?”

“그녀가 절 소림의 참회동으로 보낸 것은 저를 통해 은천마국의 사악함을 성승에게 고하기 위함이었습니다.”

그를 통해 자세한 내막을 들은 을화는 기가 막힌 듯 고개를 흔들었다. 그녀는 주먹을 불끈 쥐며 빈 허공을 향해 휘둘렀다.

“젠장, 그런 상황이라면 요지선자 그년에게 복수도 할 수 없잖아? 오히려 네게 불연(佛緣)을 입게 해주었으니 말이야.”

일검향은 두 사람에게 정중히 예를 올렸다.

“형님과 누님에게 송구한 청이 있습니다.”

“검향, 너 갑자기 왜 이래?”

“사실 가영과 함께 왔습니다.”

“뭐야?”

“가영도 함께 은천마국에 침투하기를 원합니다. 허락해 주십시오.”

뜻밖의 요청에 을화는 어처구니가 없는 듯 일검향과 갑영을 번갈아 보았다.

갑영은 팔짱을 낀 채 옆으로 돌아섰다.

“마국으로 침투하는 순간 우리는 살아 돌아올 가능성이 거의 없다. 왜 굳이 그녀까지 죽음의 상황으로 몰아넣으려는 것이냐?”

“그녀는 저와 함께 죽기를 원합니다. 물론 함께 산다면 더 행복하겠지요.”

“…….”

“그녀는 특별한 대법으로 요지선자의 무공을 고스란히 이어받았습니다. 절정고수로 성장했으니 충분히 도움이 될 것입니다.”

갑영은 을화를 돌아보았다.

“저들을 갈라놓을 이유는 없겠지?”

“난 갈라놓고 싶은데?”

을화는 다소 질시 어린 눈빛으로 일검향을 쏘아보다가 냅다 따귀를 갈겼다.

“꺼져, 새끼야!”

“누님……?”

“우리가 뭐 유람이라도 가는 줄 알아? 내 아버지와 동문들의 복수를 위해 출동한 상황이야! 한데 넌 계집이나 끼고 다니겠다고?”

“오해 마십시오. 가영은…….”

“난 그 늑대 계집과 함께 다니고 싶은 마음 추호도 없어. 네 마음대로 해. 너희들이 재주껏 침투하란 말이야!”

을화는 표독스럽게 외치고는 앞서 몸을 날렸다.

일검향은 죄스러운 마음에 묵묵히 고개를 떨구었다. 을화의 말대로 이번 침투는 천예사원 최후의 출동이라 할 수 있었다. 그런 비장한 길에 외부인을 동행한다는 것은 자객수칙에도 어긋나는 행동이었다.

갑영은 그의 어깨에 손을 얹었다.

“마음에 둘 것 없다. 을화는 마지막 길이 될지도 모를 이번 출동을 너와 함께 못하는 것이 섭섭해서 그런 거다. 그만큼 너를 아끼고 사랑하니까.”

"송구합니다, 형님."

"넷은 함께 행동하기에 부담스런 숫자다. 넌 가영과 함께 별로도 행동해라."

"그럼 은천마국에서 합류하는 것입니까?"

"합류는 없다. 은천마국은 워낙 광대해 다른 길로 들어서면 도중에 만날 가능성은 거의 없다. 만일 끝까지 살아남는다면 저들의 태상전에서나 만날 수 있겠지."

일검향은 그의 손을 두 손으로 감쌌다.

"형님……."

"차분히 행동해라. 너의 무공과 자객술은 최고의 경지에 이르렀다. 냉정을 잃지 않는다면 넌 누구에게도 패하지 않을 능력을 지녔다."

"형님, 누님을 부탁드리겠습니다."

"그래, 무운을 빌겠다."

갑영은 희미한 미소를 지어 보이고는 훌쩍 몸을 날렸다.

일검향은 두 사람이 사라진 방향을 향해 조용히 무릎을 꿇었다. 어쩌면 이것이 영원한 이별이 될 수 있기에 가슴이 저렸다.

칠 년에 걸친 혹독한 수련을 통과하고 자객으로 임명된 지 겨우 18개월.

그와 함께 자객으로 임명된 동문은 한 명도 남지 않았다. 생존한 천살자객도 단 두 명. 이제 그들 3명이 무림 사상 유래가 없는 거대 무단을 상대로 복수의 검을 빼 들었다.

죽음도, 패배도 두려워하지 않는 그들은 오직 명예롭지 못한 죽음만을 두려워한다.

2

의천맹 총단의 은신처인 한중 요새에서 중대한 회의가 진행 중에 있었다. 지형상 협소하기에 의사청에는 커다란 원탁과 둘러앉을 의자 외에는 빈 공간이 별로 없었다.

회의에 참석한 수뇌들은 하나같이 지고한 신분들이었다.

수석원로인 풍진광개와 원로원 부원주인 금라신도(金鑼神刀)는 천중육기에 속한 고인들이었다.

총호법 도광패편과 팔대전주 중 셋은 천하구절에 속한 고수로 그들은 대의를 구해 의천맹에 몸을 담았다. 그들 외에도 대문파의 장로들이 전주와 원주로서 소임을 다하고 있었다.

회의를 주최하는 사람은 물론 군사 감소채였다.

맹주 사도진성이 실종된 이후 그녀가 의천맹의 실질적인 지휘자가 되어 맹을 관리해 왔다. 여인의 몸으로는 벅찬 임무였지만 수뇌부에서는 달리 대안이 없었다.

백도는 의식과 정서가 다르기에 한데 융합되기가 쉽지 않다. 은천마국이라는 거대 마단의 위협을 받고 있는 상황에서도 공동 대처는 생각지 못하고 있었다.

의천맹은 이런 와중에 천맹무선의 의지로 창설되면서 백도연합의 중추로 자리매김을 할 수 있게 되었다. 하기에 의천맹 수뇌들을 분란 없이 관장할 수 있는 사람은 천맹무선의 두 제자인 사도진성과 감소채뿐이었다.

감소채가 오랜 침묵을 깨고 입을 열었다.

"그동안 실종되신 사도 맹주의 행방이 확인됐습니다."

풍진광개가 밝은 표정으로 물었다.

"오, 이런 낭보가 다 있는가? 맹주는 대체 어디에 계신가?"

"은천마국입니다."

감소채의 지체없는 답변에 수뇌들은 무거운 침음성을 발했다.

"어떻게 그런 일이?"

"맙소사!"

"군사, 소상히 말씀해 주시오."

감소채는 차분하게 입술을 떼었다.

"이런 귀한 정보를 알려주신 분은 천예사원의 자객 무향검살입니다. 맹주께서 아직 생존해 계신지는 확인할 수 없지만 마국으로 압송된 것은 분명합니다."

도광패편이 정광을 발하며 분연히 외쳤다.

"군사, 그게 사실이라면 맹주를 구출할 방도를 세워야 하지 않겠소? 놈들도 맹주의 신분을 고려해 함부로 대하지는 않았을 것이오."

다른 수뇌들도 크게 동조했다.

"총호법 말씀이 옳소!"

"맹주를 구출한다면 마국과 정면 대결을 벌일 만하오!"

"당장 구출대를 조직합시다!"

장내가 소란스러워지자 풍진광개가 가볍게 탁자를 치며 안정시켰다.

"애들처럼 왜 이렇게 설쳐 대는가? 일단 군사의 의견부터 들어보세."

수석원로의 질책에 수뇌들은 일제히 입을 다물었다.

감소채는 풍진광개을 향해 목례를 취하고는 말을 계속했다.

"맹주를 구할 수만 있다면 확실히 의천맹의 역할이 강력해질 것입니다. 하지만 너무도 힘겹고 위험한 임무이기에 소녀로서는 감히 말씀을 드리기가 어렵습니다."

도광패편이 자리에서 일어섰다.

"내가 잠입해 사도 맹주를 구출해 오겠소."

그가 자원하자 오랜 친우인 권절(拳絶), 창절(槍絶), 향절(香絶) 등 세 사람이 동조 의사를 밝혔다.

"총호법이 나서겠다면 우리가 빠질 수야 없지."

천하구절에 해당되는 그들의 별호는 이러했다.

구주철권(九州鐵拳).

중원신창(中原神槍).

표향비화(飄香飛花).

그들은 본래 세상사에 무관한 은거기인들이었지만 천맹무선의 서찰 한 통에 은거를 깨고 의천맹 전주 직을 맡게 된 것이다.

풍진광개는 사절을 둘러보고는 고개를 끄덕였다.

"많은 숫자는 오히려 잠입에 방해만 되지. 자네들 넷이라면 충분할 것 같군."

"그럼 다녀오겠습니다."

사절이 예를 올리자 감소채가 자리에서 일어섰다.

"충분한 정보가 필요한 상황입니다. 출동 채비를 갖추고 계십시오. 소녀가 잠시 후 찾아뵙겠습니다."

"허허, 알겠소."

사절은 당당한 걸음으로 의사청을 나갔다.

구출대가 조직되면서 회의가 끝났다. 수뇌들이 떠난 의사청에는 풍진광개와 감소채 둘만 남게 되었다.

풍진광개는 코를 벌름거리다 새끼손가락으로 콧구멍을 후볐다.

"사절의 무공이라면 믿음이 가지만 마국 놈들이 워낙 음흉해 성공을 장담할 수 없군."

주변을 살핀 감소채가 나직이 입을 열었다.

"수석원로님, 저도 잠시 마국에 다녀올까 합니다."

"뭐, 뭐라? 군사까지?"

"사절의 성공 가능성은 절반입니다. 하지만 소녀는 누구보다 은천마국에 대해 잘 알고 있습니다. 변장을 통해 신분을 감춘다면 절대 들키지 않고 침투할 수 있습니다."

"안 되네. 군사마저 불상사를 당하면 본 맹은 와해될 것이네."

"안심하십시오. 소녀는 오래전부터 마국에 잠입해 저들의 실체를 파악할 계획을 세워두었습니다."

풍진광개는 잔뜩 미간을 찌푸렸다.

"흐음, 혹시 군사의 친구인 그 자객의 도움을 받을 생각인가?"

"그의 도움을 받는다면 맹주를 구출하는 일도 어렵지 않을 것입니다. 그는 세상 어디에도 침투할 수 있는 사람이니까요. 하지만 더 이상 그에게 신세를 질 수가 없습니다. 지금까지 받은 도움만으로도 소녀는 감격할 정도입니다."

"그렇다면 군사 혼자 잠입하겠다는 건가?"

"아닙니다. 소녀를 안전하게 보호해 주실 분이 있습니다."

감소채는 담담히 미소를 짓다가 화제를 돌렸다.

"참, 잠시 전 화산신검께서 화산으로 귀환하셨다는 정보를 입수했습니다."

“뭐야, 화산신검이? 오 년 전 실종된 그가 정말 귀환했단 말인가?”

“확실합니다. 수석원로님께서 한번 만나보십시오.”

“허헛, 당연한 일이 아닌가? 당장 아우를 만나러 가야겠군.”

풍진광개는 앉은 자세로 그대로 사라졌다. 그러다 이내 다시 모습을 드러냈다.

그는 못내 걱정이 된 듯 감소채의 손을 쥐었다.

“군사, 정말 괜찮겠는가? 비찰부 요원들도 있는데 왜 직접 잠입하려는 것인가?”

“마국의 실체를 제 눈으로 확인해야만 저들과 대적할 전략을 강구할 수 있습니다. 또한 암암리에 사절을 도와 맹주를 구출할 수 있도록 지원하고 싶습니다.”

“허어, 세상 사람들은 군사의 발아래 경배를 올려야 할 것이네.”

풍진광개는 그녀를 향해 정중히 예를 올렸다.

“부디 무운을 빌겠네.”

감소채는 대선배의 예를 받자 화들짝 놀라며 자리에서 일어섰다.

“망극하옵니다, 원로님. 예를 거두십시오.”

“군사, 반드시 돌아온다고 약속할 수 있겠는가?”

“예, 약속드리겠습니다.”

풍진광개는 만면 가득 웃음을 띠었다.

“그럼 믿겠네. 군사는 한 번도 노부를 실망시킨 적이 없었으니까.”

창노한 웃음소리와 함께 그의 모습이 연기처럼 스러졌다.

감소채는 옷깃을 여미고는 의사청을 나섰다.

한중 요새는 깊은 산속이라 벌써 가을 색이 완연했다. 뾰족하게 솟은 첨봉 사이로 보이는 붉고 노란 단풍은 자연이 빚어낸 거대한 풍경

화였다.

그녀는 가파른 계단을 따라 걸음을 옮겼다. 아직 의천맹을 벗어나지도 않았지만 그녀의 의식은 은천마국을 향해 치달리고 있었다.

'은천마국! 이제 너의 실체를 내 눈으로 똑똑히 볼 것이다!'

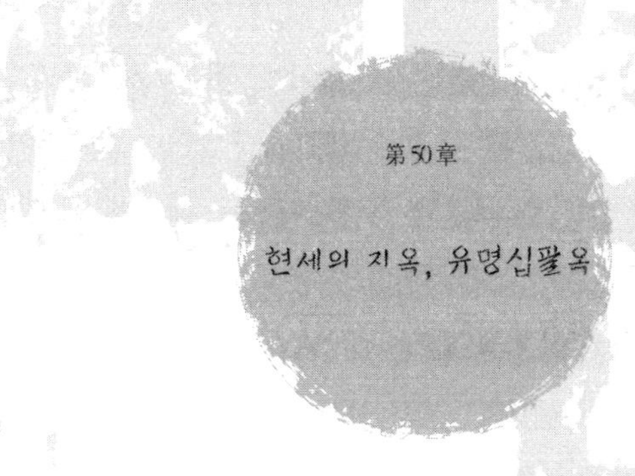
第50章

현세의 지옥, 유명십팔옥

남악(南岳) 형산(衡山).

호남성 중남부에 위치한 형산은 중원오악 중 남악으로 불리는 명산이다. 형산은 예로부터 산이 푸르고 기이한 식물과 동물들의 서식지로 널리 알려졌지만, 대륙의 중심에서 멀리 떨어져 있어 조금은 외진 느낌이 드는 곳이다.

형산 일대는 넓은 평야가 펼쳐져 있어 쌀의 생산지로 이름이 높았다.

강남의 온화한 날씨 때문인지 황금빛으로 물든 논에서는 벌써부터 추수가 시작되고 있었다. 벼를 베는 농부들의 입에서는 풍작의 기쁨을 즐기는 노랫가락이 흘러나왔고 볏짚을 나르는 아이들과 아낙들도 희희낙락이었다.

형산 남부는 광동과 광서 등 영외에 인접해 커다란 성시는 없었다.

그래도 관도마다 물자를 가득 실은 수레와 마차가 끊이지 않았고 주판알을 튕기는 상인들은 마냥 즐거운 모습이었다.

개울을 건너는 좁은 다리 때문에 마차와 수레가 잠시 정체를 빚었다. 여느 곳 같으면 금쪽 같은 시간을 허비한다며 안달을 할 상인들이었지만 이곳에서는 누구 하나 인상 한번 찌푸리지 않았다.

마차와 수레가 정체를 빚는 바람에 말을 타고 뒤를 따르던 두 사람도 잠시 멈춰 서 있어야 했다.

사내와 여인 모두 챙이 좁은 방갓을 쓰고 있었다. 따가운 가을 햇살에 얼굴을 그을리지 않기 위해서 방갓은 필수였다.

여인은 고개를 뽑아 개울 건너편을 살피며 투덜거렸다.

"쳇, 대체 어느 놈이 꼼지락대는 거야?"

여인과 달리 사내는 갈 길이 막힌 데 대해 별반 신경을 쓰지 않았다. 그저 무료한 표정으로 주변을 둘러볼 뿐이었다.

겨우 길이 뚫려 마차와 수레가 움직이기 시작했다.

여인은 사내와 나란히 말을 몰며 물었다.

"검랑(劍郞), 형양성(衡陽城)이 큰 성시도 아닌데 웬 상거래가 이렇게 많지요?"

"사고팔 사람이 많으니까."

"글쎄, 그거야 당연한 말이고 이유가 궁금하다고요."

"먹고살기에 풍족하기 때문이야."

"조금 이상하지 않아요? 형산 남부는 중원에서 변방일 뿐이에요. 한데 이곳 사람들은 황도보다 잘 먹고 잘사는 것 같아요."

사내는 대수롭지 않게 응수했다.

"탐관오리가 없으니까."

여인은 예쁜 눈을 또르르 굴리며 물었다.

"정말 없어요?"

"그래, 없어."

"그걸 어떻게 장담해요?"

"부패한 관리는 죽고 뇌물을 받은 관리도 죽어. 재물이 아무리 좋아도 목숨을 걸 자들은 없지."

여인은 믿기지 않는 듯 혀를 내둘렀다.

"와아, 검랑 말대로라면 그야말로 천당이군요. 그래서 다들 혈색이 좋은 건가?"

넓은 관도 주변으로 노천반점들이 줄을 잇고 있었다. 천막은 깨끗했고 음식 냄새가 향긋했다. 여느 성시처럼 소란스런 호객꾼들이 없어 시끄럽지가 않아 좋았다.

여인은 구수한 음식 냄새에 허기를 느끼며 배를 쓸었다.

"배고파요."

"여기서 먹을까?"

"아니요. 이왕이면 성내에 있는 근사한 객잔에서 먹고 싶어요."

"형양루(衡陽樓)라는 높은 누각이 있을 거야. 형양성을 한눈에 내려다볼 수 있어 전망이 아주 좋대."

"좋아요. 그리로 가요."

여인은 들뜬 표정으로 아이처럼 재촉했다.

형양성 성곽은 그다지 높지 않았다.

성문은 활짝 열려 있었고 오가는 사람들을 감시해야 할 군병들은 전혀 위압감이 없었다. 그들은 친숙한 상인들과 농담을 주고받았고 외지인이 길을 물어보면 친절하게 가르쳐 주었다.

성내로 들어선 여인은 번화한 거리를 둘러보며 고개를 갸웃거렸다.

"정말 이해가 되지 않네? 호남의 주도인 장사성(長沙城)도 이보다 못해요. 제가 세상 곳곳을 다녀봤지만 이곳 형양 일대와 같은 곳은 처음이에요."

사내는 상점의 지붕 너머로 보이는 높은 누각 쪽으로 말 머리를 돌렸다.

"나도 그래."

여인이 사내와 말 머리를 나란히 하며 물었다.

"그래도 당신은 모두 아는 것처럼 말하잖아요?"

"나도 형양 땅은 처음이야. 그리고 가영이 보는 것처럼 이런 세상인 줄은 몰랐어."

사내는 그녀가 탄 말의 고삐를 당겨 교행하는 수레가 편히 지나도록 배려해 주었다.

두 남녀는 다름 아닌 일검향과 추가영이었다.

추가영은 그와 깊은 관계를 맺은 이후 낭군이란 의미로 검랑(劍郎)이란 애칭을 사용했다. 그들이 형산을 거쳐 형양에 이른 이유는 물론 은천마국으로 침투하기 위해서였다.

형양루는 7층으로 된 목조 건물로 외양이 아주 멋졌다. 지붕과 난간은 유명한 황학루(黃鶴樓)를 본떴지만 오히려 규모는 훨씬 컸다.

형양루는 형양성에서 가장 큰 규모의 반점이다. 딸린 숙소는 없고 음식과 술만 판다. 영업 시간은 사시서부터 해시까지다.

형양루뿐만 아니라 형양 일대의 모든 반점과 주점의 영업 시간은 해시를 넘길 수 없다. 그것은 엄격한 규정이기에 감히 영업 시간을 넘겨 손님을 받게 되면 중벌에 처해진다.

일검향은 다정하게 추가영의 손을 잡고 7층까지 올랐다. 반점의 손님들은 그들을 신혼부부이거나 연인으로 생각했다.

전망은 훌륭했다.

형양성 내의 크고 작은 건물과 시장이 한눈에 내려다보였다. 난간을 따라 자리를 옮기면 성밖의 평야가 펼쳐졌고 다시 남쪽으로 시선을 돌리면 상강(湘江)이 눈에 들어왔다.

난간을 따라 한 바퀴 돌아 주변을 두루 관람한 추가영이 일검향과 마주 앉았다.

"아, 전망이 정말 근사해요. 황학루나 악양루에 못지않아요. 한데 왜 형양루에 대해서는 전혀 듣지 못했을까?"

"형양루가 세워진 지는 이 년도 안 됐어."

"어마, 그래요?"

추가영은 눈알을 또르르 굴리며 처마와 들보를 살폈다.

주문한 요리와 술이 나오자 두 사람은 건배를 하고는 잔을 비웠다. 누가 보아도 평범한 유람객이었다.

성루에서 유시(酉時)를 알리는 종소리가 울려 퍼지자 성 전체에 유등이 걸리기 시작했다. 한꺼번에 걸리는 수많은 유등은 마치 등 축제라도 벌어진 듯 화려했다.

추가영은 7층의 손님들이 거의 자리를 비우자 나직이 물었다.

"아직 멀었어요?"

"뭐가?"

"은천마국 말이에요. 마국이 근처인데 마빡에 단풍잎 문양을 새긴 놈들은 물론이고 잔마대 놈들 한 명 보이지 않는 게 오히려 수상해요."

일검향은 난간 너머로 보이는 평야를 바라보았다.

"여기가 은천마국이야."

"예에?"

"당신 눈에 보이는 산과 들, 강과 하천, 그리고 저 너머의 산과 평야 모두가 은천마국의 영역이야."

추가영은 발작을 하려다가 애써 목소리를 낮추었다.

"다… 당신 미쳤어요?"

"난 멀쩡해."

"한데 대체 무슨 소리를 하고 있는 거예요? 그렇다면 우리가 줄곧 달려왔던 세상이 모두 은천마국 영역이란 말이에요?"

"형산 남부서부터 형양 일대가 모두 은천마국이야."

일검향의 진지한 모습에 추가영은 넋이 빠지고 말았다.

"검랑, 그럼 우리가 이미……."

일검향은 시선을 들어 어둑어둑해지는 하늘을 직시했다.

"그래, 우리는 이미 은천마국 내에 들어온 거야. 그것도 한복판에!"

대애앵……!

해시(亥時)를 알리는 종소리가 객잔 창문 밖으로 아련하게 울려 퍼진다.

순간 믿을 수 없게도 형양성의 번화한 등불은 물론이고 상점과 여염집의 등불이 일제히 꺼졌다. 너무도 갑작스런 현상이라 마치 세상이 통째로 사라진 듯한 형국이었다.

해시부터 인시(寅時)까지는 인마의 통행이 금지되는 야간 통금 시간이었다. 형양 일대에 거주하는 양민과 상인은 물론이고 외지인 역시 통금이 엄격히 제한된다. 이를 어기는 자는 가차없이 끌려간다.

야간 통금이 발동되면 마치 땅속에서 솟아난 듯 은천마국의 마인들이 등장해 야간 순찰을 돌고 때로는 어디론가 이동한다.

밤 시간에는 군병들도 양민들과 마찬가지로 집에 틀어박혀 있어야 한다. 그들은 여느 지역과 달리 낮에만 군병으로 복무할 뿐 야간에는 양민의 신분이다.

순찰을 담당하는 자들은 단풍잎 형태의 문양이 미간 사이에 새겨진 철마병(鐵魔兵)들이다. 철마병은 은천마국 내에서 가장 낮은 직급이지만 강호에 나서면 이류급 무사 서너 명을 상대할 수 있는 고수였다.

이들보다 직급이 훨씬 높은 금마장(銀魔將)들이 구역장이다.

은천마국은 워낙 광대해 몇 개의 구역으로 나뉘어져 있는지 확실하지 않다. 형양성이 하나의 구역에 불과하다는 것으로 그 엄청난 규모가 짐작될 뿐이었다.

상강객잔 역시 출입문 입구에 걸린 붉은 등 외에는 모두 꺼져 있었다.

해시가 넘어 객방에 유등이 밝혀지면 반 각도 지나지 않아 철마병들이 들이닥친다. 손님이 어떤 신분이든 유등을 밝힌 자는 곧바로 체포돼 끌려간다.

야간에 죄를 지은 자는 성내의 뇌옥에 감금되는 것이 아니라 별도의 감옥으로 압송된다. 그곳이 어디인지는 아무도 모른다.

창문 틈새로 밖을 내다보던 추가영이 나직이 속삭였다.

"낮에 천당이라고 했던 말 취소하겠어요. 여기는 지옥이에요."

그녀는 순식간에 어둠으로 뒤덮인 세상을 살피며 오싹한 두려움에 젖었다.

낮과 밤이 이렇게 극명할 수가 없었다.

양민과 상인들의 삶이 풍요로울지 몰라도 그들에게는 하루 8시진만이 있을 뿐이었다. 밤부터 새벽까지 4시진은 그들의 것이 아니었다. 잠을 못 이루는 사람들에게 있어서는 공포의 시간이었다.

의원들도 통행이 금지되기에 갑작스럽게 아픈 환자는 날이 샐 때까지 고통을 참으며 기다려야 한다. 부모는 병으로 죽어가는 아이를 멀거니 바라보아야 하고, 자식은 갑작스럽게 노모가 타계해도 곡(哭)을 참아야 한다.

야행복으로 갈아입은 일검향은 창문 틈새를 통해 북쪽 하늘을 바라보았다. 밤하늘의 별자리를 헤아린 그는 추가영을 손짓해 불렀다.

"나갈 시간이야."

추가영은 허리춤의 주머니에 필요한 소품들을 잔뜩 챙겨 넣었다.

"곧바로 놈들의 태상전을 찾아가는 거예요?"

"아니, 태상전의 소재를 알아내려면 많은 과정을 거쳐야 돼. 일단은 유명옥(幽冥獄)부터 탐색하면서 찾아야 할 사람이 있어."

"당신 동문들 말이죠?"

"그래, 다훼와 창비. 기회가 된다면 가영의 사부인 요지선자도."

추가영은 눈을 동그랗게 떴다.

"사부님이 마국에 감금돼 있다고요?"

"교교가 일러주었으니 거짓은 아닐 거야."

"사부님이… 너무 가여워요. 심환전승대법을 펼쳐 평생의 심득을 전수해 주시느라 무척 쇠약해지셨지요. 만일 정상적인 몸이었다면 사로잡히는 일은 없었을 거예요."

추가영은 손목에 차고 있는 천지쌍검을 매만지며 서글픔에 젖었다.

일검향은 나무토막을 딱딱 마주치며 순찰을 도는 철마병들을 내려다보았다.

"구출이 첫 번째 목표이지만 상황이 어려우면 고통없이 죽여주어야
돼. 그것이 우리의 임무야."

"말도 안 돼요!"

추가영은 그의 팔을 힘껏 쥐었다.

"당신의 동문들이며 제 사부예요. 어떻게… 어떻게 그들을 죽일 수
있단 말입니까?"

"때로는 죽는 게 행복일 수 있어."

일검향은 그녀의 볼을 어루만지며 메마른 어조로 말을 이었다.

"가영이 신경 쓸 문제가 아니야. 내가 해결할 테니까."

"알았어요."

추가영은 깊이 숨을 들이키고는 고개를 끄덕였다.

이미 일검향과 많은 시간을 지내면서 그의 성격을 어느 정도 파악하
고 있었다.

그의 판단력은 아주 빨랐다. 자신이라면 몇 날 며칠을 고민할 문제
를 그는 아주 간단히 결정했다. 하기는 죽음의 한계를 극복한 그였기
에 그보다 더 심각한 문제는 없을 것이다.

객잔을 나선 그들은 빠른 속도로 성내를 가로질렀다.

민가의 모든 등불이 꺼져 있기에 형양성은 먹물 같은 어둠에 싸여
있었다. 순찰을 도는 철마병들의 숫자가 많지 않기에 두 사람의 이동
에는 아무런 장애도 없었다.

간단히 성벽을 넘어선 그들은 추수가 끝난 들판을 빠른 속도로 달려
갔다.

추가영은 온통 어둠뿐인 세상을 둘러보며 물었다.

"어디로 가는 중……."

일검향은 급히 그녀의 입을 막으며 전음술로 말했다.

“곳곳에 잠복해 있는 놈들이 있어.”

등골이 서늘해진 추가영은 얼른 입을 다물었다.

잠시 후 산기슭에 이른 두 사람은 커다란 바위 뒤에 몸을 숨겼다.

일검향은 하늘색으로 시간을 가늠하고는 편안히 기대앉았다.

“일각의 여유는 있을 것 같군. 잠시 쉬어도 돼.”

추가영은 궁금한 게 너무 많았다. 보고 듣는 모든 것이 의혹이었다.

“지금 뭐 하는 중이에요?”

“유명마차(幽冥馬車)가 당도할 거야. 그 마차를 따라가면 유명옥에 이를 수 있어.”

“유명마차요?”

“통금을 어긴 자나 규정을 어기고 등을 밝힌 자들을 잡아다 유명옥으로 압송하는 마차야. 그 외의 죄인들도 포함돼 있지.”

추가영은 이해가 되지 않은 듯 미간을 찌푸렸다.

“조… 좋아요. 나도 이해할 수 있게 설명 좀 해줘요. 대체 은천마국 놈들은 왜 이런 세상을 만든 거예요?”

“이유는 나도 몰라. 아마도 마국의 수뇌들은 그들만의 세상을 원하는 것 같아. 황법(皇法)조차 무시되는 세상을 말이야. 마국의 양민들은 황제의 백성이 아니라 그들의 백성이야.”

“말도 안 돼요. 아무리 사악한 방파라도 이럴 수는 없어요.”

“이건 단순한 무림계의 정마(正魔) 대결도 아니고 선악의 격돌도 아니야.”

일검향은 주변으로 귀를 기울이며 말을 이었다.

“가영이 보았듯이 은천마국의 영내에 있는 백성들은 누구보다 행복하고 즐거운 삶을 살고 있으니까."

추가영은 정색을 지으며 고개를 흔들었다.

"아니에요. 만일 당신 말이 사실이라면 양민들은 사는 게 아니라 사육되는 겁니다. 그저 저들의 사악한 욕망의 희생물로 키워지는 거라고요."

"사육이라… 아주 정확한 표현이군."

일검향은 그녀를 자신 옆으로 바싹 끌어당겼다.

"자, 이제 직접 보자고. 우리는 아직 마국의 실체에 대해 손톱만큼도 보지 못했으니까."

그가 숨을 죽이고 최대한 기도를 감추자 추가영도 바싹 웅크린 채 전면을 응시했다.

곧이어 시퍼런 인광이 도깨비불처럼 너울거리며 날아들었다. 인광의 실체는 해골의 눈 부위에서 피어오르는 불꽃이었다. 사위가 칠흑 같은 어둠이기에 시퍼런 인광이 유난히 섬뜩하게 보였다.

잠시 후 검붉은 장포를 걸친 장년인이 기이한 신법으로 날아들었다.

그는 해골이 매달린 긴 장대를 바닥에 꽂았다. 복장으로 미루어 동마사에 해당되는 자였다.

추가영이 속삭이듯 물었다.

"뭐 하는 거죠?"

"유명마차를 부르는 인도등이야. 저들이 나타나는 장소는 별자리에 따라 바뀌기에 그것을 모르면 엉뚱한 곳을 헤매게 되지."

"대체 이런 기밀을 어떻게 다 알 수 있었죠?"

"한 여인의 집념과 정성 덕분이지."

일검향은 손가락으로 몇 곳을 가리켰다.

붉은 등을 매단 마차가 하나둘씩 인도등 아래로 모여들기 시작했다. 마차 바퀴와 말발굽에 가죽을 씌워놓았기에 소리는 거의 들려오지 않았다.

죄수가 실린 함거를 매달고 있는 마차들이 바로 유명옥으로 향하는 유명마차였다.

함거마다 몇 명의 죄수들이 실려 있었다. 대다수 죄수들은 자신의 죄를 시인하듯 입을 꾹 다문 채 기대앉아 있었다. 한데 한 유명마차의 죄수가 창살을 흔들며 외쳐 댔다.

"이보시오, 난 호북 무한의 거상 장필도(張弼道)요! 먼 길을 오다 보니 늦게 당도하게 되었소! 먼저 식사부터 하고 객잔에 묵으려 했을 뿐인데 대체 뭐가 잘못됐단 말이오?"

아마도 형양에는 처음 발을 들여놓은 외지인인 듯싶었다.

인도등을 밝혀든 동마사가 냉막하게 지시를 내렸다.

"놈의 주둥이를 막아라."

그러자 유명마차를 호송하던 철마병이 함거 속으로 낭아곤을 내질렀다.

"악!"

입술이 터지고 이가 깨진 상인은 두 손으로 입을 막은 채 나자빠졌다. 비로소 위험스런 사태를 실감한 상인은 피를 줄줄 흘리면서도 신음 소리 한번 내지 못했다.

동마사는 세 대의 유명마차를 대충 점검하고는 인도등을 뽑아 들었다.

"가자."

그가 앞서 몸을 날리자 세 대의 유명마차가 꼬리를 물고 뒤를 따랐다.

추가영이 급히 몸을 일으켰다.

"쫓아가야죠?"

일검향이 그녀의 손을 잡아끌며 고개를 저었다.

"안 되겠어. 곳곳에 잠복해 있는 놈들을 피해 추적하기가 쉽지 않겠어. 예상보다 은신이 뛰어난 놈들이야. 만일 우리가 무리하게 유명마차의 뒤를 쫓으려 했다가는 여지없이 놈들의 함정에 걸려들 수밖에 없겠어."

"그럼 어떻게 하죠?"

일검향은 다소 모호한 미소를 머금었다.

"흐음, 한 가지 괜찮은 방법이 있기는 해."

2

자시(子時)에 가까운 한밤중이었다.

"하하하! 어디 형양의 밤을 마음껏 즐겨볼까?"

"호호! 그래요, 검랑. 깜빡 잠드는 바람에 좀 늦었군요."

한 쌍의 남녀가 객잔을 문을 밀치고 밖으로 나섰다. 그들은 너무도 컴컴한 거리를 보고는 눈을 동그랗게 떴다.

"아니, 이게 어찌 된 일이지?"

"아무리 늦어도 너무한 것 아니에요? 불빛 한 점 보이지 않아요."

그들은 다정히 손을 잡고는 적막한 거리를 배회했다.

"이런, 형양루도 벌써 문을 닫았나 보군."

"어머나, 야경이 근사할 것 같았는데 실망이 커요."

“그래도 가보자고.”

두 남녀는 개 한 마리 어슬렁거리지 않는 대로를 활보했다. 한데 이 때였다.

어둠 속에서 불쑥 나타난 철마병들이 사정없이 채찍을 휘둘렀다.

“악!”

“흐윽!”

철마병들은 나자빠진 두 남녀를 향해 마구 채찍을 내려쳤다.

사내가 자신의 몸으로 여인을 감싸며 외쳤다.

“으윽, 왜… 왜 이러십니까?”

상급 철마병 하나가 거친 음성으로 응수했다.

“해시 이후는 통행 금지다.”

“모… 몰랐습니다. 아니, 객잔 주인에게 듣기는 했지만…….”

“몰랐든 알았든 상관없다.”

상급 철마병은 수하 철마병들에게 턱짓을 보냈다.

“놈들을 제압해 유명마차에 실어라.”

“예.”

철마병들은 화살촉 같은 철침을 두 남녀의 혈도 몇 곳에 꽂았다. 철침 점혈은 가장 강력한 제압 수단으로 철침에 혈도가 막히면 심후한 공력을 지닌 절정고수라 하여도 전혀 공력을 운기할 수 없다.

두 남녀는 발목에 쇠사슬 족쇄까지 채워진 채 철마병들에 의해 끌려갔다. 그들은 이내 멀지 않은 곳에 대기해 있는 유명마차의 함거에 실렸다.

철마병은 두 남녀를 쓸어보고는 한마디 던졌다.

“네놈들의 죄는 판관(判官)께서 결정하실 것이다.”

함거에 갇힌 두 남녀는 잔뜩 두려운 표정으로 고개만 끄덕였다.

반 시진 정도 대기해 있던 유명마차가 비로소 움직이기 시작했다. 바퀴와 말발굽에 가죽을 씌웠기에 소리가 거의 나지 않았다. 성을 벗어난 유명마차는 서쪽을 향해 달려갔다.

다른 죄수가 실리지 않아 함거에는 두 남녀만 갇힌 상태였다.

바싹 붙은 두 남녀는 예리한 눈빛으로 주변을 살피고 있었다. 철마병들에 의해 체포당할 당시의 두려운 모습은 전혀 보이지 않았다.

그들은 다름 아닌 일검향과 추가영이었다. 유명옥으로 들어가기 위해 일부러 규정을 어겨 죄수가 된 것이다.

일검향 혼자였다면 은신술을 펼쳐 유명마차를 추적할 수도 있지만 추가영과 동행한 상태에서는 무리였다. 물론 일검향도 유명옥에 관한 정보를 거의 모르기에 차라리 죄수가 되어 잠입하는 쪽을 결정했다.

길이 합쳐지는 지점에 인도등을 밝혀든 동마사가 보였다. 네 대의 유명마차가 합류하자 동마사가 곧바로 몸을 날렸다.

추가영이 나직이 물었다.

"이제 유명옥으로 향하는 건가요?"

"그렇겠지."

"하지만 이렇게 제압된 상태로 어떻게 놈들과 싸울 수 있겠어요?"

"당연히 점혈을 풀어야지."

일검향은 추가영의 혈도에 박혀 있는 철침을 뽑아 다른 부위로 옮겨 꽂아주었다.

추가영은 눈을 동그랗게 뜨며 그를 응시했다.

"어떻게……?"

"난 여의심법을 수련해서 12경락이 모두 제압되지 않는 한 점혈이 되지 않아."

점혈이 풀리면서 공력이 회복된 추가영은 손목에 찬 팔찌를 어루만
졌다.

"좋아. 이제 유명옥으로 진입하면 한바탕 싸울 수 있겠어."

일검향은 함거에 편히 기대앉았다.

"싸움은 최후의 수단이야. 유명옥은 유명계(幽冥界)의 일부야. 그곳
에서 소란을 피우면 수라계(修羅界)와 은마계(隱魔界)에는 침투할 수도
없어."

추가영은 입을 딱 벌렸다.

"수라계, 은마계? 그… 그 모든 세상이 마국 내에 있단 말이에요?"

일검향은 음울한 표정으로 눈을 반쯤 감았다.

"사실이야."

높은 벼랑이 병풍처럼 늘어서 있었다.

인도등을 높이 쳐든 동마사는 벼랑을 향해 그대로 부딪쳐 갔다. 순
간 벼랑 일부가 쩍 갈라지며 비밀 통로를 드러냈다. 동마사에 이어 네
대의 유명마차가 통로 안으로 들어섰다.

마침내 유명계에 이른 것이다.

희미한 횃불이 밝혀진 통로는 다소 어두웠다. 통로를 따라 십 장 정
도 지나자 거대한 지하 광장이 모습을 보였다.

반구형 천장이 아주 높았다.

광장 한가운데는 커다란 수직 동혈이 뚫려 있는데 추락을 막기 위해
동혈 주변으로 튼튼한 철책 난간을 세워두었다. 앞서 당도한 십여 대
의 유명마차가 난간을 따라 천천히 돌고 있었다.

일검향과 추가영이 탄 유명마차도 난간을 따라 크게 선회했다.

추가영은 수직 동혈이 궁금해 내려다보려 했지만 쇠창살이 워낙 촘촘해 고개조차 내밀 수 없었다. 다만 뜨거운 열기가 느껴졌고 간간이 처절한 비명 소리가 들려왔다.

"저곳은 뭐예요?"

추가영이 조심스럽게 묻자 일검향은 광장 주변의 경비 상태를 세심하게 살피며 대답해 주었다.

"유명계에는 모두 18개의 감옥이 있어. 그것을 유명18옥이라 하지. 일단 유명옥에서 판결을 받으면 죄에 따라 각각의 감옥으로 분류돼. 아마 수직 동혈은 화염옥(火焰獄)일 거야."

"화염옥이요? 그렇다면 불문에서 말하는 18개의 지옥이 실제로 있단 말이에요?"

"놈들이 유명계를 창설한 이상 18개의 지옥을 그대로 본떠 만들었겠지. 그리고 그 지옥을 채우기 위해 무수한 사람들을 납치했을 거야."

"맙소사!"

추가영은 하얗게 질린 표정으로 이마를 짚었다.

"그렇다면 맷돌지옥, 뱀지옥, 도검지옥, 열탕지옥, 한빙지옥 같은 곳도 모두 있단 말이에요?"

일검향이 그녀의 어깨를 짚으며 진정시켰다.

"가영, 우리가 지옥에 떨어질 일은 없어. 정작 지옥에 떨어져야 할 자들은 마국 놈들이지."

추가영은 자신이 예상했던 것보다 훨씬 거대한 세계와 직면했다는 사실에 다소 위축이 되었다.

"납치된 당신의 동문들을 찾으려면… 그 모든 지옥을 순례해야겠군요."

"살아서 지옥을 구경하는 것도 흥미로운 구경거리야. 그냥 그렇게
생각해."

"알았어요."

추가영은 가볍게 입술을 깨물며 마음을 모질게 먹었다.

수직 동혈을 따라 돌던 유명마차들이 어지럽게 뚫려 있는 통로를 따
라 하나씩 흩어져 진입했다.

둥근 방으로 들어선 유명마차가 멈춰 서자 함거문이 활짝 열렸다.

"나와!"

얼굴에 흉측한 귀면탈을 쓴 자가 일검향과 추가영을 끌어내 바닥으
로 패대기를 쳤다. 유명계에서 죄수들을 감시하고 형벌을 가하는 옥리
였다. 그들은 귀졸(鬼卒)로 불리며 직급은 철마병과 같다.

귀졸은 유명마차를 끌고 온 철마병 마부에게 턱짓을 보냈다.

"두 연놈을 확실히 접수했네."

"그럼 수고하게."

철마병은 마차를 몰고 둥근 방을 나갔다.

귀졸은 낭아곤으로 일검향과 추가영의 등판을 한 대씩 갈겼다.

"어서 걸어!"

두 사람은 적당히 비틀거리며 좁은 통로로 들어섰다.

통로는 장방형 석실로 연결돼 있었다. 석실 입구에는 탁자가 놓여
있었고 한 명의 귀졸이 뭔가를 기록하고 있었다.

접수 담당 귀졸은 일검향의 목에 나무 표찰을 걸어주었다.

"넌 수인 번호 5327호다. 모든 소지품을 저 나무상자에 담아라. 물
론 옷도 함께. 네놈들이 입을 옷은 따로 준비돼 있다."

그는 장부에 수인 번호를 기록하고는 턱짓으로 구석을 가리켰다. 그곳에는 옷이라고도 할 수 없는 누더기가 수북하게 쌓여 있었다. 유명계로 끌려온 죄수들이 앞서 입었던 수인복이었다.

낭아곤을 쥔 귀졸이 일검향을 거칠게 밀치고는 추가영을 탁자 앞에 세웠다.

"계집이 제법 반반해. 귀명전(鬼冥殿)으로 보내기 전에 한번 즐기는 게 어때?"

접수 담당 귀졸은 추가영의 목에 나무 표찰을 걸어주며 젖가슴을 움켜쥐었다.

"크크, 괜찮은 생각이야. 모처럼 싱싱한 계집이 접수됐군."

추가영은 당황한 모습으로 일검향을 돌아보았다.

귀졸들을 죽이자니 초장부터 발각이 될 것이고, 귀졸들을 따르자니 더러운 꼴을 당할 상황이었다. 그녀로서는 어떻게 처신을 해야 할지 판단을 내릴 수가 없었다.

인솔 담당 귀졸이 추가영을 탁자에 찍어누르고는 다짜고짜 허리띠를 풀었다.

"이년아, 이 어르신의 기분만 잘 맞추면 귀명전에 보내지는 시일을 늦춰줄 수도 있다. 한번 판결을 받으면 네년은 죽지도 살지도 못하는 고통스런 형벌을 받아야 한다고."

추가영은 치욕을 참지 못하고 손목의 팔찌를 감싸 쥐었다. 산수갑산을 가는 한이 있더라도 두 귀졸을 죽일 생각이었다.

한데 그녀의 몸을 마구 주무르던 인솔 담당 귀졸이 바닥으로 풀썩 쓰러졌다. 이어 접수 담당 귀졸도 신음 소리 한번 흘리지 못하고 나자빠졌다.

두 귀졸 모두 일검향의 범천탄지에 천돌혈이 관통돼 즉사한 것이다.

추가영은 크게 안도하면서도 뒤탈이 걱정되었다.

"검랑……."

일검향은 그녀를 가볍게 안아 다독여 주었다.

"괜찮아. 이놈들 하는 수작을 보면 죄수들이 귀명전에 보내지기 전에는 관리가 허술한 것 같아."

"이제 어떻게 하죠? 금세 발각이 될 거잖아요?"

"가영은 두 놈을 나무 궤짝에 처넣고 있어. 내가 잠시 살펴보고 올 테니까."

일검향은 빠르게 통로 안쪽으로 달려갔다.

추가영은 궤짝 하나에 귀졸 한 명씩을 처넣고는 누더기 같은 죄수복으로 덮었다. 언제 또 다른 귀졸이 들이닥칠지 몰라 그녀의 가슴은 연신 두근거렸다.

잠시 후 안쪽 통로로 사라졌던 일검향이 돌아왔다.

그는 궤짝에서 귀졸들의 시체를 끄집어내고는 귀면탈을 벗겼다.

"어서 옷을 갈아입고 귀면탈을 써."

"변장이 가능할까요?"

"어서."

일검향이 재촉하자 추가영은 두말없이 겉옷을 벗고는 귀졸의 장포를 걸쳤다. 귀면탈을 쓰고 돌아서자 일검향 역시 이미 한 명의 귀졸로 변해 있었다.

일검향은 귀졸 하나를 궤짝에 처넣었다.

"놈들을 다시 궤짝에 담고 우리 겉옷으로 덮어."

"알았어요."

추가영은 고분고분 그의 지시를 따랐다. 완전히 딴 세상에 들어선 그녀로서는 한 치 앞을 볼 수 없는 장님과 같았다. 그녀 혼자서는 어떤 판단도 내릴 수가 없었다.

일검향은 궤짝을 안아 들고는 안쪽 통로로 향했다.

"태연하게 귀졸 행세만 하면 돼. 내가 별도로 지시를 내리기 전에는 절대 앞서 나서지 말고."

"명심하겠어요."

추가영은 행여 일검향을 놓칠세라 뒤에 바싹 붙어 걸었다. 궤짝에 건장한 사내가 담겨 있지만 공력이 회복된 상태라 별반 무게를 느끼지 못했다.

통로를 나서자 넓고 긴 복도가 펼쳐져 있었다.

복도 저편으로 목에 표찰을 걸고 족쇄를 찬 죄수들이 너절한 수인복 차림으로 무리를 지어 끌려가고 있었다. 몇몇 귀졸들은 수인들의 옷과 소지품이 담긴 궤짝을 안고 어디론가 향하는 중이었다.

두 사람은 귀졸들의 뒤를 따랐다.

귀졸들이 들어선 곳은 거대한 창고였다. 죄수들의 소지품을 보관해 두는 물품 보관소였다. 죄수들 목에 걸린 표찰이 궤짝에도 매달려 있었다.

일검향과 추가영은 자신의 표찰 번호와 일치하는 칸을 찾아 궤짝을 올려놓았다. 참다못한 추가영이 전음으로 물었다.

"소지품을 별도로 보관하는 것으로 봐서 죄수들을 모두 죽이지는 않나 보군요?"

"마국 수뇌들은 죄수들의 형벌을 즐길 뿐이야. 굳이 죽여야 할 이유가 없겠지. 하지만 얼마나 많은 죄수들이 무사히 형벌을 마치고 풀려

날지는 모르겠어."

"이제 어떻게 하죠?"

일검향은 추가영을 대동해 창고를 나섰다.

"죄수들을 호송하면서 귀명전을 가보자. 나머지는 귀명전에 당도한 후 생각해 봐야겠어."

추가영은 그의 손을 쥐고 싶었지만 보는 눈이 많아 낭아곤을 꼭 쥐는 것으로 대신했다.

귀명전은 거대한 광장 중앙에 자리해 있었다.

검고 붉은 대리석 석대 위에 세워진 전각은 상당히 웅장했다. 아름드리 돌기둥에는 지옥 십대명왕이 양각돼 있었고 붉은 기와를 얹은 지붕 위에는 다양한 귀신상들이 난립돼 있었다.

죄수들은 돌 계단 아래 부복해 있는데 숫자가 60명 정도 되었다.

이때 요란한 징 소리와 함께 귀명전 안에서 한 떼의 무리가 밖으로 나왔다.

은마령들의 삼엄한 호위를 받으며 단상으로 향하는 사람은 현란한 분장을 한 핏빛 장포의 노인이었다. 복색으로 미루어 혈마공의 신분인 듯싶었다.

그가 바로 죄수들에게 형벌을 매기는 귀명판관(鬼冥判官)이었다. 그가 자리에 앉자 동마사가 단하에서 예를 올리고는 보고를 올렸다.

"죄수들을 모두 압송해 왔습니다."

귀명판관은 해골로 만든 찻잔을 기울여 붉은 차를 마셨다.

"알겠다. 재판을 시작하겠다."

동마사가 번호를 호명해 다섯 명의 죄수들을 불러 일으켰다.

"이놈들은 해시 이후 규정을 어기고 등불을 밝힌 죄인들입니다."

귀명판관은 즉시 형벌을 결정했다.

"풍마옥(風磨獄) 1년!"

변론은 전혀 용납되지 않았다. 귀명판관의 판결이 떨어지자 다섯 죄수는 곧바로 귀졸들에 의해 풍마옥으로 끌려갔다.

동마사는 일곱 명을 호명해 일으켜 세우고는 죄를 고했다.

"이놈들은 금지된 물품을 반입하려다 적발된 자들입니다."

"사굴옥(蛇窟獄) 3년!"

죄수 일곱이 끌려 나가자 동마사는 다시 네 명을 일으켜 세웠고 귀명판관은 지체없이 판결을 내렸다. 판결을 받은 죄수들은 지정된 지옥으로 곧바로 끌려갔다.

판결이 거의 끝나가자 추가영이 전음으로 물었다.

"다음 판결이 마지막이에요. 우리도 죄수들을 끌고 감옥으로 가야 하지 않을까요?"

일검향은 잠시 고민을 하다 중대한 모험을 결정했다.

"명색이 유명18옥이라면 규모가 엄청날 거야. 하나의 감옥에 수백 명의 죄수가 감금돼 형벌을 받고 있다면 18옥을 일일이 뒤질 수 없어. 우리에게는 무엇보다 정보가 필요해."

"설마… 귀명판관을 제압하자는 말은 아니겠죠?"

"왜 아니겠어? 놈이 유명계에서 어떤 위치인지 몰라도 혈마공의 직위라면 상당히 높은 신분이야. 최소한 우리가 원하는 정보를 알고 있을 거야."

추가영은 소리없는 한숨을 쉬었다.

"조… 좋아요. 주변 놈들을 맡아주세요. 제가 놈을 사로잡겠어요."

일검향은 단하에서 보고를 올리는 동마사를 직시했다.

"가영, 싸움은 최후의 수단이라고 했잖아? 지금은 완력보다 계책이 필요한 상황이야."

3

동마사 직급서부터는 개인 처소가 배정된다.

죄수들에 대한 형벌이 모두 결정되자 호송 담당 동마사는 일과를 마치고 처소로 돌아왔다. 창문조차 없는 방이지만 자잘한 소품까지 갖춰진 아담한 방이었다.

그는 겉옷을 벗어 걸고는 술을 한잔 들이켰다.

그의 일과는 통상 새벽에 마감된다. 수면을 취한 후 오후부터 변복을 하고 마국의 영내를 감시하는 것이 그의 또 다른 임무였다.

그는 다시 술을 한 모금 들이키고는 나직이 투덜거렸다.

"젠장, 어서 은마령에 올라야 순찰사자가 되어 편히 지낼 수 있을 텐데."

은천마국의 직급은 한 단계 상승할 때마다 그 혜택이 엄청나다. 하기에 철마병이나 동마사에 해당되는 하급무사들은 한 단계 높은 직급에 오르는 것이 꿈이었다. 물론 그러기 위해서는 엄청난 공을 세워야 하는데 그런 기회는 흔치 않았다.

동마사가 다시 술병을 기울이려 하자 문밖에서 인기척이 들려왔다.

"마사님, 긴히 드릴 말씀이 있습니다."

"들어와."

동마사가 허락하자 귀졸이 한 명의 여인을 대동하고 방으로 들어섰다. 동마사는 의아한 표정으로 귀졸과 여인을 번갈아 보았다.

"무슨 일이냐?"

귀졸은 여인의 턱을 받쳐 올렸다.

"지난밤 특별한 계집이 호송돼 왔기에 잠시 잡아두고 있었습니다."

갓 스물을 넘긴 여인은 아주 귀염성있는 용모였다. 특히 절로 눈웃음치는 실눈이 매력적이었다.

동마사는 입맛을 쩍 다시며 가까이 다가섰다.

"크훗, 제법 물건이구나. 확실히 흔치 않은 계집이야."

그는 귀졸을 향해 소매를 저었다.

"나가봐라. 넌 내가 특별히 대우해 주겠다."

한데 귀졸의 태도가 의외로 당돌했다.

"송구하오나 계집은 마사님에게 과분합니다."

"뭐야?"

"적어도 귀명판관은 되어야 합니다."

귀면탈 때문에 표정을 알 수 없지만 귀졸의 눈빛은 맑고도 차가웠다.

동마사는 순간적으로 위기를 직감했다. 귀졸이 그의 수하가 아님을 간파한 것이다.

"네놈은 대체 누구……."

동마사의 입술이 중도에 굳어졌다. 입술뿐만이 아니었다. 이미 일격을 당해 경혈까지 크게 다친 상태였다.

여인이 그의 가슴에 손끝을 꽂고 있었다. 연한 하늘빛을 띤 손은 이미 절반이나 깊이 박힌 상태였다. 요지선궁의 절기 청옥강수(靑玉罡手)였다.

회심의 미소를 짓는 여인은 바로 추가영이었다.

"호호, 솔직히 네 주제에 너무 과분하지."

귀면탈을 벗은 귀졸은 물론 일검향이었다.

그는 물품 창고에서 비교적 화려한 여인의 옷을 찾아내 추가영에게 입혔다.

그가 추가영을 대동해 곧바로 귀명전으로 진입하지 못한 이유는 귀졸의 신분 때문이었다. 최소한 동마사는 되어야 귀명전에 접근할 수 있었던 것이다.

내가중수법에 당한 동마사는 오장육부가 끊어지는 고통 속에 털썩 주저앉았다.

일검향이 그를 일으켜 의자에 앉혔다.

"누구의 도움도 기대하지 마라. 넌 죽는다. 다만 어떻게 죽느냐가 문제이지."

동마사는 믿을 수가 없는 듯 눈을 부릅떴다.

"대… 대체 넌 누구냐?"

"난 천예사원에서 왔다."

일검향이 솔직하게 신분을 밝히자 동마사는 입을 쩍 벌렸다.

천예사원!

그 이름이 지닌 위력은 엄청났다. 특히 천예사원의 자객들 일부가 척살단에 뛰어들어 수뇌급들을 살해한 참극은 그도 익히 알고 있었다. 단지 네 명만으로 척살단을 와해시킨 것이다.

그런 자객이 이제 은천마국까지 침투했다.

동마사는 자신이 절대 살 수 없음을 절감하고는 무거운 한숨을 내쉬었다.

"무엇을 원하느냐?"

"천예사원에서 잡혀온 내 동문들은 어느 옥에 감금돼 있느냐?"

"모른다. 난 마국 내에서 잡혀온 죄수들을 보고할 뿐이다."

"귀명판관은 알고 있겠지?"

"……."

동마사가 입을 다물자 추가영이 팔찌 하나를 감싸 쥐었다.

맑은 음향과 함께 검으로 변환된 천환검이 동마사의 미간으로 파고들었다.

"네놈의 얼굴 가죽부터 벗겨줄까?"

동마사는 추가영 역시 천예사원의 자객으로 생각했기에 마국에 대한 충성보다는 고통없는 죽음을 원했다.

그는 괴로운 표정으로 솔직하게 털어놓았다.

"귀명판관이라면 알고 있을 것이다. 외부에서 끌려온 자들이나 침투하다 잡힌 자들은 판결을 받기 전에 혹독한 심문을 당한다. 그러한 과정들은 모두 기록으로 남아 있다."

일검향은 동마사에게서 얻을 정보가 별로 없다 싶어 지체없이 사혈을 찍었다.

동마사의 시체는 침상 아래 감춰졌다.

그의 수면 시간을 감안한다면 적어도 정오까지는 안심할 수 있었다. 동마사의 죽음이 발각되는 순간 비상 경보가 울리기에 그의 주검이 발각되기 전 유명계를 벗어나야 한다.

동마사의 모습으로 변장을 한 일검향이 추가영과 머리를 맞댔다.

"두려워?"

"아니에요. 오히려 흥미로워요."

“고맙군. 거짓이라도 그렇게 말해줘서.”

“거짓말 아니에요.”

추가영은 그의 허리에 두 팔을 둘렀다. 그녀는 애써 미소를 지으며 활달하게 말했다.

“당신을 만난 게 내 생애 가장 큰 행복이에요. 그리고 당신과 함께 이렇게 극적인 모험에 뛰어든 것이 즐거워요.”

일검향은 그녀의 의연한 모습에 기운이 부쩍 솟았다.

“나도 행복해. 가자, 가영!”

『검향도살』 6권에서…

무한 상상 · 공상 세계, 청어람 신무협&판타지

『한백무림서』11가지 중『무당마검』,『화산질풍검』을
잇는 세 번째 이야기 『천잠비룡포』의 등장!!

천잠비룡포(天蠶飛龍袍) / 한백림 지음

천상천하 유아독존!!
새로운 무림 최강 전설의 탄생!!

『천잠비룡포』
(天蠶飛龍袍)

천잠비룡황, 달리 비룡제라 불리는 남자.

그는 누군가의 명령을 받고 움직이는 남자가 아니다.
그는 자신의 적을 앞에 두고 물러나는 남자가 아니다.
그는 자신의 이름 안에 있는 자들의 원한을 결코 잊는 남자가 아니다.

그 누구보다도 결정적이고 파괴력있는 면모를 지닌 남자.
황(皇)이며, 제(帝). 그것은 아무나 지닐 수 있는 칭호가 아니다.
그는 제천의 이름으로도 제어할 수가 없는 남자였다.

무적의 갑주를 몸에 두르고
가로막은 자에게 광극의 진가를 보여준다.